La maîtresse de Tyneham

SUZANNE BARCLAY

La maîtresse de Tyneham

LES HISTORIQUES

éditions Harlequin

Titre original : KNIGHT'S LADY

Traduction française de JACQUES CEZANNE

HARLEQUIN®
est une marque déposée par le Groupe Harlequin

LES HISTORIQUES®
est une marque déposée par Harlequin S.A.

Photos de couverture
Sceau : © ROYALTY FREE / FOTOLIA
Femme : © F. ACCORNERO / T. SCHLUCK

83/85 boulevard Vincent-Auriol 75646 PARIS CEDEX 13.
Service Lectrices — Tél. : 01 45 82 47 47
www.harlequin.fr

ISBN 978-2-2808-0923-8 —ISSN 1159-5981

Prologue

Côte de l'East Anglia, Angleterre, mai 1358.

Il était minuit passé et de lourds nuages d'un gris sombre roulaient dans le ciel lorsque, franchissant le croissant de sable humide abandonné par la marée descendante, Hugh Harcourt et ses deux acolytes se glissèrent furtivement dans l'anfractuosité creusée par l'océan, en plein milieu de la face abrupte de la falaise de Tyneham.

Hugh regarda le bateau de son cousin amarré dans la crique, dont les fanaux dansaient sur les flots agités.

— Le mauvais temps arrive, aussi mieux vaut nous hâter, déclara-t-il en s'engageant avec une assurance qui confinait au mépris dans l'entrée du dédale de galeries menant à une grotte, située bien plus haut à l'intérieur de la falaise.

Le feu de sa torche fit reluire des piles de pièces d'or empilées sur une table au plateau balafré de longues entailles.

— Ah ! s'écria-t-il en traversant la salle en deux enjambées pour en saisir une entre ses doigts crasseux.

Il avait beau savoir que le métal qui les constituait ne valait pas un liard, hormis la très fine couche d'or qui le recouvrait, il trouvait le travail remarquable.

— L'illusion est parfaite, souffla-t-il, impressionné.

— Je t'ai dit que j'avais du talent, répondit Charles Beck en souriant d'un air cabot.

— Les dernières que tu avais faites m'avaient semblé trop brillantes, grommela Walter Beck en bousculant un peu son demi-frère pour se saisir à son tour d'une pièce et l'examiner à la lumière de sa torche. Hum, celles-ci sont mieux.

— Mieux ? grinça Charles, quittant l'air poli qu'il affectait depuis son entrée en apprentissage chez William Marsden, l'orfèvre. Tu veux rire. Mon maître lui-même s'y tromperait.

— Tout le monde sait bien que le vieux Marsden sera bientôt complètement aveugle, répliqua Walter avec un sourire méprisant. Et puis, n'oublie pas que tes chefs-d'œuvre ont attiré l'attention de Richard de Clerc.

— Parlons-en. Tu n'as pas pu te contenter de récupérer les pièces, non, il a fallu que tu le tues…

— Et j'ai bien fait ! Aurais-tu préféré qu'il aille nous dénoncer, nous, pour faux monnayage, au lieu de s'en prendre à Marsden ?

— Ce ne sont point mes pièces qui ont éveillé les soupçons, mais plutôt ton idée de devenir le régisseur de sir Neil Westover, rétorqua Charles en plissant les yeux. Je t'avais pourtant prévenu de ce que, les Sommerville étant ses suzerains, il ne manquerait pas de se rappeler ton éviction de Wilton Castle par lord Ruarke. Tout le monde s'en souvient, de toute façon, c'est d'ailleurs pour cela que tu ne peux trouver un nouveau poste et que nous survivons avec le peu que je gagne.

Hugh sourit de voir Walter rendu muet tout à coup par la sortie de Charles. Physiquement, le premier lui rappelait son père, lord Edmond Harcourt, quoique celui-ci fût plus débonnaire et autrement plus futé. Il appréciait de voir le second houspiller son demi-frère, lui qui n'osait jamais tenir tête à son géniteur. Un jour viendrait pourtant où il pourrait l'affronter sans rougir, et lui montrer qu'il avait de la ressource. Il faudrait pour cela qu'il obtienne ce qu'Edmond convoitait depuis des années et des années, en vain : le titre et les biens des Sommerville. On verrait alors lequel des deux était le plus malin.

Patience.

— Si tu parles encore de cette histoire, je te pocherai les yeux, menaça Walter en serrant les poings.

— C'est toi qui as commencé, maugréa Charles. Et je te rappelle que sans une bonne vue je ne pourrais faire le reste des pièces…

— Il a raison, intervint Hugh d'un ton neutre, avant d'ajouter, pour calmer les esprits : combien de temps te faudra-t-il pour en terminer avec cela ?

— Une semaine, répondit Charles en haussant les épaules et en surveillant son demi-frère du coin de l'œil.

Walter laissa retomber les bras le long de ses flancs, un sourire carnassier aux lèvres.

— Encore une semaine et j'aurai mon argent !

— Et moi je prendrai Arianna de Clerc pour femme, lui fit écho son frère.

— Tout doux ! tempéra Hugh Harcourt. Les choses n'iront pas aussi vite. Il faudra du temps à vos amis les marchands de Tyneham pour répandre ces pièces dans la population. A quoi diable servirait d'accuser les Sommerville et Marsden de contrefaçon si elles ne sont pas encore en circulation ?

— Mais… Neil Westover a l'intention d'épouser Arianna dès la semaine prochaine, protesta Charles. Pas question de laisser ce porc coucher avec elle le premier. Il va falloir hâter les choses…

— Bien dit ! approuva Walter en lançant un regard noir

à Hugh. Les créanciers sont à mes basques. J'ai besoin de cet or tout de suite.

— Prends patience, lui recommanda Hugh. Dès que les pièces auront été mises en circulation, j'alerterai le roi Edouard. Tu peux être sûr que Sa Majesté enverra sans délai quelqu'un pour enquêter sur cette affaire. Et la piste mènera son envoyé tout droit aux Sommerville et à Marsden. Ils seront convaincus de haute trahison et pendus haut et court, n'en doute pas un instant. Mais il y faudra quelques semaines, évidemment, comme prévu.

— Mais d'ici là Arianna sera mariée ! protesta Charles. Ce n'est pas juste. J'ai pris tous les risques. C'est moi qui ai volé l'or à Marsden, et moi encore qui ai passé mes nuits enfermé dans cette maudite grotte à trimer pour faire ces pièces.

Il se tut un instant, avant de reprendre d'un ton plein de colère :

— Je me moque de ruiner les Sommerville. Je n'ai accepté ce plan que parce que tu m'as dit qu'Arianna serait à moi, une fois que le roi aurait pendu son grand-père.

— Et elle le sera, répondit Hugh en dédiant au faussaire le sourire mielleux qu'il tenait de son père. Tu roucouleras bientôt avec ta donzelle, Charles, je te le promets. Quant à toi, Walter, je te prêterai un peu d'argent pour tenir en attendant le grand jour.

— Entendu, répondit aussitôt le colosse.

— Tout cela est de ta faute, Walt, lança Charles, revenant à la charge. Sans ce meurtre stupide, Neil n'aurait pas prétendu avoir promis à Richard de Clerc de prendre soin de sa fille, en cas de malheur, en l'épousant.

— J'en ai soupé de t'entendre toujours me reprocher tout ce que je fais, s'emporta Walter. Si cela peut te faire taire, je veux bien occire Westover.

— Non, se récria Charles en ouvrant de grands yeux atterrés. Sir Neil ne m'a rien fait…

— Il va épouser la fille que tu convoites, repartit Walter avec un sourire mauvais. Ça me semble une bonne raison pour lui régler son compte. Et puis j'ai dans l'idée que je prendrai un certain plaisir à trancher la gorge d'un homme qui n'a pas voulu de moi pour régisseur.

1

« Ransford est toujours aussi sombre et impressionnant », songea Gabrielle Sommerville en changeant d'appui sur sa selle comme le pont-levis s'abaissait pour les laisser entrer.

Gareth Sommerville fit avancer son cheval à la hauteur de celui de sa belle-sœur et, après avoir ôté son heaume, repoussa de son front hâlé quelques mèches de cheveux roides de sueur. Les derniers rayons du soleil frappèrent son visage, adoucissant ses traits rudes, son nez aquilin et sa mâchoire volontaire. Ses yeux couleur de nuit parcoururent amoureusement les pierres noires des remparts.

— Je crois qu'il faut avoir vu le jour entre ces murs pour les apprécier vraiment, murmura-t-il.

Quatre tours rondes hautes de cent pieds délimitaient l'enceinte où se dressaient le château lui-même, les communs et les bâtiments où vivaient les gens de Ransford.

C'étaient ses gens, ses terres, et quand Godfrey, son père, passerait de vie à trépas, il en deviendrait le maître, en même temps que du comté de Winchester.

— Je me sens chez moi ici, affirma-t-il d'une voix sereine. Je n'aspire à vivre nulle part ailleurs. Et toi, Ruarke, qu'en dis-tu ?

Son jeune frère répondit en plissant les yeux, ébloui par le soleil couchant :

— C'est une forteresse redoutable, qui a permis aux Sommerville de tenir ces chiens de Harcourt à distance.

Gareth hocha la tête. Ruarke voyait toujours, en premier lieu, l'aspect militaire des choses, au contraire de lui, qui se sentait souvent plus fermier que soldat. Il y avait trois siècles que les deux familles se faisaient la guerre, et depuis tout ce temps Ransford offrait aux Sommerville un havre imprenable, d'où ils pouvaient repousser tous les assauts de leurs ennemis. Certes, le château n'avait rien de vraiment agréable à l'œil, mais il faisait toujours bon y rentrer.

Gareth fronça le sourcil, soudain, en repensant à la douleur, et à la déception, qui l'avaient poussé à quitter ces lieux tant aimés, trois mois plus tôt, après la mort de son épouse.

— Le souvenir d'Emilie te fait-il encore souffrir ? s'enquit doucement Gaby.

— Non, dit-il d'une voix sombre.

Quand il pensait à elle, il éprouvait de la colère, et non du chagrin. Il s'en voulait encore d'avoir été assez stupide pour épouser cette femme. Une fille aussi belle qu'elle n'avait pu jeter son dévolu sur un homme comme lui sans arrière-pensées, forcément.

— Je vous suis reconnaissant de m'avoir invité à séjourner chez vous, à Wilton, après son trépas.

— Nous l'avons fait pour nous-mêmes autant que pour toi, repartit Ruarke. J'avais besoin de ton aide pour m'occuper de mes destriers. Comment Apollon s'est-il comporté pendant le voyage ?

Gareth flatta le cou de sa monture, dont la robe grise luisait de sueur. L'étalon, la tête droite, piaffait tandis que le lourd pont de bois descendait lentement devant eux.

— Je crois qu'il fera un bon cheval de combat, car il répond magnifiquement au moindre de mes gestes et n'a pas semblé s'émouvoir du poids de mon armure.

— Je savais qu'il avait ces qualités, mais les bêtes de cette couleur sont toujours un peu fantasques et je n'avais pas la patience de le dresser, dit Ruarke avec un sourire teinté d'ironie.

Les deux frères se ressemblaient par la taille sinon par le tempérament. Ils avaient tous deux des épaules larges, un corps élancé et musclé, des cheveux épais et striés de mèches blondes et un teint hâlé, témoin des heures innombrables qu'ils passaient à cheval toute l'année, par tous les temps.

— Gaby avait raison de dire que tu serais l'homme de la situation. Tu as fait des merveilles avec lui et avec l'autre poulain de Gladiateur.

— Gaby a eu raison sur bien des points, murmura Gareth.

— Si seulement j'avais exprimé mes réserves concernant Emilie avant vos épousailles ! intervint l'intéressée, le front plissé sous sa frange de cheveux fins.

L'aîné des deux frères passa une main tremblante dans ses cheveux, les yeux fixés sur les remparts de Ransford.

— Je préfère ne plus parler d'elle, laissa-t-il tomber.

Ruarke échangea un regard inquiet avec sa délicieuse épouse.

Maudite Emilie ! Qu'elle soit damnée, elle et ses manigances, songea-t-il. Depuis toujours, Gareth était le plus calme des frères Sommerville, un vrai roc, impavide et patient. Las, en deux ans, sa femme avait fini par le rendre renfermé, secret et froid. Sauf quand il s'agissait de ses chevaux.

— Tu as eu de la chance de trouver Gaby, lança Gareth, d'un ton qui ne laissait aucun doute sur sa sincérité.

— C'est un tyran, répondit Ruarke en clignant de l'œil à l'adresse de la jeune femme.

— Prenez garde, milord, répliqua celle-ci en le couvant

de ses beaux yeux violets. Vous parlez ici de la mère de vos enfants, et de celle qui prépare vos repas.

— M'est avis que je vais devoir faire amende honorable si je ne veux point qu'on m'empoisonne ! s'esclaffa Ruarke. Je m'y emploierai dès ce soir…

Le regard incandescent que lança Gabrielle à son époux remplit d'envie Gareth. En s'ébrouant pour chasser les images qui lui traversaient l'esprit, il fit avancer son cheval sur le pont-levis baissé. Il n'avait pas souvenir qu'Emilie l'ait jamais regardé de cette façon, même au début, quand elle prétendait encore l'aimer. Bah ! se dit-il. Mieux valait ne pas caresser d'impossibles rêves et se concentrer sur ce que l'on savait faire. Dresser des chevaux de bataille, par exemple.

— Notre père est arrivé, annonça Ruarke d'un ton enjoué en apercevant les couleurs du comte flottant au sommet de la tour.

Un frisson glacé parcourut l'échine de Gareth. Et si le comte refusait d'accéder à sa requête ? Cela l'inquiétait si fort qu'Apollon, sentant son angoisse, fit un léger écart. Il fallait que son père accepte. Pour une fois qu'il demandait quelque chose…

En pénétrant dans la cour intérieure, les deux frères furent surpris de constater qu'une activité inhabituelle y régnait, et que certains des hommes qui s'agitaient sous leurs yeux portaient une livrée qu'ils ne reconnaissaient pas.

— Il semble qu'il ait des invités, remarqua Ruarke sans chercher à cacher son déplaisir.

— Il faudra du temps pour qu'il écoute ma proposition si je dois me barricader avec lui dans sa damnée bibliothèque, dit Gareth d'une voix sombre.

— Montrez-vous prudent en cette affaire, le mit en garde sa belle-sœur en prenant dans ses bras sa fille qui s'éveilla en protestant un peu. Votre père est plus sensible à la raison qu'aux menaces.

L'enfant plissa les yeux pour se protéger du soleil, et aperçut alors ses grands-parents qui s'avançaient sur le perron du château pour accueillir la petite troupe. Aussitôt, elle poussa des cris de joie, suppliant son grand-père, le propre conseiller du roi, de la prendre sur ses épaules, ce qu'il fit avec plaisir, imitant même devant ses fils médusés le hennissement d'un cheval.

— Heureusement que les gens de la cour ne sont pas ici pour le voir, s'exclama Ruarke en riant.

Gareth resta silencieux, tout occupé à chasser de son esprit le souvenir de l'enfant mort avec Emilie.

— Quel bonheur de te voir, lui lança sa mère, en scrutant ses yeux noirs, hérités de Geoffrey.

Ce qu'elle y vit doucha sa joie.

— Gareth, si seulement je pouvais…

Apollon manifesta son impatience en frappant le sol du sabot, au grand soulagement du voyageur qui s'éloigna rapidement pour soigner l'animal, tâche qu'il n'abandonnait à aucun autre. Quand il en eut terminé, toute la famille était déjà réunie à l'intérieur, dans la grande salle, lui apprit le serviteur qu'il héla dans la cour.

Ce qui signifiait que devaient en effet se trouver au château des invités, sans quoi ils se seraient réunis dans la chambre haute, où sa mère passait ses journées. En atteignant la porte, il reconnut deux des hommes qui conversaient avec Ruarke et son père.

Celui de gauche, courtaud et gras, n'était autre que lord Peverell. Quant à l'autre, celui au visage de renard, il portait le nom de sa terre lointaine : Craven. Gareth ne connaissait pas les autres, mais il les imaginait membres de la cour, forcément. Ce qui ne laissait pas de l'étonner, car son père n'appréciait tant la paix de sa demeure que pour y être loin des intrigues, et n'invitait que très rarement ceux qu'il était amené à rencontrer chez le roi.

— Viens çà ! lui lança lord Geoffrey en lui faisant un signe de la main. Nous parlions des chevaux gris de ton frère.

— Qui sont aussi les miens, corrigea Gareth en acceptant une chope de bière que lui offrait un échanson.

Saisissant l'occasion, il entreprit d'expliquer son plan d'élever des chevaux de bataille à Ransford, non sans noter qu'à mesure qu'il présentait sa thèse, le sourire du maître des lieux se figeait sur ses lèvres. Ruarke hocha la tête pour l'encourager à poursuivre.

Ce que Gareth fit un moment, puis, à bout d'arguments :

— Alors, père, qu'en dites-vous ? s'enquit-il.

— Il semble que vous ayez déjà pris votre décision, grommela Geoffrey.

— J'y ai beaucoup réfléchi, en effet, admit Gareth, ajoutant d'un ton ferme : C'est ce que j'ai envie de faire.

Ces mots traduisaient bien faiblement son désir de se lancer dans l'aventure. D'avoir travaillé avec Apollon donnait à sa vie une direction nouvelle, au moment où il en avait plus besoin que jamais.

Depuis son tout jeune âge, il se préparait à prendre, un jour, la place de son père. Celui-ci, étant diplomate, avait laissé à son maître d'armes le soin de lui enseigner l'art de monter à cheval et de se servir de son épée. De sa mère, il tenait sa connaissance de la terre et de la manière dont il convenait de l'entretenir et de la gérer, ainsi que le sens de la justice, qu'il serait appelé à rendre, le temps venu ; et, de Geoffrey, les rudiments du français mâtiné de normand qu'on parlait à la cour, qu'il lisait et écrivait assez bien, et de l'anglais que le peuple utilisait tous les jours.

Par amour pour ses parents autant que par sens du devoir, il aurait pu se contenter de cette vie ; or, plus le temps passait, plus le besoin de sentir auprès de lui une présence amie, de partager avec une femme aimée son existence à Ransford se faisait pressant. Ruarke, lui, avait son manoir de Wilton, une femme amoureuse et deux beaux enfants. Quant à Alex, son cadet, il commandait une flotte de vaisseaux sur toutes les mers d'Europe — et les femmes lui couraient après dès qu'il mettait le pied sur la terre ferme.

Il se remémorait ses rêves avec Emilie, les premiers temps, avant que la vie avec elle ne tourne au cauchemar…

— Je veux que tu sois heureux avant tout, affirma Geoffrey, mais comment pourrais-je me battre pour la paix si mon fils élève des chevaux pour la guerre ? Cela n'a pas de sens.

— C'est pourtant mon intention, insista Gareth.

Son père hésita, ne sachant trop comment réagir devant cet étranger au regard froid qui se tenait devant lui. En serrant les dents, il maudit intérieurement la sorcière qu'il accusait de lui avoir volé son fils.

— Puisque nous parlons de poulinières, intervint lord Peverell avec un sourire à la fois ironique et sérieux, ne serait-il pas temps que Gareth songe à se donner un héritier ? Un mâle, de préférence…

Ruarke émit un grognement hostile qui fit taire lord Robert, mais trop tard. En deux ans de mariage, lui et Gaby pouvaient se vanter d'avoir grandement dérogé à la tradition en produisant deux filles coup sur coup, événement sans précédent chez les Sommerville. La naissance d'un garçon devenait chaque jour plus urgente.

Et la tâche en incombait à Gareth. Il lui faudrait donc une nouvelle femme. Il en tremblait de colère rien que d'y penser.

— Ma fille Margory ferait une bonne épouse, et une

comtesse parfaite, affirma lord Robert en se retournant pour appeler l'intéressée. Margory ! Viens çà !

Il y eut du mouvement en haut des escaliers qui donnaient sur les étages et une jeune fille apparut soudain, relevant sa robe pour marcher sur les roseaux qui jonchaient le sol. Dès qu'il vit ses cheveux blonds, aussi pâles que ceux d'Emilie, le sang de Gareth se figea dans ses veines. Mais elle avait les yeux de son père, bruns et non bleus, et aussi un visage rond et charmant.

— Ce n'est pas ce dont nous étions convenus, protesta lord Craven. Nous devions attendre la fin du repas et présenter nos filles toutes en même temps. Alice ! Descends ici à l'instant !

— Edith ! cria l'un des autres.

— Marie ! renchérit un troisième.

Un vol de donzelles de tout acabit s'éploya dans la grande salle avec de petits cris aigus ; puis retentit le tumulte des mères surgissant à leur tour pour vanter leur progéniture :

— Lord Gareth, regardez ma fille ! N'est-elle pas…

Ruarke s'interposa vivement entre son frère et la meute.

— Holà, femmes ! hurla-t-il du ton dont il usait pour arrêter ses hommes sur le champ de bataille.

Toutes se figèrent comme des hases effrayées.

— Depuis quand ne suis-je point homme à me défendre seul d'un troupeau de femelles ? se récria sèchement Gareth en contournant son cadet, dont il savait qu'il le tenait pour un piètre soldat. Que se passe-t-il céans ? Que veut dire ce manège ?

Sa mère se précipita vers lui en agitant les bras.

— Cela ne devait pas se passer ainsi, expliqua-t-elle. Nous voulions faire les choses dans l'ordre et le calme.

— De quoi parlez-vous, mère ?

— Ah ! Je vois que tout le monde est déjà là, gazouilla Gaby de sa voix flûtée en adressant à son beau-frère un clin d'œil pour le calmer. Cela m'évitera d'avoir à faire sonner la trompe pour vous convier au dîner.

— Dieu soit loué ! soupira Catherine Sommerville en tapotant la main de son fils. Comment ferions-nous sans Gabrielle ? Allons, Gareth, nous causerons plus tard.

Geoffrey tenta de s'esquiver lui aussi, mais Gareth le saisit par le bras :

— Que diable… ? souffla-t-il.

— Il s'agit d'un malentendu, mon garçon, le rassura le conseiller du roi. J'étais à la cour quand j'ai reçu ton message et j'ai dit à Peverell et Craven que tu rentrais ici pour t'entretenir avec moi de tes projets. J'ai dû parler de reproduction et ils m'auront mal compris…

— Ah que c'est drôle ! s'esclaffa Ruarke en frappant son frère sur l'épaule. Toi qui venais proposer d'élever des chevaux, te voilà avec une maison pleine de pouliches impatientes ! Tudieu, cette affaire m'a ouvert l'appétit. A table !

Geoffrey hésita un instant, comme s'il s'attendait à ce que son aîné se prenne à rire lui aussi, comme autrefois, mais devant son expression sinistre :

— Pardonne-moi, dit-il. Après que Robert m'a présenté Margory, je n'ai vu aucun mal à faire en sorte que tu la rencontres, car elle est douce et timide. Je n'imaginais pas qu'il en viendrait d'autres. Tu sais que ta mère et moi voulons éviter de te blesser davantage.

— Je ne suis pas blessé, père, répondit Gareth. Simplement… indifférent.

Il disait vrai. Hormis la colère, parfois, les femmes n'éveillaient aucun sentiment en lui.

— Veux-tu dire que tu ne comptes pas te remarier ?

— Non, répondit le jeune veuf en secouant la tête.

Lord Robert a raison. Il nous faut un héritier mâle. C'est seulement que je n'ai plus pensé à cela depuis…

Depuis la mort d'Emilie, ou sa trahison ?

— Tu n'as pas besoin de t'en préoccuper pour l'heure. Attends d'être prêt, mon fils, repartit Geoffrey sombrement.

— Je ne le serai jamais, père, mais je dois prendre femme, il le faut, fit Gareth avec amertume. Cette fois, cependant, je choisirai mon épouse comme je le ferais pour une jument : en ne tenant compte que de sa lignée et de la pureté de son sang.

— C'est une erreur. Nous, les Sommerville, nous sommes toujours mariés par amour.

— Je n'ai que faire de ces sornettes, rétorqua le fils. Et pour que vous n'en doutiez pas, j'épouserai une fille si peu attrayante qu'il me sera impossible d'éprouver le moindre désir pour elle !

— Et comment comptes-tu t'y prendre pour lui faire un enfant, si tu ne supportes pas de la regarder ?

— Je la prendrai dans le noir après m'être enivré, voilà tout. Les Sommerville ont besoin d'un héritier ? Fort bien, je leur en donnerai un, mais qu'on ne me demande pas d'y prendre du plaisir !

Emu par le sens du devoir dont faisait preuve son aîné, Geoffrey ne pipa mot.

— J'élèverai aussi des chevaux, comme je l'ai dit, ici même, à Ransford, continua Gareth. Et pas seulement parce que j'en ai envie. Nous avons besoin de l'argent qu'ils pourront nous rapporter, car les fermages et les tailles ne suffisent plus.

Geoffrey baissa la tête, forcé d'admettre que son fils avait raison. Depuis l'épidémie de peste, il n'y avait plus assez d'hommes pour semer et couper les récoltes, ce qui grevait affreusement les revenus des terres.

Les deux hommes se regardèrent un moment en silence, conscients du fossé qui les séparait désormais de leur heureuse vie d'antan. Leur vie d'avant la peste et d'avant Emilie…

— Que comptes-tu faire dans l'immédiat ? s'enquit le père.

Gareth aurait aimé répondre qu'il voulait élever ses chevaux en paix, mais il poursuivit son idée :

— A dire vrai, j'aimerais que vous vous chargiez de me trouver une épouse, et en mon absence, de préférence.

— Je peux arranger cela, répondit Geoffrey, songeur.

Gaby surgit sur ces entrefaites, suivie de deux serviteurs portant de quoi manger.

— Vous serez plus au calme dans la bibliothèque pour parler, dit-elle. Je vais vous y faire servir le dîner.

— Excellente idée, s'enthousiasma le maître des lieux, qui n'ignorait pas que la meute des femmes n'attendait que de les voir prendre place à la grande table pour les encercler. Ah ! Béni soit le jour où Ruarke vous a épousée, Gabrielle.

— C'est ce que je me dis moi aussi à chaque heure, milord, répondit la jeune femme. Cela n'a pas été sans mal…

Gareth repensa aux premiers temps du mariage de son frère, et aux difficultés du jeune couple. Leur amour les avait protégés du malheur. Il ne pouvait en dire autant.

Perdu dans ses pensées, il suivit son père et sa belle-sœur. Il avait beau détester cette idée, Ransford avait besoin d'un héritier et d'une châtelaine. C'est-à-dire d'une femme capable de diriger la maisonnée. Emilie, elle, passait trop de temps à se préoccuper de sa beauté pour s'y intéresser…

Il se rendait compte à présent de la différence avec Wilton, que Gaby maintenait dans un état de propreté remarquable, et de la détérioration subie par Ransford à cause de son épouse défunte. La prochaine devrait être aussi efficace et attentive que sa belle-sœur, qu'il regarda avec admiration donner des ordres aux serviteurs pour qu'ils ravivent le feu dans la cheminée de la bibliothèque et y dressent une table.

— Ne vous piégez pas vous-même en faisant un mariage hâtif, Gareth, le mit-elle en garde avant de sortir. Attendez plutôt de trouver une femme que vous puissiez aimer, et qui vous aime.

— Ransford et mes chevaux me suffisent, répondit-il.

Quand Gaby se fut éloignée, le comte ne put retenir un cri du cœur :

— C'est une épouse comme celle-ci qu'il te faut.

— Sans doute, père, mais je doute que Ruarke me laisse la lui prendre et nous savons bien vous et moi que je ne peux espérer le vaincre les armes à la main.

— Il y a des choses plus importantes que de savoir se battre, mon fils.

— Peut-être, mais c'est à cette aune qu'on mesure les qualités d'un homme dans nos contrées, dit sombrement Gareth, en se demandant comment on le jugeait, lui, à présent.

— Mangeons d'abord. Nous causerons mieux ensuite. J'ai une tâche à te confier dont je veux t'entretenir.

Quand ils furent rassasiés, Geoffrey se leva pour aller chercher un parchemin, qu'il parcourut rapidement.

— Sir Neil de Tyneham va se marier bientôt, annonça-t-il.

— Sir Neil ? s'étonna Gareth. Mais il est plus âgé que…

— Que moi ? coupa le comte en fronçant le sourcil d'un air contrit. C'est vrai. J'aurai cinquante ans cette année, mais Neil est près d'en avoir soixante.

— Ni vous ni lui ne faites votre âge, déclara le fils pour se faire pardonner sa bévue.

Il appréciait sir Neil, vassal fidèle de son père depuis des temps immémoriaux. Les serfs de Tyneham n'avaient pas leur pareil et travaillaient plus que tous leurs semblables sur les terres des Sommerville. Trop occupé à réparer les dégâts causés par la peste, Gareth ne s'y était pas rendu depuis des années. Il réalisa subitement que Neil n'avait pas d'enfants.

— Il veut semer ce qu'il lui reste de grain et espère une récolte tardive ?

— Non pas. Il m'a confié voici longtemps qu'il ne pouvait engendrer à cause d'une fièvre contractée dans sa jeunesse.

— Cette fille aurait donc un fils d'un premier mariage, dont il veut faire son héritier ? Si Neil mourait avant que le garçon grandisse, il leur faudrait envoyer à Tyneham un gouverneur à même de diriger le château en attendant.

Geoffrey secoua la tête de nouveau.

— Bien qu'elle ait dix-huit ans déjà, elle n'a jamais été mariée. C'est la fille de Richard de Clerc, le capitaine des gardes de Tyneham, récemment assassiné. Neil lui a promis à la naissance de sa fille de prendre soin d'elle si un malheur advenait.

— Ne pouvait-il se contenter de lui donner une dot ?

— Elle vit avec ses grands-parents et refuse obstinément de se séparer d'eux, car ils n'ont plus qu'elle au monde. Neil a craint que personne ne veuille l'épouser s'il fallait les prendre avec elle, d'autant qu'il ne pouvait la doter bien grassement.

— Voilà bien du zèle. Peut-être cette fille ravive-t-elle en lui quelque ardeur oubliée ?

Gareth marqua une pause, puis :

— Non, impossible, reprit-il. Si elle n'est pas mariée à son âge, c'est qu'elle doit être plus laide qu'une truie. Je devrais songer à l'épouser moi-même.

— Gareth ! protesta Geoffrey, avant de se reprendre, ravi de voir flotter sur les lèvres de son fils un sourire enfui depuis des mois et des mois. De toute façon, elle n'est pas de ton rang. Sir Richard était un chevalier sans terre et sa mère la fille de Marsden, l'orfèvre de Tyneham. Un homme admirable, d'après sir Neil, mais dont la santé avait beaucoup décliné ces derniers temps.

Lassé de cette conversation, Gareth se laissa aller contre le dossier de son fauteuil.

— Donc, vous comptez que j'assiste à ces épousailles ?

— En effet. Tu pourras ainsi t'absenter de Ransford sans froisser personne et moi, te choisir une épouse. Mais il est une autre raison pour laquelle je veux t'envoyer à Tyneham. Comme je te le disais, Richard de Clerc a sans doute été assassiné, par des contrebandiers qui trafiquent la laine dans cette contrée. Une lettre de sir Neil m'en a informé, que j'ai reçue il y a un mois de cela.

— Un mois ? s'étonna Gareth en se raidissant. Et c'est la première fois que j'entends parler de cette affaire ? Si vous me jugiez trop faible pour me relever de mon devoir et m'envoyer là-bas, pourquoi ne pas avoir fait appel à Ruarke ?

— La faute m'en incombe, repartit Geoffrey en levant la main. J'ai été si fort préoccupé par ces nouvelles lois que le roi veut promulguer que je n'ai pas ouvert la missive et qu'elle s'est perdue dans le fatras de celles que je reçois tous les jours. Je ne l'ai lue qu'aujourd'hui ; mais je compte remédier à cette négligence sur l'heure. La violence me répugne, tu le sais. Je suis cependant obligé de te demander de pourchasser ces brigands et de les punir.

— Cela semble être plutôt une tâche pour Ruarke, dit Gareth, sur la défensive.

— Nenni, répondit Geoffrey. Il y faudra de la patience et de l'habileté plus que de la force.

— Arianna ! appela dame Cicily en poussant la porte de l'atelier de William Marsden. Ah, te voilà !

La jeune femme aux tresses blondes, surprise, leva les yeux du reliquaire d'argent sur lequel elle travaillait.

— Oh, pardon, ma tante, je…

— Tu as oublié l'heure, coupa Cicily en traversant la pièce d'un pas alerte malgré son âge, sa guimpe blanche lui faisant un panache derrière la tête. Misère ! Tu as encore brûlé ta robe. Comment as-tu pu, un jour comme aujourd'hui ?

Rien de plus simple, pensa Arianna en baissant ses yeux étonnamment bleus et en soupirant.

— Comme d'habitude, ma tante. Je ne me suis point souciée de mes vêtements.

Elle caressa du bout des doigts le précieux coffret de métal ouvragé. Personne, pas même sa grand-tante, malgré toute son indulgence, ne comprenait vraiment qu'elle s'attache à de tels objets au point de trouver parfois difficile de s'en séparer ne fût-ce que quelques heures. Comment auraient-ils pu s'imaginer qu'en travaillant ainsi, elle oubliait entièrement le monde qui s'agitait autour d'elle ?

— Ma tante, je voulais seulement…

— Terminer ce reliquaire pour permettre à maître Holton d'y placer enfin ce morceau d'os de saint Simon qu'il a acquis le mois dernier, coupa derechef la vieille dame en fronçant le sourcil pour contempler la châsse d'argent. J'ai pourtant dit à cet imbécile que ce marchand ne m'inspirait pas confiance. Il a vendu tant de reliques de saint Simon, depuis le temps, qu'on pourrait croire que ce dernier avait six jambes !

— Tante Cici ! Dites-moi que vous plaisantez.

— Absolument pas, répondit l'intéressée en défiant la jeune femme de ses yeux usés par le temps, le pourpre de la colère rougissant ses vieilles joues. J'ai même ajouté que cet os devait avoir appartenu à un âne comme lui, pour sûr.

— Mais c'est un client ! protesta Arianna.

— Je sais, ma petite. Mais quand tu auras épousé sir Neil, tu n'auras plus besoin de son argent, ni de celui de ses semblables. De toute façon, tu n'as plus le temps de le finir. Nous devons être à Tyneham dans deux heures et tu n'es pas encore prête.

Je ne le serai jamais pour ça…, pensa Arianna tristement.

— Inutile de cacher tes yeux, l'admonesta sa grand-tante. Je sais bien que ton cœur ne se réjouit pas de la chose, mais ton père l'a voulu ainsi et ton grand-père et moi aimerions te voir établie avant de mourir.

— Oh, tante Cici, ne dites pas cela…

— Allons, allons, pas de larmes, mon enfant. Nous avons eu une vie bien remplie, ton grand-père et moi.

— C'est vrai, admit Arianna en se forçant à sourire, mais d'une voix qui tremblait à l'idée de perdre ce qu'il lui restait de famille.

— Ton grand-père ne se remet pas de ne plus pouvoir assurer notre pain quotidien.

Arianna songea au vieil homme. Son indigence brisait le cœur de l'orfèvre, certes, mais pas tant que sa cécité, qui augmentait chaque jour et le privait du bonheur d'exercer son métier, qu'il aimait plus que la vie même.

Elle savait ce qu'il ressentait. Presque, à tout le moins, car elle partageait sa passion. Il lui avait enseigné tout ce qu'il savait, bien qu'elle fût une fille. Les femmes n'avaient pas le droit de faire partie de la guilde des orfèvres de Tyneham.

Le reliquaire devait être la dernière pièce qu'ils produiraient ensemble, elle l'entendait encore le lui jurer. La supercherie déplaisait terriblement au vieil homme et il préférait renoncer définitivement à l'exercice de son métier plutôt que de continuer ainsi.

— Si seulement Charles n'avait pas encore toute une année d'apprentissage à suivre, murmura Arianna.

— Bah, les gens d'ici ne paieraient pas un liard pour acheter ce qu'il produit, répliqua Cicily avec un gloussement plein de mépris pour l'intéressé. Son travail n'a pas la finesse du tien, et je doute qu'il puisse jamais t'égaler. Il faut remercier le ciel d'avoir soufflé cette idée à sir Neil, ma chère petite, car nous ne pourrions survivre tous les trois avec ce que je gagne dans ma boutique.

Arianna soupira en opinant du chef.

— Est-ce l'âge de ton promis qui te rebute ainsi, mon enfant ?

— Non, fit la jeune femme en regardant autour d'elle, dans la pièce sombre, le mobilier taché d'innombrables éclaboussures de métal en fusion.

Malgré l'odeur de soufre qui y régnait, elle trouvait cet endroit le plus beau de la terre.

— Je préférerais rester vivre ici avec vous et grand-père.

— C'est ce que tu n'as cessé de répéter depuis la première fois que nous avons abordé avec toi le sujet du mariage, voici déjà des années, maugréa dame Cicily. C'est un souhait irréaliste, mon enfant. Les femmes sont faites pour se marier et suivre leur époux. Tu devrais être heureuse de ce que Tyneham ne soit qu'à une demi-lieue d'ici et que sir Neil ait promis de te laisser nous rendre visite chaque jour.

— Je ne l'oublie pas, ma tante, et lui sais gré de sa bonté, dit Arianna sans beaucoup de conviction, ce qui n'échappa nullement à la vieille femme.

— Pourtant, quelque chose semble t'inquiéter.

— C'est que je n'ai ni les qualités d'une châtelaine ni le goût d'en apprendre les devoirs, répondit Arianna en serrant les dents.

— J'en suis responsable, hélas. Après la mort de ta mère, ton père, terrassé par le chagrin et la peur d'avoir manqué te perdre aussi pendant l'épidémie, n'a plus trouvé le cœur de te refuser quoi que ce soit. Quand il t'a confiée à moi, je ne t'ai pas donné l'éducation d'une fille…

— Tyneham semble pouvoir se passer d'une châtelaine, risqua la jeune femme en regardant sa tante d'un œil plein d'espoir. La maison est bien tenue…

— Bah, l'intendant est si vieux qu'on entend craquer ses os quand il marche. Quand il mourra, il faudra bien que tu le remplaces.

— Sir Neil affirme être un homme simple, aux goûts modestes.

— Et si bon qu'il accepte de te donner du temps pour te faire à tes nouvelles responsabilités. C'est le ciel qui te l'envoie.

Plus encore que de sa bonté, Arianna se félicitait de ce qu'il n'eût plus de famille. Elle ne savait que trop la part prise par celle de son père dans la ruine du mariage de ses parents et ne voulait en aucun cas voir l'histoire se répéter. Un orphelin lui convenait parfaitement.

— Il est vrai que nul autre à sa place n'accepterait de prendre à son service une soubrette muette et un garçon d'écurie infirme, ajouta-t-elle.

— Absolument ! approuva bruyamment Cicily. Sans lui, Grizel et Sim n'auraient plus qu'à mourir de faim.

— Nous nous entendrons très bien tous les deux, affirma la jeune femme.

Une fois passée la nuit de noces…

Elle pouvait s'imaginer vivant à Tyneham une vie paisible auprès de ce mari beaucoup plus âgé qu'elle. En travaillant, parfois, elle songeait à son existence future, se voyait partager ses repas, se promener dans les jardins de Tyneham et bavarder avec lui comme elle faisait avec son grand-père.

Quant à dormir avec lui, non, décidément, elle ne parvenait pas à en accepter l'idée et tremblait rien que d'y penser.

— Allons, ma chérie, chasse tes appréhensions. La vie conjugale n'a pas que de mauvais côtés, lui dit encore sa vieille parente.

— Tante Cici ! Quand donc cesserez-vous de vous mêler de ce qui…

— Je ne peux m'empêcher de sentir certaines choses, l'interrompit dame Cicily, blessée par sa rebuffade. Tu le sais bien.

Arianna se reprocha son éclat mais n'eut pas le temps de s'excuser, car Charles venait d'entrer sans prévenir.

— Je pensais, lança-t-il, les lèvres pincées, que vous seriez occupée à vous préparer pour votre beau mariage.

— C'est exactement ce qu'elle devrait faire, en effet, dit Cicily sèchement en empoignant sa jeune nièce par le bras tout en ordonnant à Charles d'aller se laver un peu.

— Quelle mouche l'a piqué, à votre avis, tante Cici ? demanda Arianna lorsqu'elles pénétrèrent dans sa chambre. Je le croyais mon ami, et pensais qu'il partageait ma passion de l'orfèvrerie, mais depuis que j'ai accepté d'épouser sir Neil, il se comporte étrangement.

— Hum… ce ladre-là a des ambitions qui dépassent son rang, et de loin ! Allons, il faut te baigner à présent, ma petite. Hâte-toi de te déshabiller.

Une fois Arianna entrée dans l'eau fumante de la baignoire de bois installée devant la cheminée, Cicily prit un morceau du savon à la camomille qu'elle fabriquait elle-même, et vendait dans son échoppe, pour en frotter la peau satinée de sa protégée, après quoi elle appliqua sur son visage et ses mains une sorte de pâte verte et visqueuse.

— Pouah ! Cela sent comme la vase d'un marais, ma tante.

— Pas du tout. C'est de la mousse toute fraîche et propre écrasée dans du jus de concombre. C'est affreux comme le métal t'abîme les mains, Ari. Et c'est grand dommage, car tu as une peau magnifique. Mais n'aie crainte, je l'aurai bientôt rendue plus douce que celle d'un nourrisson. Neil sera content.

Cette dernière remarque fit presque sursauter la jeune femme et quelques gouttes d'eau allèrent s'écraser sur le sol de pierre.

— Que t'arrive-t-il, ma chérie ?

— Je… j'avais oublié… ce… ça.

— De quel « ça » parles-tu ? s'étonna Cicily, avant de s'exclamer en rougissant : Ah… je vois… je…

Arianna la considéra en penchant la tête. Depuis que sa grand-tante remplaçait sa mère auprès d'elle, c'était bien la première fois qu'elle la voyait chercher ses mots.

— Eh bien ? insista-t-elle.

— Eh bien quoi ? fit Cicily d'une voix étranglée.

— Allons, tante Cici, ce n'est pas le moment de faire semblant de rien, répliqua la jeune femme, un soupçon de défi dans la voix. Qu'est-il censé se passer après la cérémonie ?

— Il y aura un grand banquet. Sir Neil m'a demandé la liste de tes plats préférés, et…

— Je voulais dire : après le repas.

— Eh bien, euh… il y aura le… coucher…, j'imagine,

balbutia la vieille dame en lavant soigneusement les mains de sa filleule. Les autres femmes et moi t'emmènerons dans la chambre de sir Neil et te déshabillerons, pendant que les hommes en feront de même avec ton époux…

— Vraiment ?

— Ne t'alarme pas, Ari. Ce rituel est censé permettre à chacun de s'assurer que ton corps est sans défaut. Ainsi, ton mari ne pourra te répudier au matin en prenant prétexte de quelque imperfection cachée. Tu n'en as aucune, aussi n'as-tu rien à craindre.

— Je n'ai pas peur, ma tante, répondit la jeune femme en jouant nerveusement avec l'eau de son bain. Même si ce… rituel me semble un peu…

— Humiliant ?

— Oui, peut-être. Mais c'est ce qui doit se passer ensuite que j'ai peine à imaginer. Grizel dit que cela me causera une douleur, mais que vu l'âge de sir Neil, il risque de n'être point très vigoureux…

— Quelle idiote ! Je vais lui chauffer les oreilles ! s'indigna dame Cicily.

Arianna sortit de la baignoire en soupirant et se sécha avec un linge.

— Et moi, que suis-je censée faire ?

— Sir Neil se chargera de te le dire, répondit la tante en fouillant la pièce du regard comme si elle eût pu y trouver un autre sujet de conversation.

— Certes, mais dites-moi ce qui va se passer, précisément.

— Je n'ai jamais été mariée, aussi ne puis-je te répondre, prétendit la vieille femme d'un air gêné. Mais je suis sûre que sir Neil ne te fera point de mal.

Arianna se contenta de cette affirmation, malgré les récits épouvantables de Grizel. Dans la bouche de la soubrette, le mariage semblait une chose dégoûtante. En tout cas, elle espérait que son époux comprendrait sa passion et ne l'obligerait pas à assister à tous les repas, ni à diriger la maisonnée quand l'intendant trépasserait.

Dieu que son père lui manquait ! Sentant les larmes lui monter aux yeux, elle s'ébroua pour les chasser.

— Ce n'est pas un crime de pleurer ton père, ma chérie.

— Il n'aimerait pas me voir le faire, répondit la jeune femme, la poitrine douloureuse à force de réprimer ses larmes. Il m'appelait son rayon de soleil, souvenez-vous. Toujours gaie, toujours souriante…

Si elle s'autorisait le moindre sanglot, elle ne parviendrait plus à s'arrêter, comme sa mère. Il n'était pas question qu'elle passe sa vie à pleurer elle aussi.

Et pourtant il lui semblait impossible d'accepter l'idée de la mort de son père. Penser qu'elle ne le verrait plus jamais entrer dans sa chambre pour la prendre dans ses bras et la serrer contre sa poitrine lui déchirait le cœur.

Rassemblant tout ce qu'il lui restait de courage, elle ravala ses larmes et déclara :

— Je ne veux pas que sir Neil me voie avec les yeux rouges et se mette en tête que je me désole de ce mariage.

Ces braves paroles ne rassurèrent nullement dame Cicily, qui craignait que le chagrin de sa filleule n'éclate avec d'autant plus de violence qu'il avait été longtemps réprimé.

— Cette robe te va fort bien, ma petite, dit-elle en s'efforçant de paraître enjouée, pour faire diversion.

Le surcot de soie bleue s'ornait d'un entrelacs de fleurs et de feuilles cousues au fil d'or autour de l'encolure, pour masquer les ourlets. De fausses manches tombaient jusqu'au sol depuis les épaules, enchâssant la tunique blanche ajustée qu'elle portait en dessous.

— Grand-père ne me reconnaîtrait pas dans cet accoutrement.

En effet, il aurait été difficile de reconnaître dans cette jeune femme somptueusement coiffée et vêtue la sauvageonne débraillée qu'on voyait souvent folâtrer autour du château ou dans ses longs couloirs.

— Tu es splendide, ma chérie, et plus radieuse qu'un matin de mai, s'extasia la vieille tante en ouvrant la porte devant sa protégée.

2

Un cheval hennit furieusement derrière Gareth et, quand celui-ci se retourna brusquement, il fut pris de stupeur en voyant la flèche qui sortait, dans un flot de sang, du cou de l'animal.

— Gardez-vous ! C'est une embuscade ! hurla-t-il à l'adresse de son escorte lorsqu'apparut devant lui une horde d'hommes en armes surgissant du couvert des buissons et des rochers qui entouraient le sentier des deux côtés, en poussant des cris de guerre épouvantables au milieu de leurs épées rutilantes dressées vers le soleil.

Le premier coup qu'il reçut ne frappa, Dieu merci, que l'acier de son estoc ; mais il en fit vibrer la lame si fort qu'il en eut le bras tout endolori.

— Par l'enfer ! jura-t-il en serrant les dents, se reprochant soudain de n'avoir pas pratiqué le combat à l'épée assez régulièrement, ces derniers mois, quand bien même il s'entraînait avec un mannequin à peu près tous les jours. Ce fut purement par réflexe qu'il para l'attaque suivante, glissant la pointe de son arme sous celle de son adversaire pour lui porter un coup sous l'aisselle découverte. Le cri d'agonie de l'assaillant ainsi que le bruit horrible de l'acier déchirant les chairs et brisant les os lui souleva le cœur.

Comme dans un rêve, il entendit le hennissement affolé d'Apollon et sentit les muscles du cheval se tendre comme il cherchait à éviter l'homme qui s'effondrait. Pourquoi avoir choisi de monter cette bête, grands dieux ? Pour un homme tel que lui un peu vert au combat, il fallait un destrier rompu au fracas du métal et à l'odeur du sang.

En attendant, il allait falloir faire face malgré ce handicap, car un nouvel ennemi fonçait sur lui, la bouche grande ouverte sur un cri affreux.

Quelques minutes plus tard, il ne savait déjà plus combien d'hommes il venait d'occire, frappant de tous côtés en une frénésie meurtrière qui l'effrayait lui-même. D'avoir vu tomber près de lui Enrich, le maître d'armes de sa jeunesse affaibli par les années, le rendait fou de rage et de haine. Il arrachait sa lame au corps transpercé d'un assaillant lorsqu'une douleur atroce explosa dans son flanc droit.

Reculant en un sursaut, il dégagea son épée et leva son bouclier dans le même mouvement, amortissant au dernier instant un coup inattendu qui lui aurait tranché la tête, mais qui ne parvint qu'à lui faire perdre momentanément l'équilibre. Son écu retomba, l'exposant au coup suivant, qui l'atteignit à la tempe, heureusement protégée par le fer épais de son casque. Un voile noir passa devant ses yeux.

Luttant de toutes ses forces pour rester en selle, il sentit Apollon se cabrer avant même que le cheval ne lève ses antérieurs et, dans un pur réflexe, vida ses étriers pour éviter d'être écrasé par l'animal dans sa chute.

Quand son dos heurta le sol dur, il en eut le souffle coupé, mais ce n'était rien en comparaison de ce qui l'attendait : une masse s'abattit sur lui avant qu'il ait le temps de rouler hors de portée — et l'obscurité envahit sa vision. Ce ne pouvait être que le jeune étalon, forcément. Quel gâchis ! eut-il encore le temps de penser avant de s'évanouir.

*
* *

Quand il s'éveilla, environné par un profond silence, il eut la certitude d'avoir survécu. Mais, vainqueur ou vaincu ? Mystère. Prudemment, il ouvrit un œil.

Son corps se trouvait coincé partiellement sous celui du malheureux Apollon, et son bras droit écrasé par le cadavre de l'animal ne pouvait atteindre son épée. Jamais il n'allait pouvoir se dégager tout seul.

Un bruit de pas lui fit tourner la tête, mais en entendant les inconnus s'exprimer en un anglais grossier, il jugea prudent de fermer les yeux et de faire le mort.

— Lequel est Sommerville ? fit une voix grasseyante.

— Quelle importance ? Ils sont tous morts, répondit une autre.

— Leurs armures et leurs écus m'ont semblé si simples que je n'aurais jamais deviné qu'il pouvait s'agir de Sommerville sans voir la bannière qu'ils portaient dans leurs fontes.

— As-tu pris tout ce qu'ils avaient sur eux ?

— Oui, et j'ai caché les corps dans les fourrés comme vous me l'aviez ordonné. Sauf celui-ci, bien entendu. Il va d'abord nous falloir le dégager de sous ce cheval.

— Attends ! souffla la seconde voix en baissant soudain le ton. Quelqu'un vient. En selle. Allons-nous-en.

A peine les deux inconnus eurent-ils disparu que Gareth perçut le bruit d'un attelage tirant une voiture. Très lentement, il ouvrit les yeux et souleva légèrement la tête. Un homme et une femme apparurent dans son champ de vision, qu'il aurait hélés en d'autres circonstances, mais auxquels il n'osa pas révéler sa présence de peur qu'ils ne l'achèvent pour le dépouiller. La moindre des choses qu'il portait sur lui rapporterait plus à un paysan que dix années de labeur.

— Je t'ai pourtant dit qu'il y avait du grabuge devant nous, bougonna la femme. Mais m'as-tu écoutée ? Evidemment non ! Il a fallu que tu captures ce satané animal… Ne nous arrêtons pas ici. Celui qui a tué celui-là pourrait revenir.

— Je dois d'abord vérifier qu'il n'est point vivant. Il a peut-être besoin d'aide, répliqua le vieil homme.

Gareth ne broncha pas, mais c'était compter sans la perspicacité de l'inconnu.

— Il vit, Bertha, il vit ! s'écria celui-ci en se ruant vers sa voiture. Il faut trouver un moyen de le sortir de là-dessous pour lui porter secours.

Voilà bien ma veine, pensa Gareth. Le couple semblait trop vieux pour pouvoir l'aider, mais s'il leur promettait une pièce, ils accepteraient sûrement d'aller jusqu'à Tyneham chercher sir Neil.

— Attendez ! lança-t-il — et il fut surpris par la faiblesse de sa voix.

Owen, le fermier, s'avéra être un homme plein de ressource : après avoir dételé ses bêtes, il les fit haler le corps du cheval pour dégager Gareth, et quand celui-ci, endolori mais sauf, leva les yeux en buvant avidement à l'outre offerte par la vieille femme, il avisa une troisième monture attachée derrière le chariot.

Malgré l'obscurité qui tombait rapidement, il lui sembla reconnaître une silhouette familière.

— Apollon ? coassa-t-il de sa voix éraillée.

L'animal hennit doucement en tournant la tête vers l'homme à terre, révélant un morceau de tissu tendu sur ses yeux, et un autre qui pansait son museau.

— Ah, il est à vous ? Je me disais aussi qu'il était trop beau pour n'appartenir à personne, dit Owen.

— Il a dû s'enfuir pendant la bataille, quand je suis tombé, repartit Gareth en se relevant avec peine et en titubant vers l'étalon. C'est une bête entraînée pour la guerre. Il ne répond qu'à mes ordres. Comment avez-vous fait pour le capturer ?

— Il n'avait plus la force de résister, déclara le fermier avec un sourire malin. Et puis, je lui ai mis un sac de grain sous le nez tout de suite, pour éviter qu'il ne sente mon odeur.

— Ne vous agitez pas, intervint la femme. Allongez-vous dans la voiture, nous allons vous emmener à…

— A Tyneham, coupa Gareth. Je dois m'y rendre aussi vite que possible.

Il ne pouvait nier avoir, de prime abord, mis l'attaque sur le dos de ces traîtres de Harcourt, car une embuscade semblait bien dans leur manière — ils préféraient la ruse au combat de front. Mais il n'en aurait plus juré à présent. Il y avait une autre possibilité.

Les contrebandiers. Il semblait vraisemblable qu'ils aient eu vent de l'appel à l'aide de sir Neil et aient simplement décidé d'attendre celui des Sommerville qui y répondrait pour lui régler son compte.

Ils pouvaient se vanter d'avoir presque réussi.

Gareth plissa les yeux. Cela voulait dire que ces chiens avaient un complice à Tyneham. Il fallait prévenir sir Neil d'urgence, et préparer avec lui une expédition punitive qui leur ôterait définitivement le goût de recommencer.

— C'est bien loin, protesta Owen.

— Et voilà que vous saignez de nouveau, renchérit sa femme.

Habitué à être obéi sans discussion, Gareth repoussa ces objections d'un geste impatient de la main, mais le vieux couple tint bon et insista pour qu'il voyage dans la voiture.

Une longue et douloureuse heure plus tard, la carriole s'engagea sur le pont-levis de Tyneham puis s'arrêta enfin dans un dernier cahot au milieu de la cour du château. En grognant de douleur comme un animal blessé, le bras plaqué contre son flanc brûlant qui palpitait sous le bandage de fortune appliqué par la vieille femme, Gareth tendit le cou pour voir ce qui se passait au-dehors.

Des torches par dizaines éclairaient vivement la cour où déambulait une petite foule en tenue de fête. Le spectacle lui sembla irréel, après ce qu'il venait de vivre.

— J'ai un blessé dans ce fourgon, lança Owen à la première femme qui passa près de lui.

Celle-ci jeta un coup d'œil à Gareth et s'enfuit, horrifiée, une main sur la bouche.

— Allez chercher sir Neil sur-le-champ ! cria ce dernier, que l'épouvante de cette bourgeoise inquiétait vaguement.

Il fallut qu'il répète son ordre encore deux fois pour qu'apparaisse devant lui un soldat à l'air soupçonneux.

— Qui vive ? demanda le sbire.

— Qui es-tu ? répondit Gareth sans aménité. Quel est ton rang ?

— Je suis Farley, capitaine de la garde depuis la mort de sir Richard. Et toi ?

Gareth n'était pas homme à répondre aux questions des soldats, fussent-ils capitaines, aussi ignora-t-il celle-ci.

— Je doute, répliqua-t-il, les yeux rivés sur la chope que l'autre tenait à la main, que sir Neil t'ait autorisé à boire pendant le service, Farley.

— Et moi je doute qu'il s'en soucie le jour de ses noces, riposta ce dernier d'un ton rogue, en approchant son visage de celui de Gareth pour le défier. La crainte de gâcher la fête est tout ce qui me retient de te faire ravaler tes paroles.

Le blessé battit des paupières comme s'il se réveillait d'un sommeil lourd. Assommé par la douleur et le remords d'avoir survécu quand ses hommes avaient péri jusqu'au dernier, il avait tout bonnement oublié que Neil se mariait ce jour-là.

— Je dois parler à sir Neil de toute urgence.

— Ah oui ? fit Farley avec mépris. Qui es-tu donc pour donner des ordres céans ?

Gareth se garda de répondre. S'il y avait un espion à Tyneham, autant rester prudent.

— Qui es-tu, bougre de bon sang ? s'impatienta le capitaine.

Ses soldats aux visages fermés se rapprochaient, prêts à sauter sur le trouble-fête et à le jeter dans les douves du château comme une vulgaire carcasse de mouton.

Gareth, malgré la douleur qui le tenaillait, cherchait désespérément une de ces ruses dont son père répétait qu'elles faisaient sa force et qui pourrait en l'occurrence lui permettre d'approcher Neil sans trop le mettre en péril.

— J'ai été envoyé céans pour prendre la place de sir Richard.

Farley et ses hommes échangèrent des regards surpris.

— Vraiment ? Voyez-vous ça ! railla le premier.

— Oui, je suis sir Gar…

A l'ultime seconde, un sixième sens poussa le blessé à mentir :

— … vey.

— Eh bien, sir Garvey, tu m'as l'air mal en point, commenta le capitaine.

— Je puis t'assurer que je souffre beaucoup, répondit Gareth, épuisé par cette scène odieuse. J'ai été attaqué en chemin et laissé pour mort. A présent, mène-moi à sir Neil.

— Ce devaient être ces maudits contrebandiers, pesta Farley au milieu du murmure agité de ses hommes. As-tu eu l'occasion de les voir de près ?

Gareth observait les réactions de ceux qui l'entouraient. Il ne se souvenait pas d'avoir vu le moindre visage, les assaillants portant des masques de laine, mais leurs voix restaient gravées dans sa mémoire. Jusqu'à présent, il n'en reconnaissait aucune et devait avouer que tous ces soldats semblaient sincèrement surpris de son arrivée quelque peu inattendue et de son état pitoyable. En tout cas, il ne voyait autour de lui aucun visage familier.

— Inutile d'alarmer sir Neil, déclara le chef. Peut-être n'étaient-ce que des bandits de grand chemin.

— Je veux le voir sur-le-champ, objecta Gareth, ignorant l'insulte sous ces paroles débonnaires.

— C'est presque l'heure du coucher des nouveaux époux, repartit Farley. Mieux vaut faire panser ces plaies.

— Non, souffla le blessé en serrant les dents. Mène-moi à lui.

S'il tardait encore, il faudrait attendre au lendemain pour parler au jeune marié.

La chambre de sir Neil ressemblait étonnamment à son propriétaire, songea Arianna en pénétrant dans la pièce, conduite par sa tante Cicily et les autres femmes. L'endroit était spartiate. Plus spacieux qu'à l'ordinaire, mais sans ces affèteries ni ces éléments de confort dont la comblait son entourage. Elle était si habituée aux lourds rideaux qui la protégeaient des courants d'air, aux tapisseries qui couvraient les murs et aux tapis épais qui repoussaient le froid des dalles de pierre qu'elle ne leur prêtait plus aucune attention.

Ici, elle ne voyait aucune de ces merveilles. Il n'y avait qu'un lit, une paire de fauteuils près de la cheminée et trois grosses malles de bois rangées entre les deux fenêtres aux volets clos. Les siennes, en fait, dont les formes familières la rassurèrent un peu. Demain, elle les viderait du trousseau fabriqué pour elle par sa tante et par Grizel. Cela lui donnerait l'impression d'être chez elle.

— Le diable emporte ces soubrettes, gronda Cicily. Je les avais priées de sortir tes coussins et d'accrocher tes rideaux au baldaquin. Elles doivent être occupées à boire et à manger avec les soldats. Il faudra les reprendre en main dès demain.

Ari songea qu'elle ne savait en rien s'y prendre avec les domestiques, mais elle avait d'autres sujets de préoccupation : elle fixait lugubrement le voilage vert qui cachait l'intérieur du lit. Dans quelques minutes, elle y serait enfermée avec sir Neil et cette simple idée lui donnait le frisson.

— Nous n'avons pas le temps de faire des changements, décréta dame Cicily à l'adresse des deux suivantes qui s'avançaient vers le baldaquin. Les hommes seront ici d'une minute à l'autre.

Arianna frissonna de nouveau, comme sa tante la poussait vers la cheminée. Frigorifiée, la jeune femme s'agenouilla devant le bon feu qui y craquait et tendit les mains vers les flammes, mais leur chaleur ne parvint pas à réchauffer sa chair glacée, ni à dénouer le nœud qui lui serrait le ventre. Cela lui donnait néanmoins une contenance pendant que les trois autres femmes s'agitaient autour d'elle pour la déshabiller et défaire ses cheveux.

Depuis l'annonce faite par sa tante que l'heure était venue, le souvenir des mets délicieux, de l'ambiance joyeuse du banquet et même de la conversation plaisante de sir Neil s'évanouissait rapidement. Elle se sentait désormais comme une feuille d'automne soumise au caprice du vent. Elle n'était pas prête.

Pas du tout.

— La cérémonie m'a paru superbe, commenta dame Drusie, la femme de l'échevin, qui n'avait somme toute que quelques années de moins que les deux autres, ce qui ne faisait pas d'elle une jeunesse, tant s'en faut.

Pendant qu'Arianna cherchait une réponse appropriée, dame Eadda, l'accorte épouse du cordonnier, se lança dans un inventaire exhaustif des plats servis durant le banquet.

La jeune femme soupira. Devant ces matrones qu'elle

connaissait depuis sa tendre enfance, elle pouvait se laisser aller autant qu'elle voulait, quand, en présence des invitées, elle se devait de garder une grande réserve ; malgré tout, elle ne se détendait absolument pas. Dans quelques instants, sir Neil arriverait, entouré de sa suite, et l'horrible cérémonie du coucher des époux aurait lieu. Et comme si cela ne suffisait pas, il fallait encore qu'elle s'inquiète de sa proposition de l'emmener à Londres…

— Je ne suis pas allé à la cour depuis des années, mais je vous y mènerai volontiers si le cœur vous en dit, l'entendait-elle encore lui dire.

Elle aurait mieux fait de se taire plutôt que d'accueillir avec des cris ravis sa description des plumes, des encres et des vélins magnifiques que l'on trouvait dans les marchés qui bordaient la Tamise.

— Non merci, avait-elle répondu en imaginant mille visages la contempler dédaigneusement.

Le souvenir des avanies subies par sa mère de la part des aristocrates londoniens lui donnait la nausée. Jamais elle n'en subirait de pareilles.

Sir Neil toutefois était revenu à la charge :

— Votre grand-père me dit que vous passez vos journées claquemurée dans votre atelier quand vous pourriez profiter de la vie comme le font les jeunes femmes de votre âge.

— Mais… j'adore l'orfèvrerie…

Il fallait qu'elle ait été bouleversée pour parler de la chose ouvertement, au risque de dévoiler son secret, et pour insister encore :

— Vous m'autoriserez à continuer, n'est-ce pas ?

— Bien sûr, mais réfléchissez à ce que je vous ai dit. Le monde est plein de merveilles qui peuvent nous ouvrir l'esprit et l'âme.

Arianna avait acquiescé à ces paroles, quoique à contrecœur. Elle devait s'avouer avoir été soulagée en voyant alors un jeune garçon approcher et donner à son futur époux un message…

Un courant d'air froid glissa sur sa peau comme on lui retirait le dernier de ses vêtements.

— Non ! l'arrêta dame Drusie en la voyant tendre la main pour saisir sa chemise. J'entends les hommes qui arrivent.

— Seigneur ! Les draps n'ont pas été réchauffés ! s'écria dame Cicily, à quoi quelqu'un répondit grivoisement que les mariés s'en chargeraient bien tout seuls.

De toute façon, il était trop tard.

On guida la jeune femme jusqu'au pied du lit, après quoi on arrangea ses cheveux de sorte qu'ils cachent autant que faire se pouvait sa nudité. A peine les femmes se furent-elles écartées que la porte s'ouvrit à la volée et que les hommes, riant grassement, firent leur entrée dans la pièce qui sembla soudain bien exiguë à Arianna. Instinctivement, elle leva un bras vers sa poitrine et, de l'autre, vint cacher le bas de son ventre, tout en parcourant de ses yeux affolés la foule des mâles qui lui faisait face.

Les joues rougies par la bière et le vin, les marchands de la ville formaient le premier rang ; quant à ceux qui ne pouvaient entrer dans la chambre, ils se pressaient à la porte en tendant le cou pour profiter du spectacle, la considérant comme ils l'auraient fait d'une étrangère. Seul Charles la fixait d'un air étrange, à la fois plein de colère et de jalousie.

Arianna trembla ; elle n'aurait su dire si c'était de froid ou de peur devant l'épreuve qui l'attendait.

— Où est sir Neil ? demanda William Marsden à sa sœur en contournant la foule pour rejoindre celle-ci.

— Eh bien, mais… n'est-il point avec vous ?

— Non, justement. Nous l'avons attendu au bas de

l'escalier mais, ne le voyant pas venir, nous avons pensé qu'il serait déjà céans.

— Peut-être n'en a-t-il pas terminé avec le message qu'on lui a remis pendant le dîner, suggéra dame Drusie.

— Nous l'avons cherché partout en vain.

— Qui l'a vu le dernier ? lança Peter Arley.

Le visage de William devint plus sombre quand il fut avéré que personne ne l'avait vu depuis son départ de la salle du banquet, pas plus que le mystérieux messager, d'ailleurs.

— Quelqu'un est venu le prévenir qu'un visiteur voulait lui remettre un message, dit Arianna en claquant des dents et en se tordant les mains sans même se rendre compte qu'elle ne cachait plus sa nudité. Il pensait que cela expliquerait peut-être l'absence des Sommerville à son mariage.

— Où est sir Neil ? fit une voix rauque depuis le couloir.

Toutes les têtes se tournèrent vers Gareth et la foule s'ouvrit pour le laisser passer. Certains se penchèrent pour lui souffler que leur hôte avait disparu.

— Qui a vu ce fameux message ? s'enquit-il auprès d'Arley, l'échevin, dont le visage lui disait vaguement quelque chose, mais qu'il ne reconnaissait pas.

— Arianna ! répondit l'intéressé en pointant la jeune femme du doigt.

Gareth se retourna pour s'adresser à celle qu'on lui désignait, mais sa question se figea sur ses lèvres.

L'apparition qui se tenait au pied du lit tendu de vert lui sembla irréelle, comme surgie d'un autre monde. On eût dit une fée, avec sa peau d'albâtre et ses cheveux d'or. Et pourtant, on pouvait voir palpiter une veine à la base de son cou, et bien d'autres choses encore…

Sa jeune poitrine se soulevait au rythme de sa respiration, laissant apercevoir, derrière l'écran de sa chevelure, deux globes au galbe affolant d'une chair rose et soyeuse. Il aurait donné tout ce qu'il avait pour écarter doucement le voile d'or et contempler à loisir le ventre plat, la taille fine et les hanches pleines qu'il ne pouvait que deviner par instants.

Quant à son visage…

Il avait vu de plus belles femmes, sans doute, mais de plus extraordinaires, jamais, ni de plus désirables.

Qui était-elle ?

Qui est cet homme ? se demanda Arianna en sentant sur elle la brûlure de son regard sombre, comme une caresse à la fois douloureuse et délicieuse qui venait de chasser en un clin d'œil le froid glacé qui la tenaillait. Son cœur s'emballait sans qu'elle puisse rien faire pour le calmer, au point qu'elle craignit un instant qu'il n'explose.

La voix de sa tante la rappela à la réalité.

— Arianna, couvre-toi, ma chérie.

Reprenant ses esprits, la jeune femme se précipita sous le couvert du baldaquin. Le visage brûlant de honte, elle songea qu'elle ne pourrait plus jamais regarder en face tous ceux qui se trouvaient dans la pièce, ni sa famille, ni ses voisins, ni à plus forte raison l'étranger au regard noir.

Dans l'obscurité, elle cherchait à tâtons la tête du lit en pestant contre l'audace de l'inconnu lorsqu'elle sentit sous ses doigts comme un pli incongru dans le drap. Que diable sir Neil pouvait-il cacher là ? Impossible d'ouvrir les rideaux, surtout avec cette foule, dehors, et l'on n'y voyait goutte.

Le cœur battant, elle tendit la main pour chercher à se représenter ce que cela pouvait bien être. C'était long, et dur, quoique souple comme de la chair, et velu comme… comme une main !

Elle hurla en repoussant les rideaux et, dans la lumière qui tomba sur le lit, vit sir Neil, allongé de tout son long sur la couche encore close, la gorge tranchée d'une oreille à l'autre ; un flot de sang noir poissait l'oreiller tendu de lin blanc qui soutenait sa tête.

3

Mort. Sir Neil était mort.

Gareth avait encore du mal à le croire. Oubliant un instant les cris de la jeune femme, que ses suivantes emmenaient vers une autre chambre, et les murmures incrédules du reste des personnes présentes, il traversa la pièce en titubant avant de s'affaisser contre le bord du lit.

Un seul regard lui confirma la terrible nouvelle. Le visage affreusement pâle de sir Neil, pétrifié en une grimace de terreur, en disait assez long sur la brutalité du crime. Il y avait du sang partout. Gareth étouffa un hurlement de colère et il dut se retenir au cadre de chêne pour repousser la nausée qui montait en lui.

— Le connaissiez-vous ? murmura quelqu'un dans son dos.

Quand il se retourna, il rencontra les yeux bleus les plus doux qu'il avait jamais vus.

— Je…, balbutia-t-il, se rappelant soudain qu'il cachait encore son identité. Il était un ami de mon père.

Autant rester aussi près de la vérité que possible…

— Vous êtes arrivé en retard pour le mariage, en ce cas, n'est-il pas vrai ?

— En effet.

— Vous avez l'air fort mal en point.

— Il dit avoir été attaqué en chemin, maître Marsden, intervint Farley.

— Nous vivons une époque dangereuse, commenta le vieil homme d'une voix lasse.

— Il faut retrouver ceux qui ont fait cela, affirma Gareth dans un souffle rauque. Et leur faire payer ce crime.

— Plus tard, objecta Marsden en relevant doucement le blessé. Vous avez assez abusé de vos forces pour aujourd'hui.

Gareth voulut protester, mais il savait que le vieil homme avait raison. Devoir ravaler sa rage pour la seconde fois en une seule journée le rendait fou. Mais ces chiens ne perdaient rien pour attendre ; dès l'aube, il se lancerait à leurs trousses.

Une douleur atroce le plia quand Marsden l'installa dans l'un des deux fauteuils qui faisaient face à la cheminée.

— Laissez Arianna en paix un moment, Cicily, conseilla le vieillard. Elle est choquée, bien sûr, mais elle s'en remettra. Tandis que ce garçon…

— … a reçu un coup à la tête et un autre au flanc, répondit une voix suave.

Comment savait-elle cela, par tous les saints ?

Surpris, Gareth tourna la tête, non sans réprimer une grimace de douleur, vers le fauteuil jumeau du sien. Une jeune femme s'y trouvait, mais pas n'importe laquelle : abasourdi, il reconnut la créature somptueuse aperçue tout à l'heure. Une longue robe noire masquait désormais son corps et elle regardait le feu, les yeux dans le vide, aussi immobile qu'une statue.

Sa chevelure tombait sur ses épaules et le long de son dos en une cascade d'or que la lueur des chandelles rehaussait de reflets, comme autant d'étincelles.

Il aurait dû savoir de qui il s'agissait, et aussi pourquoi il venait de la voir nue au milieu de la chambre du défunt ; mais son esprit embrumé échouait à déchiffrer cette énigme.

— Vous êtes épuisé, reprit la voix.

Celle-ci n'émanait plus de l'inconnue mais d'une femme plus âgée, s'avisa-t-il, et il commença à douter de sa raison.

— Les choses vous paraîtront plus claires demain matin, si la fièvre ne vous saisit pas pendant la nuit, poursuivit-elle.

Elle avançait droit sur lui, ses yeux bleus délavés plongeant dans son regard comme si elle pouvait y lire les secrets de son âme.

— Qui êtes-vous ? demanda-t-il d'une voix inquiète.

— On m'appelle dame Cicily Marsden. Mais assez de questions ; les autres attendront à demain.

Quand elle tendit la main pour tâter la bosse qui ornait le front du blessé, Gareth se raidit.

— Doucement, dit-elle comme on rassure un cheval.

Etrangement, il eut envie de lui faire confiance.

— Je ne peux rien faire sans mon coffret, déclara la vieille dame.

— En ce cas, nous ferions mieux de l'emmener avec nous, repartit Marsden, à quoi Cicily objecta en fronçant le sourcil.

Mais un coup d'œil vers le lit souillé parut la faire changer brusquement d'avis :

— Après ce qui vient de se passer, nous n'avons plus rien à faire ici, soupira-t-elle.

— J'en ai bien peur, en effet, approuva Marsden.

Le mariage n'ayant pas été consommé, Ari ne pouvait prétendre à la moindre part des biens de sir Neil. Non point qu'il lui fût resté grand-chose, ayant partagé tout ce qu'il possédait en ces temps de disette.

— De toute façon, le comte de Winchester va nommer

un nouveau châtelain, conclut dame Cicily —ce qui, manifestement, ne lui plaisait guère.

Elle s'éloigna un peu pour parler en privé avec Farley et Marsden.

D'avoir entendu mentionner son père sembla réveiller un peu Gareth. La jeune femme, Ari-quelque chose, devait être la promise de sir Neil, et ces gens ses parents, ou à tout le moins des proches. Il comprenait enfin la raison de sa nudité de tout à l'heure.

Pas étonnant que le vieux Neil ait eu envie de l'épouser, pensa-t-il en lorgnant de nouveau vers la jeune femme. Cette fois-ci, cependant, sa beauté le rebuta au lieu de le fasciner. Elle ne valait pas mieux qu'Emilie, finalement. Encore une catin prête à se vendre au premier pauvre bougre venu en lui faisant croire qu'elle l'aimait, sans cesser un instant de songer au meilleur moyen de le gruger. Les dents serrées, il la regarda plus franchement.

Un doigt glacé parcourut l'échine d'Arianna, du moins en eut-elle l'impression. Quand elle se tourna, toute tremblante, elle vit l'inconnu blessé qui la dévisageait avec une intensité affreusement gênante, et si peu d'aménité qu'elle prit peur. Elle le trouvait plus impressionnant qu'elle n'aurait cru. Le fauteuil semblait minuscule, bien qu'il s'y tînt replié sur lui-même, recru de douleur et de fatigue. Pour le reste, sa mémoire ne la trompait pas : des yeux noirs, une peau hâlée, crasseux, couvert de sang et de boue des pieds à la tête, c'était bien le même homme.

— Cessez de me fixer ainsi, comme si je ne portais pour vêtements que mes cheveux, lança-t-elle, sur la défensive.

— Je n'aurais aucun mérite, car c'est ainsi que je vous ai vue il n'y a pas vingt minutes, répliqua sèchement Gareth.

Arianna répondit sur le même ton en se redressant sur son

siège, comme si cette confrontation bienvenue la soulageait de la vision d'horreur dont elle venait d'être le témoin :

— Il faut que vous soyez un débauché de la pire espèce pour vous être introduit ici pour m'épier…

— Vous épier ? répéta Gareth avec mépris. Je n'ai pas eu à prendre cette peine car vous vous offriez aux regards sans pudeur aucune, sans même vous soucier de vous couvrir de vos mains. Vous les agitiez au contraire, laissant voir ainsi vos jolis tétins roses afin de mieux me soumettre à la tentation.

Arianna rougit violemment, mais sentit aussi la pointe de ses seins durcir incongrûment.

— Je ne sais de quoi vous parlez…

— A d'autres. Les femmes ont ça dans le sang.

— C'est faux ! Et puis… je n'ai jamais eu le temps d'apprendre les subtilités de l'étiquette…

— Vous y réussissez fort bien, coupa le visiteur, impitoyable, si c'est ainsi qu'on nomme le racolage dans cette contrée !

— Comment osez-vous me parler sur ce ton ? se récria la jeune femme, outrée, en battant des paupières telle une biche effarouchée.

— Choisissez d'autres sots pour exercer vos ruses, demoiselle. Il y a beau temps que la rouerie des femmes n'a plus de prise sur moi.

— Ruses ? Rouerie ? répéta Arianna en serrant les poings. Si vous n'étiez blessé, je vous ferais rentrer ces injures dans la gorge.

William Marsden s'interposa :

— Il est temps de partir, Ari.

La jeune femme se leva avec la grâce d'une reine et lança à Gareth un regard plein de défi avant de sortir, la tête haute.

— Sorcière ! murmura le chevalier pour lui-même.

Elle devait lui avoir jeté un sort, forcément, pour qu'il ne puisse s'empêcher d'admirer le balancement de ses hanches.

— Pensez-vous pouvoir marcher ou bien devrons-nous vous porter jusqu'en bas ? s'enquit Farley.

— Où comptez-vous m'emmener ?

— Chez moi. Ma sœur pourra y panser vos plaies et vous soigner si vous avez la fièvre, répondit le vieux Marsden.

— Non ! Ma place est ici, objecta Gareth, soudain inquiet de se retrouver sous le même toit que cette enchanteresse aux cheveux d'or. Il faut que quelqu'un se charge de la défense de Tyneham.

— Sir Neil m'a chargé de cette tâche quand sir Richard a trépassé, s'insurgea Farley.

— Sans doute, mais..., balbutia le nouveau venu.

Décidément, les traditions familiales ne mouraient pas facilement. Il se sentait une obligation de veiller sur la propriété des Sommerville.

— Quand bien même vous auriez un acte dûment signé par sir Neil, la validité de votre contrat serait morte avec lui, soutint le capitaine. Et il n'est pas garanti que le remplaçant que nous enverra lord Geoffrey veuille utiliser vos services.

Tu n'as pas tort, songea Gareth. Il fut tenté un instant de divulguer son identité, mais son instinct de conservation fut une nouvelle fois le plus fort. Il aurait fallu être vraiment fou pour se targuer d'être un Sommerville avant de savoir à qui il devait l'embuscade meurtrière.

Maître Marsden lui toucha l'épaule.

— Sir Neil était l'un de mes vieux amis et je comprends et partage votre souci de retrouver ceux qui l'ont assassiné, mais vous devriez venir avec nous. Vous aurez tout le temps d'apprendre ce qui s'est passé quand vous serez rétabli.

Il apprendrait, pour sûr, la vérité. Pour cela, il lui fallait effectivement du temps, et aussi ne pas laisser s'éloigner la sorcière aux cheveux d'or. Elle semblait la moins affectée de tous par la mort de sir Neil. Bien sûr, une femme de sa taille n'avait pas assez de force pour terrasser un chevalier, fût-il âgé ; mais si son expérience avec Emilie avait une quelconque valeur, il se pouvait fort bien qu'elle ait pris une part active dans ce forfait.

Entendu. Il irait chez Marsden et se confierait aux soins de l'étrange Cicily, ne serait-ce que pour comprendre le rôle joué par Arianna dans cette histoire.

Emilie. La trahison d'Emilie. La douleur de ce souvenir irradiait en lui comme si on eût fouaillé ses chairs avec un tisonnier chauffé à blanc.

— Ramasse cette épée ! grondait-il en désignant la lame nue gisant sur le pont de bois du bateau.

L'homme avec qui Emilie le trahissait, cet homme qu'il aimait et à qui il se fiait comme à un autre soi-même depuis des années, secouait la tête :

— Non, Gareth, je ne me battrai pas avec toi.

Les mots résonnaient dans son esprit comme une raillerie, un défi, une insulte. Etourdi de haine, il se sentait encore chavirer d'une jambe sur l'autre et hurler à sa femme :

— Sois maudite, Emilie, pour ce que tu m'auras poussé à faire ! Et toi, sache que je te tuerai de sang-froid s'il le faut.

Il ne pouvait se permettre de faiblir encore une fois.

En fait de sang-froid, il bouillait au contraire, et, en voyant son rival secouer la tête, sa rage brisait les digues qui la contenaient encore. Un coup d'épée, un seul, vers la gorge nue de son ennemi. Un geste aurait suffi — qu'il attendait, de toute évidence. Un simple écart, un pas de côté, et l'épée n'aurait fendu que l'air ! Pourquoi n'avait-il pas bronché ?

Un filet de sang rouge coulait sur la lame effilée.

— Non ! hurla Gareth en se relevant d'un coup sur son lit, la douleur que lui causa ce mouvement inconscient lui coupant le souffle instantanément.

Arianna hésita un instant devant la porte de sa chambre. Il y avait deux jours que le mercenaire blessé occupait son lit, assommé par la fièvre que provoquaient ses blessures. Après l'avoir veillé deux jours et trois nuits, sa tante Cicily venait de lui demander de prendre la relève pendant quelques heures auprès du malade.

— Je ne connais rien à cela, avait-elle protesté.

— Raison de plus, ma petite. Tu ignores bien trop de choses à ton âge.

— Non, je... je ne puis...

— Assez ! Il le faut. Grizel refuse de l'approcher à moins de vingt pas et de toute façon elle a trop de travail dans mon échoppe.

— Je ne veux rien avoir à faire avec lui, ma tante.

— Et pourquoi cela ? avait demandé Cicily, intriguée par la pâleur de sa nièce, en plissant les yeux.

— Que devrais-je faire, s'il recommence à délirer et à parler de meurtre, ou s'il hurle et jure à propos de cette Emilie qu'il ne cesse de mentionner ?

— Il n'en fera rien. Sa fièvre semble être retombée. Dans quelques jours, tu pourras de nouveau dormir dans ton lit. La vie reprendra son cours normal.

Cicily se payait de mots, songea Arianna. Rien ne serait plus jamais comme avant, elle le savait.

— Fort bien, je le veillerai, mais il n'est pas question que je le touche.

Le regard de sa tante, à cet instant, resta gravé dans son esprit, tout comme ses paroles :

— M'est avis que nous ne sommes pas au bout de nos surprises avec cet homme.

Et encore, devant le rire moqueur de la jeune femme :

— Je crains que nous ne t'ayons gâté le jugement, ton grand-père et moi, en te laissant vivre dans un monde d'illusions. Dorénavant, tu n'auras plus beaucoup de temps à consacrer à l'orfèvrerie, car il te faut apprendre ce qu'une femme doit savoir pour trouver un bon mari.

— Mais…

— Tais-toi. Les gens de la guilde nous ont offert assez de victuailles pour aujourd'hui, mais dès demain nous commencerons par quelques leçons de cuisine.

Cicily dormait à cette heure, assurée d'avoir donné de quoi réfléchir à sa nièce.

Arianna soupira puis, entrebâillant la porte de sa chambre aussi doucement que possible, risqua un œil à l'intérieur.

Dieu merci, il dormait. A tout le moins, il avait les yeux fermés.

Pauvre homme. L'expression de ses traits s'était adoucie. Sans doute fallait-il mettre sur le compte de la fièvre son délire assassin de l'autre jour, dans la chambre de sir Neil. En attendant, elle avait du travail, aussi entra-t-elle sur la pointe des pieds et prit-elle le linge posé sur la petite table à côté de la bassine d'eau.

Devait-il être mouillé, sec ? Mieux valait trop d'eau que pas assez, décida-t-elle, cela ne pourrait pas lui faire de mal. Après avoir essoré à demi le tissu, elle le posa sur le front de son patient. Celui-ci eut bientôt le visage tout inondé.

— Tudieu, Emilie ! Essayes-tu de me noyer, à présent ? hurla-t-il en saisissant la main qui tenait le linge.

— Je… je ne suis pas Emilie ! bégaya la jeune femme, épouvantée.

— Vous ? s'étonna Gareth en s'essuyant les yeux de l'eau qui l'aveuglait. Pourquoi cherchez-vous à me noyer comme une portée de chats ?

— Je n'ai fait qu'humecter votre front, se défendit-elle en tâchant de dégager sa main, sans résultat, car sa poigne demeurait ferme, malgré son état.

— A d'autres ! lança-t-il en la repoussant avec une telle force qu'elle tomba au pied du lit.

— Aïe ! gémit-elle, choquée, en se relevant pour lui faire face, les poings sur les hanches. Pourquoi m'avez-vous poussée de la sorte ?

Ils s'affrontèrent du regard un instant, puis :

— Je ne cherchais qu'à vous soulager, dit-elle en reculant d'un pas, impressionnée par la lueur meurtrière qu'elle voyait danser dans les yeux du blessé.

Au lieu de l'apaiser, ces paroles parurent au contraire alimenter sa rage, à tel point qu'elle crut ressentir physiquement la colère qui émanait de lui, noire et furieuse. Elle en eut la chair de poule. Il la haïssait, elle n'en doutait pas une seconde. Mais pourquoi, alors qu'il ignorait tout d'elle ?

— Je n'ai nul besoin de votre aide.

— Pourquoi cela ?

— Cela vous surprend, n'est-ce pas ? Vous devez être habituée à voir les hommes se jeter à vos pieds, cracha-t-il, le visage déformé par la haine.

— C'est la fièvre qui parle par votre bouche, décréta-t-elle, en partie pour se rassurer. Si vous vous tenez tranquille et me laissez vous baigner le visage, vous vous sentirez bientôt de nouveau vous-même.

Gareth eut un sourire étrange.

— Je ne le suis point, en effet, et ne pourrai le redevenir que lorsque tout ceci sera fini.

Que voulait-il dire ?

— Si vous me laissez prendre soin de vous…

— Je n'ai pas besoin de vos soins, vous dis-je.

— Pas plus que je n'ai envie d'être ici, messire, je vous le certifie, répondit-elle, les nerfs à vif.

— Peuh ! je connais les diablesses de votre espèce.

— Pourquoi ne cessez-vous de m'insulter ?

— Parce que vous êtes prête à épouser un homme pour jouir de sa fortune et de ses titres.

— Vous parlez sans savoir, rétorqua Arianna avec une violence qu'elle ne se connaissait pas. Je ne veux ni de l'une ni des autres. Je n'épousais sir Neil que parce que je... parce que je ne suis pas un garçon.

— Que voulez-vous dire ?

— Si je n'étais pas une fille, je pourrais faire ce que bon me semble.

— Ce n'est pas si sûr, dit le blessé en fermant les yeux.

Fallait-il qu'il ait toujours le dernier mot ?

— Cela nous ramène à la raison de ma présence auprès de vous, insista-t-elle. Ma tante vous a soigné pendant deux jours et trois nuits. Elle avait besoin qu'on la relève.

— Depuis combien de temps suis-je ici ? s'enquit Gareth en sursautant.

— Je vous l'ai dit : deux jours et trois nuits.

— C'est impossible ! s'exclama-t-il en se redressant sur un coude avant de s'effondrer derechef sur le lit, le souffle court. Malédiction ! Je suis plus faible qu'un nourrisson. Quelle drogue m'avez-vous fait boire ?

— Une drogue ? Maudit ingrat ! Ma tante est une herboriste émérite ; elle vous a soigné du mieux qu'...

— Epargnez-moi vos criailleries, gronda-t-il. Contentez-vous de m'apporter mes vêtements et de m'aider à me vêtir.

— Vous n'avez pas le droit de me donner des ordres,

ni celui de vous lever ! tonna Arianna. Votre blessure se rouvrira si vous vous agitez.

— Tout doux, ma jolie. Cessez de glapir de la sorte. Une fille de bourgeois devrait avoir un peu plus de tenue.

Ari accusa le coup. Il savait frapper où cela faisait mal.

— Voilà de fortes paroles pour un chevalier sans terres.

Gareth chassa les dernières gouttes d'eau qui s'accrochaient à ses cils. Même aux pires moments, il ne se souvenait pas d'avoir été aussi brutal avec Emilie.

S'il se fâchait pour de bon avec cette mégère, il n'apprendrait rien d'elle. Mieux valait tenir un autre langage.

En serrant les dents, il s'efforça de retrouver son calme.

— Vos inquiétudes sont sans fondement, dit-il d'un ton égal. Mon désir de venger sir Neil me donnera la force de chevaucher jusqu'à Tyneham.

La soudaineté du changement d'attitude qu'elle constatait chez Gareth laissa Arianna interdite une seconde. Puis, se ressaisissant :

— Allez au diable, messire ! Si tant est qu'un homme aussi grossier que vous puisse être chevalier. Je ne vous laisserai pas défaire tout ce qu'a fait ma tante pour sauver votre misérable existence. Elle m'a demandé de vous soigner et je compte bien ne pas la décevoir. Si vous ne vous tenez pas tranquille, j'appellerai à l'aide et vous ferai attacher.

Elle tremblait de colère, mais aussi de peur, car Grizel avait une sainte terreur des hommes ; quant à Sim, son unique bras valide ne suffirait pas contre un tel colosse, même blessé.

— Sais-tu à qui tu t'adresses, femme ? gronda Gareth, à bout de patience.

— A un fol qui oublie qu'il a manqué de mourir voici

à peine deux jours ; vous êtes en rage parce que vous savez que j'ai raison de vouloir vous garder céans, répliqua la jeune veuve, surprise de lire si bien dans les pensées de cet inconnu.

Seigneur, songea-t-elle, faites que je ne devienne pas devineresse comme ma tante !

— Tu crois savoir ce que je pense, sorcière ! Voilà bien les femmes. Toujours à se faire des idées.

Arianna résolut de ne pas répondre, se contentant de mouiller le linge derechef pour en couvrir le visage de son patient, et d'abord ses yeux.

— Tu es censée m'essuyer la face pour me rafraîchir et non laisser le tissu se réchauffer sur ma peau, grommela Gareth.

La jeune femme obtempéra, jugeant qu'il avait sans doute raison. Quand elle passa sa langue sur ses lèvres, Gareth sentit une bouffée de désir monter en lui. Ce geste innocent — mais l'était-il vraiment ? —, ajouté à la caresse du lin sur sa peau brûlante... Dieu ! Il devait s'avouer qu'il la trouvait appétissante, d'autant qu'il savait ce que ses vêtements sages cachaient de merveilles...

Une fois encore, elle fut suffoquée de lire les pensées de l'inconnu aussi clairement, et rougit en conséquence, ce que voyant, Gareth la dévisagea avec une insistance qui les étonna l'un et l'autre. Il n'avait pas souvenir d'avoir jamais éprouvé envers une femme une telle curiosité, ni un si étrange sentiment de familiarité, comme lorsqu'on croit reconnaître après des années un ami ou un parent disparu.

Et encore moins cette attirance irrésistible qui l'excitait et le rendait perplexe à la fois. Elle non plus, d'ailleurs, il le devinait, car elle le regardait en ouvrant de grands yeux.

Il dut fermer les siens pour reprendre la parole :

— Farley a-t-il envoyé un messager pour prévenir lord Geoffrey Sommerville de la mort de sir Neil ?

Arianna s'ébroua. Le feu qui brûlait dans les yeux du chevalier quelques instants plus tôt semblait s'être éteint soudainement, la tirant de sa stupeur émerveillée.

— Qui est lord Geoffrey ?

— C'est le suzerain de Tyneham.

— Le s…suzerain ? Je ne connais pas ce mot.

Gareth la considéra d'un air incrédule.

— Vous vous prétendez la fille d'un chevalier et ne savez pas ce que suzerain veut dire ? Cessez de faire la sotte.

— Me voici sotte à présent, en plus d'être menteuse ? Cela fait beaucoup…

La porte s'ouvrit alors et le grand-père de la jeune femme apparut devant eux, un sourire aux lèvres comme à son habitude, ses yeux éteints lui faisant négliger la tension qui se lisait sur les visages.

— Il m'a semblé entendre le bruit d'une conversation, dit le vieil orfèvre. Comment vous portez-vous aujourd'hui, sir Garvey ?

Il fallut une seconde au blessé pour comprendre qu'on s'adressait à lui.

— Fort mal, hélas, répondit-il précipitamment. J'ai le corps si endolori que je jurerais avoir été traîné par un cheval sur des rochers, mais, d'après ce que l'on me dit, je devrais aller mieux bientôt, grâce aux bons soins de dame Cicily.

— Elle est étonnante, en effet, repartit William. Je savais que vous alliez mieux, sans quoi elle n'aurait jamais quitté votre chevet pour vous confier à Arianna.

— Grand-père !

— Eh bien quoi ? Tu es toujours la première à admettre que tu n'as aucun talent pour soigner les malades.

Gareth rit sous cape, mais pas assez discrètement au goût de la jeune femme qui lança un regard meurtrier aux deux hommes et asséna :

— Puisque personne n'a besoin de moi ici, je m'en vais.

Quand elle fut sortie, Gareth, interloqué, murmura :

— Cette fille est un vrai hérisson…

— Ce n'est pas toujours le cas, loin de là, tempéra le grand-père. En fait, je n'ai jamais vu ma petite-fille se montrer grossière envers quiconque jusqu'à aujourd'hui… Que comptez-vous faire à présent que sir Neil est mort ?

— D'abord, je veux savoir qui l'a tué. Le capitaine Farley a-t-il réussi à retrouver ce fameux messager ?

— Non. Le palefrenier qui est venu prévenir sir Neil dit que l'homme qui l'a envoyé était grand, portait une cape noire et une capuche qui lui couvrait le visage, et parlait d'une voix grave et étouffée.

— Apparemment, la chose a été préparée de longue date. J'ai entendu dire qu'il pourrait s'agir des mêmes gredins qui ont occis sir Richard. Des contrebandiers, je crois.

Gareth observa la réaction du vieil orfèvre. Après tout, sa famille avait beaucoup à gagner au mariage d'Arianna.

— C'est possible, déclara William après avoir réfléchi un moment à la question. Tous les deux ont eu la gorge tranchée. Richard se trouvait dans les collines quand il est mort et nombreux sont ceux qui pensent qu'il a pu surprendre ces bandits.

— Pas vous ? s'enquit Gareth en essayant de se redresser, mais sans succès et au prix d'une violente douleur.

— Je ne sais que penser, admit le vieillard. Ces rumeurs concernant des contrebandiers ont commencé à circuler après que les villageois ont vu des lumières au-dessus des falaises, en pleine nuit. Richard, lui, disait qu'il ne s'agissait pas forcément de contrebande, même s'il tenait qu'il se passait là-haut d'étranges choses. Il me l'a encore répété juste avant de quitter le château, cette nuit-là.

— Soupçonnait-il quelqu'un, ou quelque chose ?

— Hélas, il ne s'est pas confié à moi.

— Se pourrait-il qu'il en ait parlé à sir Neil ?

— Non. Il n'en savait pas plus que moi là-dessus.

— C'est singulier, tout de même, qu'il n'ait pas mis son seigneur dans la confidence.

— Le défunt se fiait totalement à mon beau-fils, expliqua William Marsden avec un sourire ému. En fait, ils avaient tous deux une sorte d'arrangement : sir Neil s'occupait des fermes, qu'il aimait par-dessus tout, et Richard maintenait la paix.

Gareth hocha la tête, reconnaissant là la façon dont son père et lui se partageaient les tâches, à Ransford. Sa gestion des domaines laissait à son père le loisir de se consacrer à la politique et de passer du temps à la cour.

— Les contrebandiers, ceux qui ont fait le coup en tout cas, ne savaient sans doute rien de tout cela. Peut-être ont-ils cru que Richard partageait ses informations avec sir Neil.

— Mais mon beau-fils est mort depuis un mois déjà, objecta le vieil homme. Pourquoi auraient-ils attendu si longtemps pour faire taire son seigneur ?

— Je l'ignore, répondit Gareth en grimaçant.

— Je vous ai fatigué, s'excusa Marsden. Je devrais par…

— Une dernière question : Farley a-t-il prévenu mon… lord Geoffrey de ce meurtre ?

— Oui. Un messager a pris la route hier, dit William avant d'ajouter, avec une moue prudente : demeurerez-vous ici pour savoir si l'homme que nous enverra lord Geoffrey aura besoin de vos services ?

— Je resterai jusqu'à ce que j'aie retrouvé les assassins de sir Neil.

Cette détermination fit sourire l'orfèvre. Cici avait raison :

ce gaillard-là n'était pas un homme du commun. Aussi prit-il le temps de réfléchir avant de demander :

— Comment comptez-vous vous y prendre pour réussir là où Farley, qui connaît pourtant bien la région et les gens d'ici, a échoué ?

— Je ne le saurai que lorsque j'aurai moi-même étudié la situation et peut-être arpenté les collines pendant quelques jours.

Malgré la faiblesse de sa voix, on devinait chez lui une volonté de fer.

Ravi par ce qu'il venait d'entendre, William plissa les yeux pour mieux distinguer son jeune interlocuteur. Cicily le disait bel homme, et semblait même le trouver digne d'épouser Arianna, à condition bien sûr qu'il possède des biens ou qu'il ait des visées raisonnables sur un poste important.

— Y a-t-il quelque chose qui vous préoccupe ? s'enquit Gareth, surpris de se voir dévisager avec tant d'insistance.

— Mes yeux me trahissent chaque jour un peu plus, repartit William en rougissant un peu. J'aurais aimé vous voir plus clairement.

Le blessé eut pitié du vieil homme : dans ce monde cruel, un orfèvre aveugle avait autant de chances de survivre qu'un loup édenté. S'il devait bien admettre avoir mis dès l'abord Arianna, Cicily et William Marsden pour ainsi dire dans le même sac, il se reprochait maintenant d'avoir sans doute été un peu vite en besogne. Les deux derniers, de toute évidence, étaient plutôt inoffensifs.

— Approchez-vous, si vous voulez, dit-il avec amabilité.

— Non, je vous en prie. Ma sœur me tuera si votre état s'aggrave. Dites-moi simplement si vous voulez que j'écrive à quelqu'un pour prévenir que vous êtes ici, sain et sauf.

— Non, merci, se borna à répondre Gareth.

Le messager de Farley serait bientôt à Ransford et son père enverrait une troupe à Tyneham, s'il ne venait pas lui-même.

— Ainsi vous êtes seul au monde ? insista William, qui soupira tristement en voyant le blessé acquiescer de la tête.

Il était donc sans le sou, vraisemblablement…

— Bah, je ne sais qui vous a élevé, mais vous pouvez rendre grâce au ciel, car vous faites preuve d'une prudence, d'une patience et d'une loyauté bien au-delà de votre âge.

— J'ai vingt-neuf ans, répondit Gareth, soulagé de pouvoir dire enfin la vérité sur un point — il commençait à se lasser de devoir mentir sans cesse.

— C'est un bel âge. J'aimerais qu'Ari ait un peu de votre patience et…

— Et de ma douceur de caractère ?

— Eh bien… d'ordinaire, elle n'est pas à proprement parler d'une… douceur remarquable, non. Elle a le sang bien trop vif pour cela, et nous lui avons un peu laissé la bride sur le cou, j'en ai peur, après la mort de sa mère, ma pauvre fille. Mais c'est une enfant heureuse, malgré tout, et prompte à sourire. Je ne l'ai jamais vue répondre à personne comme elle l'a fait avec vous. Tous ces horribles événements l'auront perturbée, sans doute.

Gareth réprima un rire.

— Elle doit être bouleversée par ce veuvage soudain, en effet, et s'inquiéter de devoir si vite retrouver un homme capable de la lotir aussi… joliment que sir Neil.

William fronça le sourcil devant ce sarcasme.

— Elle a peu de chances de voir le ciel lui donner une aussi belle occasion une seconde fois, répondit-il en songeant à quel point sa petite-fille se réjouissait, en épousant Neil, de pouvoir continuer à s'adonner à sa passion de l'orfèvrerie.

Aucun homme ne se montrerait aussi compréhensif.

— Elle n'est pas impatiente de se marier, ajouta-t-il, mais j'aimerais la voir établie avant de trépasser…

Je n'en doute pas une seconde, songea Gareth.

Le plaisir qu'il prenait à cette conversation avec le vieil homme s'était tout à coup dissipé.

Un peu plus tard, ce soir-là, Charles retrouva Walter à la taverne de la Forge et de l'Enclume, un estaminet dans lequel celui-ci avait ses habitudes. Il l'attendait dans son coin favori, une fille plus propre et plus jolie qu'à l'ordinaire sur les genoux.

— Je dois te parler seul à seul, Walt, souffla Charles.

L'autre renvoya la ribaude à contrecœur, sans toutefois oublier de lui pincer la croupe et de lui promettre de la rejoindre plus tard.

— Je t'écoute. Il vaudrait mieux pour toi que tu aies des choses intéressantes à me dire, laissa-t-il tomber quand ils furent seuls.

— Sir Garvey va s'en tirer, Walt.

— C'est pour me dire ça que tu as couru jusqu'ici comme un lapin affolé ?

— Tu m'as dit que tu voulais que je t'informe de tout, rétorqua Charles, vexé. Je suis venu te dire que sir Neil l'avait embauché pour remplacer sir Richard.

— Neil est mort, sa parole ne vaut plus un liard. Calme-toi, et tâche d'en apprendre plus sur ce mercenaire. Le temps joue en notre faveur, grâce à moi. Si j'avais compté sur vous pour intercepter ce messager envoyé par Farley…

Charles songea que son frère devait avoir pris autant de

plaisir à tuer le pauvre cavalier qu'à égorger sir Neil. Sans un mot, il se leva pour prendre congé.

— Tu ne me remercies pas de t'avoir nettoyé le chemin qui mène à la belle Arianna ? lança Walter en riant.

— Chut ! lui intima Charles affolé. Tu vas…

— Ne t'avise plus jamais de me faire taire, frérot, sinon il t'en cuira. Maintenant, file, et ouvre l'œil.

4

Décidément, faire la cuisine n'avait rien d'agréable, bien au contraire. On mourait de chaud, pour commencer.

Sans doute fallait-il déjà remuer de nouveau ce maudit gruau destiné au blessé, aussi reprit-elle la longue cuiller de bois en se rapprochant du fourneau. La chaleur intense la fit hésiter un instant ; elle plongea néanmoins l'instrument dans le pot bouillonnant, en se tenant de côté pour éviter la vapeur lourde qui en montait.

Elle tourna la cuiller une seule fois avant de pousser un grand cri en sursautant sous l'effet de la douleur. Sa main et son bras étaient rouge vif et le fin duvet doré qui y chatoyait d'ordinaire avait disparu, calciné. Elle soupira en serrant les dents quand elle plongea son membre endolori dans un grand seau d'eau fraîche qui se trouvait là par miracle.

— Ah ! s'exclama-t-elle, un peu soulagée.

Mais une odeur de brûlé frappa ses narines. Le gruau peut-être ? Non, impossible, cela sentait légèrement la levure…

Oh non, pas le pain !

Elle bondit vers le four, prenant soin malgré sa précipitation de relever son tablier pour se protéger les mains avant d'ouvrir la porte de fer qui masquait l'ouverture.

Une vague de fumée grise l'enveloppa aussitôt, qu'elle tenta de dissiper en s'éventant de sa robe. Affolée, elle essaya d'atteindre avec la pelle de bois la miche rebondie, en priant le ciel d'épargner ce pain pour lequel elle trimait depuis l'aube.

Le dessus, brun foncé, mais pas noir, lui sembla un bon signe et elle frappa la croûte comme on le fait à une porte pour juger de la cuisson, comme le lui avait montré Grizel, mais du diable si elle se souvenait de la façon dont le pain cuit devait sonner.

— Bah, se dit-elle à voix haute. Il m'étonnerait que les gens écoutent ce qu'ils mangent.

Satisfaite, elle posa son œuvre sur un plateau, à côté d'un pot de beurre frais et d'un autre de miel, puis remplit une chope de bière. Ensuite, pour prévenir toute nouvelle brûlure, elle enveloppa sa main dans un linge avant de puiser dans la marmite la valeur d'une écuelle de gruau. Cela ressemblait à une bouillie épaisse à la couleur indistincte, mais elle n'aurait pu juger de la qualité de la chose, puisqu'elle avait horreur du gruau depuis sa plus tendre enfance.

Il restait à accomplir la tâche la plus désagréable de cette corvée matinale : porter au chevalier son plateau et, peut-être, lui donner la becquée comme à un enfant trop faible pour manger seul.

En entrant dans la chambre du malade, elle trouva celui-ci assis sur le bord de son lit.

Elle fut si surprise de le trouver éveillé, et dans une tenue qui révélait de sa chair bien plus que ce qu'elle voulait en voir, qu'elle manqua de lâcher le plateau quelle portait. Doux Jésus ! Qu'il était beau, avec sa peau hâlée légèrement voilée de poils sombres et ses muscles saillants ! Elle ne se souvenait pas d'avoir jamais vu pareille splendeur, au point qu'elle en éprouvait des picotements au bout des doigts. Elle aurait donné cher pour pouvoir sculpter son profil dans l'or le plus fin.

— Eh bien ? Allez-vous rester plantée là toute la journée ou m'apporter mon repas ? aboya-t-il.

Arianna sembla se réveiller en sursaut à ce cri.

— Etes-vous toujours aussi grossier ? lança-t-elle, sa fascination pour le corps de son patient subitement douchée.

— Oh, c'est vous ! fit-il d'une voix sombre. Je vous avais prise pour la soubrette.

— Elle refuse d'entrer ici, asséna la jeune femme, bien décidée à ne pas se laisser intimider.

— Vous pourriez attendre que je sois décemment vêtu, grommela Gareth en tirant le drap sur son ventre.

Ari se figea, les joues en feu.

— Je… je ne… me suis pas aperçue que vous étiez… entièrement nu, balbutia-t-elle pour excuser son trouble.

— Dites plutôt que vous vouliez encore m'épier.

— Je… Pourquoi ferais-je une telle chose ?

Gareth balaya la question d'un geste impatient, et désigna une table dressée à la tête de son lit.

— Peu importe. Posez ça là. Je meurs de faim.

Il me parle comme à une servante !

— Pouvez-vous déplacer cette bassine ? demanda Arianna en luttant de toutes ses forces contre l'envie qu'elle avait de lui jeter le plateau au visage.

— Pas sans me lever…, la défia-t-il.

— Ne prenez pas cette peine, sir Garvey. Je n'ai pas encore mangé et risquerais d'avoir la nausée devant un tel spectacle, rétorqua-t-elle.

Gareth jura entre ses dents, assailli par le souvenir de ses disputes avec Emilie. Elle aussi parlait souvent de nausée en évoquant leurs ébats. Et lui, pauvre imbécile, il la croyait simplement frigide, alors qu'elle avait un amant !

Les mouvements brusques de la jeune femme ne firent qu'enflammer sa colère.

Au prix d'un effort pénible, elle parvint à approcher la table du lit.

— Voilà, souffla-t-elle, haletante, en ôtant le linge qui couvrait le plateau.

— Quelle est cette odeur fétide ? s'exclama Gareth, surpris.

— Fétide ? Sûrement pas, se défendit-elle. C'est du pain…

— Du pain brûlé, cria-t-il en saisissant un couteau pour le trancher.

Ou du moins essayer, car la croûte se brisa d'un coup et de la pâte crue quoique brûlante s'échappa de la masse noirâtre.

— Par le diable… ! Que signifie ?

— Je… Oh ! Comment est-ce arrivé ? gémit Arianna d'une voix chavirée de peur.

— Ce pain n'a pas été cuit comme il faut, voilà tout, répliqua sèchement le chevalier.

— Je ne l'ai pas fait exprès…

— Vraiment ?

Ce sarcasme fit à la jeune femme l'effet d'un coup de fouet.

— Je me demande bien pourquoi je me suis donné tant de mal pour vous cuire ce satané pain, hurla-t-elle, toute tremblante d'une sainte colère, les poings sur les hanches, ajoutant, sans lui laisser le temps de répondre : Vous n'avez aucune idée du temps et des efforts qu'il faut pour cuire une simple miche ! J'ai été tirée de mon sommeil avant l'aube, encore toute moulue d'avoir dormi sur le sol parce qu'un rustre occupe mon lit depuis des jours, après quoi j'ai dû mélanger le levain, l'eau, la farine et le sel dans un pétrin si bas qu'on s'y brise les reins et attendre que la pâte veuille bien lever ; puis j'ai pétri une deuxième fois cette chose collante dont l'odeur me soulève le cœur avant de la façonner et de la mettre dans le four, qui est si chaud qu'on se brûle devant sa porte ouverte, et…

— Je vois, parvint à dire Gareth en se retenant de sourire.

— Ne vous avisez pas de rire de moi, messire, sans quoi…, menaça-t-elle.

— Je n'ai pas ri depuis plus de deux ans, répondit-il malgré l'hilarité qu'il sentait monter en lui à la vue de cette colère charmante.

— Ne mentez pas. Vous riez, je le vois, rétorqua la jeune femme en ramassant sur le sol le parchemin qui gisait là depuis la veille et en le brandissant au-dessus de sa tête.

Gareth leva un bras pour se protéger du coup, mais ce geste lui arracha un cri de douleur. Incontinent, Arianna laissa tomber le vélin et, s'approchant du blessé, lui posa doucement la main sur l'épaule.

— Vous ai-je fait mal ? s'enquit-elle, inquiète. Voulez-vous que je fasse mander ma tante ?

Gareth secoua la tête.

— Pardonnez ma réaction, mais je n'ai jamais fait de pain jusqu'à aujourd'hui et vous n'avez pas idée à quel point c'est pénible de travailler dans une telle chaleur.

Elle continuait de lui caresser l'épaule, émue par la douceur de sa peau et la fermeté de ses muscles.

— Les instructions de Grizel m'ont pourtant semblé simples. Peut-être ai-je fait un feu trop vif ? A moins que…

— Assez ! coupa Gareth, les dents serrées.

— Que… ? Ah ! je parle trop, c'est cela ? Grand-père me dit toujours que j'ai tendance à babiller sans cesse quand je travaille sur une piè…

— Que m'apportez-vous d'autre ? lança-t-il en haussant les épaules pour se dégager de la caresse machinale de la jeune femme.

Plus tôt il mangerait, et plus tôt elle viderait les lieux, songea-t-il. Peut-être alors son cœur cesserait-il de battre la chamade.

— Du gruau, répondit-elle en réprimant un sourire devant la grimace qu'elle lui vit faire. Je déteste ça moi aussi, mais ma tante prétend que c'est bon pour les convalescents.

Gareth fouilla la bouillie grisâtre du bout de sa cuiller puis rendit son verdict :

— Il est brûlé, lui aussi.

— Imposs..., commença la jeune femme, horrifiée.

— Il est brûlé, vous dis-je.

— Mais j'ai suivi à la lettre les instructions de Grizel ! Je ne comprends pas ce qui a pu se passer. Et qu'allez-vous manger maintenant ?

Elle semblait si affligée de ce nouvel échec que Gareth leva les yeux vers elle et la regarda sérieusement pour la première fois de la matinée. Effectivement, elle devait s'être réveillée aussi tôt qu'elle disait et avoir travaillé dur. Ses cheveux défaits pendaient misérablement, ternes et humides, quelques-uns s'étant collés à ses joues — sans qu'elle s'en rende compte, apparemment. Des traînées de farine maculaient son nez et son front et ses yeux battus évoquaient en lui ceux de Cat, la fille de Ruarke et Gaby, un jour qu'elle avait voulu courir alors qu'elle savait à peine marcher.

Gareth étouffa un nouveau rire. La fièvre devait l'avoir affaibli, car il ne parvenait pas à garder sa colère au cœur, quoi qu'il fasse pour cela. Il avait beau penser aux femmes en général, ou à celle-ci en particulier, sa rage gonflait par moments pour s'apaiser presque aussitôt.

— Allons, peut-être ce gruau n'est-il pas aussi brûlé qu'il en a l'air, dit-il en prenant une cuillerée de l'infâme bouillie, qu'il avala aussi vite qu'il put.

Il y eut un silence tendu, puis :

— Pas mauvais, grommela-t-il en plongeant la cuiller dans l'écuelle une nouvelle fois, charitablement.

— Oh ! Je suis si contente que cela vous plaise un peu. Vous pourriez goûter le pain, si j'enlève le plus brûlé de la croûte.

— Et aussi la partie qui est crue ? lança-t-il en tâchant de ne pas s'étouffer avec son gruau.

Elle eut un sourire désarmant… et même dangereusement contagieux.

— J'y mettrai beaucoup de beurre et de miel, promit-elle en se mettant au travail avec plus de zèle que de talent.

Gareth l'observa, la cuiller suspendue en l'air, attendant d'un moment à l'autre qu'elle se mette à crier après s'être coupé le doigt. Presque aussitôt, il se traita de fol. Qu'avait-il à faire de cette fille ? Mais quand elle lui tendit un morceau de ce qu'elle insistait pour appeler du pain, il se sentit soulagé, car tout en s'escrimant avec son couteau elle n'avait cessé de s'humecter les lèvres de sa langue rose, et ce spectacle aussi innocent qu'impudique lui faisait bouillir le sang.

Le miel dégouttait de partout à la fois, si bien qu'elle offrit de lui tenir la bouchée pour éviter qu'il ne se salisse. Dès qu'il eut hoché la tête, comme elle se penchait par-dessus la table, un relent de pain brûlé et de lavande mêlés vint flatter les narines de Gareth. Dans cette posture, il remarqua que le tissu de son corsage se tendait sur sa poitrine, révélant la forme des seins blancs et ronds dont le souvenir le hantait depuis le premier soir. Une bouffée de désir incontrôlable le submergea, et quand elle se retira comme une vague sur la grève, il s'aperçut qu'en fait de chair pâle et brûlante, c'était sur une pâte collante et sans goût que ses lèvres se fermaient.

— Est-ce bon ? s'enquit-elle timidement en le regardant mâcher sa bouchée avec une lenteur suspecte.

— Pas mauvais, répondit-il, laconique.

Cela ressemblait un peu à de la glaise enduite de sucre.

— Parfait. Je vais m'en couper un morceau, car avec tout ce travail je n'ai pas eu le temps de manger et je meurs de faim.

Quand elle eut terminé sa préparation, elle tira le second fauteuil près du feu sans s'inquiéter du miel qu'elle avait sur les mains et s'y laissa tomber en poussant un soupir satisfait.

— Dieu que mes pieds me font mal ! Je n'ai pas l'habitude de rester debout si longtemps.

— Pourquoi avez-vous dû travailler en cuisine ce matin ? demanda-t-il quand elle eut terminé son pain et fait glisser le tout avec une gorgée de bière.

— Parce que personne ne voudra m'épouser si je ne sais pas cuisiner.

— Sir Neil voulait bien, lui, objecta Gareth sombrement.

— Pauvre homme ! Il ne m'épousait que pour honorer la promesse faite à mon père de veiller sur moi s'il venait à mourir.

— Mais pourquoi avez-vous accepté, alors ?

— Parce qu'il voulait bien nous donner un toit à tous.

Emilie aussi prétendait n'avoir agi que sous la pression de sa famille, songea Gareth.

— Sir Neil devait être riche. Est-ce cela qui vous intéresse chez un homme ?

— Non. Je ne me soucie que de garantir le gîte et le couvert à mes grands-parents, à Sim et à Grizel.

— Qui sont ces deux-là ? Je ne les connais pas.

— Grizel est notre servante et Sim notre homme à tout faire.

Le blessé fronça le sourcil. Il semblait douteux que la

première ait fait le coup, mais le second faisait un suspect plausible.

— Pourquoi ne les ai-je pas encore vus ?

— Grizel a peur de vous, je vous l'ai déjà dit, répondit la jeune femme avec un sourire encore plus désarmant que les autres.

— Et pourquoi cela ? Elle ne me connaît même pas.

— Ne vous en offensez pas : elle a peur de tous les hommes sans distinction, car elle a été violée étant enfant. Elle est aussi muette.

Arianna posa la main sur sa bouche comme si elle venait de voir un fantôme.

— Elle sera furieuse si elle apprend que je vous ai parlé de son passé. Cela dit, vous avez peu de chances de la rencontrer, puisqu'elle craint les hommes.

— Comment accomplit-elle ses tâches si elle est muette ? Et comment peut-elle prendre soin de maître Marsden si elle se méfie des hommes à ce point ?

— C'est une travailleuse infatigable, et une excellente cuisinière. Elle sait écrire un peu et se faire comprendre par signes. Quant à mon grand-père, elle s'est accoutumée à sa présence au fil des années... Mais quand un client ou des amis viennent le voir, il doit les servir lui-même.

Gareth essaya de s'imaginer lui-même, ou son père ou ses frères, occupés à servir leurs invités pour permettre à une soubrette d'aller tranquillement trembler de peur au fond de son lit.

— Pourquoi la gardez-vous ?

— Où irait-elle ? se récria Arianna. Qui l'emploierait ? Vous voyez bien que je ne peux épouser n'importe qui.

Gareth marmonna une approbation dubitative. Au lieu d'une seule goule sur le dos pour lui sucer le sang, comme lui avec Emilie, l'homme qui prendrait cette fille pour femme se retrouverait avec toute une meute. Une femme qui ne saurait pas cuire le pain, un orfèvre aveugle, une vieille femme qui devait être un peu sorcière, une muette qui fuyait les hommes…

Il ne connaissait pas encore l'histoire de Sim, mais il se doutait qu'elle devait aussi valoir son pesant de malédiction.

— Il faut que je me repose à présent, soupira-t-il.

Arianna sentit qu'il venait, tout à coup, de se fermer. L'air entre eux, qu'elle trouvait doux et plein d'une tension étrange, lui sembla froid soudain, et la distance immense. Saisie d'une envie irrépressible, elle ne put retenir sa question :

— Pourrais-je dessiner un portrait de vous ?

— Comment dites-vous ?

— Ne vous mettez pas en colère, je vous en prie. Je ne veux faire qu'un simple dessin, une ébauche.

— Un dessin ? Mais pourquoi diable ?

Elle ne trouvait pas de réponse satisfaisante, aussi se contenta-t-elle de prendre le vélin et de le déplier devant lui.

— Voyez, c'est un croquis que j'ai fait pour une coupe…

Elle laissa sa phrase en suspens et attendit les compliments.

— Pourquoi ce sanglier porte-t-il des bois ?

— Parce que c'est un cerf, répondit-elle en riant, s'approchant pour suivre du doigt le trait tracé au charbon de bois. Regardez.

— Rien du tout. Vous avez dessiné un sanglier.

— Absolument pas ! s'indigna-t-elle.

— Etes-vous aveugle ou simplement ignorante ?

— Ah ça ! Moi qui me sentais prête à oublier les avanies que vous m'avez fait subir depuis le début, je n'ai plus rien à faire ici si vous critiquez ce que j'ai de plus cher.

Elle fit brusquement volte-face et traversa la pièce pour sortir. Il la rappela au moment où elle ouvrit la porte, mais elle se rua dans le couloir sans se retourner, manquant dans sa précipitation de renverser Grizel, qui passait par là les bras chargés de linge fraîchement lavé.

— Attendez ! cria Gareth en se ceignant les reins du drap arraché à son lit pour s'élancer, tant bien que mal, à la poursuite de la belle.

Ses jambes le trahirent un peu, comme la première fois, sur le bateau de son frère, et, arrivé à la porte, il dut se retenir au chambranle pour reprendre son souffle.

Une femme courtaude aux cheveux noirs regardait, à quelques pas de là, Arianna qui s'enfuyait à travers le couloir.

— Arianna ! cria-t-il de sa voix éraillée.

La fugitive continua sa course folle, et l'autre femme se tourna brusquement vers lui. Elle était jeune, passablement jolie, et en voyant ses yeux s'ouvrir à sa vue comme en proie à une indicible terreur, il sut qu'il s'agissait de Grizel. Qui d'autre, sinon ?

Il n'eut pas le temps d'y réfléchir, car la servante poussa un cri aigu et s'effondra à ses pieds, évanouie.

— Ils me le paieront, murmura Gareth en quittant furtivement sa chambre.

Ceux à qui il promettait sa vengeance n'étaient autres que dame Cicily et maître Marsden, la première ayant obstinément refusé de lui fournir des vêtements tant qu'il ne serait pas rétabli, et le second ayant approuvé cette décision.

Il allait parfaitement bien, par tous les saints ! Ne mangeait-il pas tout ce qu'on lui apportait ? Ne dormait-il pas la moitié du temps ? Peut-être se sentait-il un peu faible par intermittences, mais enfin, il ne mourrait pas s'il chevauchait jusqu'à Tyneham, conversait un moment avec Farley et revenait tranquillement jusqu'ici. Apollon, qui était sauf, selon Marsden, et bien à l'abri dans une hutte, derrière la maison, avait besoin de se dégourdir les pattes ; et lui-même avait la tête si pleine de questions sans réponses qu'il craignait qu'elle ne finisse par exploser.

En traversant la chambre haute, il remarqua que le mobilier y semblait de bonne facture et que, sur l'épais tapis recouvrant les dalles de pierre, une table s'y trouvait dressée pour le souper. Des tapisseries chamarrées étaient supspendues aux murs et, sur un vaisselier, des plateaux d'argent luisaient à la lumière des chandelles. Marsden ne pouvait être dans la misère, sans quoi il aurait vendu toutes ces choses pour en tirer quelque argent. Quels autres mensonges allait-il découvrir ?

Quand il ouvrit la porte qui donnait sur l'escalier, il sentit l'odeur douceâtre des herbes, ce qui lui rappela que dame Cicily se targuait d'être herboriste. Elle devait avoir une échoppe dans cette maison.

Il entendit des voix, puis une porte se fermer, puis le silence. Plaqué contre le mur, il attendit un instant. Jésus Marie, il n'aimait pas être coincé là. Plus tôt il partirait, mieux cela vaudrait. Sur une impulsion il descendit l'escalier pour sortir par la porte qui donnait sur l'arrière.

La hutte mentionnée par Marsden se trouvait au bout du jardin. Il en admira l'entretien et l'ordonnancement, chaque carré d'une plante étant séparé des autres par une petite rangée de cailloux du plus joli effet. D'évidence, dame Cicily prenait soin de ses cultures, ce qui s'expliquait d'autant mieux qu'elle en faisait vraisemblablement commerce. En fait, ils auraient bien eu besoin d'une femme comme elle à Ransford, depuis deux ans qu'il négligeait le jardin.

Il resserra le drap autour de ses hanches avant de franchir les derniers mètres qui le séparaient de la hutte. Celle-ci était plus grande qu'il ne pensait, et en fort bon état. Cependant la porte grinça un peu, ce qui le fit regarder instinctivement par-dessus son épaule.

Il n'en eut pas le temps, car déjà contre son ventre pesait un objet glacé.

— Plus un geste ! souffla une voix.

Lentement, il tourna les yeux afin de voir qui parlait et fut abasourdi par la jeunesse de celui qui le tenait en respect à la pointe d'une épée.

— Par l'enfer, que… ? tonna-t-il en faisant mine de saisir l'arme qu'il venait de reconnaître.

— Tout doux, dit le garçon en poussant un peu la lame contre la chair, juste au-dessous du bandage. J'ai dit : on ne bouge plus.

Il ne pouvait pas avoir plus de douze ans, mais ses yeux bleus étaient d'une dureté stupéfiante ; ils eussent pu être ceux d'un guerrier endurci par des années de combat.

— Qui êtes-vous ? demanda l'adolescent.

Gareth fureta autour de lui. La hutte semblait divisée en deux parties, et, à en juger par les tonnelets et les caisses soigneusement rangés le long du mur, on se servait de celle-ci pour entreposer les vivres. Un rai de lumière filtrait autour de la porte donnant dans la seconde, et quelques brins de paille sur la terre battue indiquaient clairement qu'il devait y avoir un cheval.

— Je suis sir Garvey, répondit-il, et je viens voir comment se porte ma monture.

Le garçon grommela un peu, sans relâcher la pression sur l'épée, mais le chevalier pouvait lire de l'admiration dans ses yeux. Apollon devait l'avoir impressionné.

— Il va bien. Il a une blessure au boulet droit, mais à part ça tout est en ordre. C'est moi qui le soigne.

— J'aimerais le voir.

— La damoiselle est avec lui. Je ne peux pas la déranger.

— De qui parles-tu ?

— De maîtresse Ari, bien sûr. Personne ne peut entrer. Ce sont les ordres.

Si cette réponse mit le blessé en rage, il n'en laissa rien paraître.

— Tu es Sim, n'est-ce pas ? lança-t-il, ajoutant, devant le hochement de tête du gamin : Ecoute-moi, Sim. Apollon est un cheval de guerre. Te rends-tu comptes à quel point un tel animal peut être dangereux ? J'ignore comment tu as pu l'approcher sans qu'il ne t'écrase, mais ta maîtresse risque vraiment d'être blessée si elle ne se tient pas à distance ou si elle l'effraye d'une façon ou d'une autre.

— Nous n'en menions pas large quand il est arrivé, admit Sim en jetant un regard vers la porte entrouverte.

Un hennissement nerveux et un bruit de sabots claquant sur la terre battue se firent entendre.

— Peut-être devrions-nous nous assurer que tout va bien à côté, suggéra Gareth, de plus en plus inquiet.

Sans répondre, Sim baissa son épée et se dirigea vers la porte, suivi de celui qu'il tenait en respect l'instant d'avant.

Tous deux se figèrent devant le spectacle qui s'offrait à eux.

Le licol d'Apollon était accroché à un anneau scellé dans le mur de la hutte et le cheval mâchait tranquillement son avoine. A quelques pas de là, en tout cas à portée de sabot, se trouvait Arianna, assise sur un haut tabouret, les pieds relevés sur le dernier barreau, un vélin sur les genoux.

— Par tous les saints, Arianna, sortez d'ici, souffla Gareth en s'approchant d'elle.

La jeune femme tourna la tête vers lui, abasourdie de le voir là, dans cette tenue aussi incongrue qu'indécente.

— Chut ! intima-t-elle sur le même ton. Ombre Noire n'aime pas les étrangers.

— Ce cheval est à moi. Il s'appelle Apollon.

L'animal approuva son maître en secouant la tête, manquant d'arracher l'anneau qui le retenait.

— Du calme, Apollon, du calme, murmura Gareth à l'oreille de son destrier, sous le regard admiratif de la jeune femme.

En se penchant un peu, il examina le pansement qui enserrait le boulet blessé du cheval.

— On dirait que nous portons tous deux les stigmates de notre mésaventure, ajouta-t-il.

Sim s'approcha et, lui rendant son épée :

— Pas de doute, c'est bien votre cheval, dit-il. Ceci aussi doit vous appartenir.

Gareth prit l'arme en hochant la tête, puis, sans cesser de flatter l'encolure de l'animal, s'enquit, intrigué :

— Comment as-tu fait pour l'apprivoiser ?

Le garçon haussa les épaules.

— Je sais m'y prendre avec les bêtes.

Sim leva la main pour caresser le museau d'Apollon, révélant les horribles cicatrices qui couraient le long de son bras nu.

— Peut-être sentent-ils que je ne pourrais pas leur faire du mal, affirma le gamin en montrant à Gareth qu'il ne pouvait étendre le bras complètement. Quelqu'un qui a été battu par son propre père comme je l'ai été est incapable d'infliger les mêmes souffrances à une créature sans défense.

Ayant dit, Sim tourna les talons et sortit. Son dos portait d'atroces zébrures violacées.

— Seigneur Jésus ! Comment un homme peut-il faire une chose pareille, et à son propre fils encore ? murmura Gareth, atterré.

— Grand-père dit qu'il buvait affreusement, repartit

Arianna à voix basse. Certains hommes portent en eux une colère qui en fait des bêtes, et ce n'est qu'en faisant souffrir autrui plus qu'ils ne souffrent eux-mêmes qu'ils l'apaisent.

Geoffrey Sommerville aimait boire, mais, Dieu merci, la bière et le vin ne le poussaient jamais à rien d'autre qu'à raconter des histoires et à rire avec ses amis, songea Gareth, encore sous le choc. Un peu rasséréné par cette réflexion, il leva les yeux vers la jeune femme.

Elle semblait si innocente, si jeune, si incapable de commettre la moindre mauvaise action que tous ses soupçons s'évanouirent d'un coup. Et puis, il y avait comme une étincelle dans son regard, même quand elle se tenait coite et tranquille comme à cet instant, qui l'émouvait, lui, Gareth, jusqu'au tréfonds.

Il s'ébroua pour rompre le charme, conscient qu'un silence emprunté planait entre ces quatre murs. De se sentir ainsi bouleversé l'inquiétait vaguement. Se pouvait-il qu'elle eût versé quelque philtre d'amour dans son gruau, ce matin ? Après tout, sa grand-mère était herboriste…

— Mon cheval vous inspire ? s'enquit-il en jetant un coup d'œil au dessin.

Il trouva l'étude assez ressemblantc.

— Grand-père m'a dit que vous aviez raison, dit la jeune femme en rougissant. Mon cerf a bien plutôt l'air d'un sanglier, quoique selon lui, ils ressemblent tous deux à des chevaux. C'est pourquoi j'ai voulu prendre Omb… Apollon pour modèle.

Gareth ne put s'empêcher d'éclater de rire, ce qui le surprit lui-même, ainsi qu'Arianna.

— Mais c'est un cheval de combat. Ils sont beaucoup plus grands et forts que les autres, et bien plus encore qu'un cerf.

— Ah ? murmura-t-elle en considérant son dessin d'un

air déconfit. En ce cas, où pensez-vous qu'il me faille aller pour observer un cerf ?

— Je doute qu'il en vienne un au village ou au château, aussi vous conseillerai-je d'aller dans les bois.

— Sans doute, mais où exactement ?

— Je ne saurais dire, n'étant pas du pays, mais en général on a de bonnes chances de voir des animaux sauvages près d'un gué où ils peuvent boire sans danger.

— Un gué, dites-vous ? Je vous remercie…

— Sir Garvey !

La voix de dame Cicily résonna dans la hutte avant même que celle-ci n'apparaisse à la porte.

— Vous êtes le pire des patients, sir Garvey ! A force de vous agiter, vous ferez revenir la fièvre. Et pour ne rien arranger, vous voilà à moitié nu, et dans la même pièce que ma nièce, de surcroît. Tenez-vous tant que cela à ruiner sa réputation ? J'ai bien envie d'aller chercher un prêtre pour vous marier séance tenante.

Elle bluffait, sans doute, mais, préférant ne pas prendre de risques inutiles, Gareth quitta précipitamment la hutte pour retourner dans sa chambre.

5

Ce soir-là, Gareth accueillit l'appel au souper avec l'enthousiasme d'un condamné montant à l'échafaud. Une fois de plus, il se sentait, malgré sa détermination qu'il croyait sans faille, irrésistiblement attiré par un visage radieux et deux yeux d'un bleu profond.

Non !

Il serra les poings, la rage au ventre. Pas question de se laisser gruger pour souffrir encore tel un damné. Depuis la trahison d'Emilie, il savait sans l'ombre d'un doute que parler de sexe faible était une plaisanterie. Pour avoir sous-estimé ses talents de manipulatrice, il avait manqué perdre un frère, et sa propre vie.

Les épaules rentrées comme pour se préparer au combat, il poussa la porte de la salle à manger et se trouva nez à nez avec le reste de la maisonnée, qui visiblement l'attendait.

Ari sursauta quand le battant claqua contre le chambranle et qu'il s'avança à grands pas vers la table. Sa grand-tante le jugeait fort et bien bâti, et, de là où elle se trouvait, elle aurait été mal venue de dire le contraire. Il avait un port de tête magnifique, une allure folle et une assurance qui se lisait sur son visage. Arley, l'échevin, ne lui arrivait pas à la cheville, même quand il présidait la cour de justice de Tyneham. Décidément, il méritait qu'elle le dessine.

— Ne me regardez pas fixement comme cela, marmonna-t-il en se glissant à sa place, juste en face de la jeune femme.

— Pardonnez-moi, dit-elle en s'empourprant, incapable néanmoins de le quitter des yeux. Vous semblez reposé, sir Garvey.

— J'ai surtout faim, répliqua-t-il d'un ton revêche, en détournant la tête. J'espère qu'on ne vous doit pas ce repas, car j'entends mes os s'entrechoquer depuis que je mange votre cuisine.

Quel ingrat, fulmina la jeune femme. Et grossier de surcroît ! Elle qui se brûlait les doigts et les cheveux depuis des jours pour le nourrir, voilà comment il la remerciait. D'un geste brusque, elle tendit la main pour saisir le tranchoir qu'elle voulait lui planter au milieu du crâne.

— Bonsoir, Arianna, souffla Charles en prenant place à côté d'elle. Je ne vous ai pas vue dans l'atelier, aujourd'hui.

Relâchant son étreinte sur le manche de corne du large couteau, elle sourit gentiment à son acolyte. Quel brave et fidèle garçon que ce Charles. Il était presque comme un frère pour elle depuis cinq ans qu'il faisait son apprentissage chez son grand-père. Montrant par là sa magnanimité et son humilité, il la félicitait chaudement quand il la sentait un peu envieuse de son talent ; l'amour courtois n'avait pas de secrets pour lui.

— Bonsoir, Charles. Aujourd'hui, j'ai commencé mon apprentissage de maîtresse de maison, annonça-t-elle fièrement.

— Ce n'est pas trop tôt, commenta le jeune homme avec un sourire. Vous en aurez besoin quand vous prendrez un époux.

Ari se mordit la lèvre. Décidément, elle n'avait pas de chance, ce soir... Mais elle se détendit un peu quand Charles affirma qu'elle apprenait vite et le rattraperait bientôt.

— Sir Garvey, intervint William Marsden, je vous présente mon apprenti, Charles Beck.

Gareth plissa le front, intrigué. Beck… Ce nom-là lui disait quelque chose. Mais pas le visage, et pourtant il se targuait de n'en jamais oublier un, pas plus qu'un nom. Lassé de fouiller sa mémoire, il salua le nouveau venu en haussant les épaules. Il n'aimait pas beaucoup que celui-ci soit assis si près d'Arianna, ni que tous deux se sourient et se parlent si familièrement.

Et il aimait encore moins que cela lui déplût autant.

La porte de la cuisine s'ouvrit, et la servante entra, portant un plateau, qu'elle posa immédiatement sur la desserte avant de s'enfuir en lançant à Gareth un regard terrifié. Celui-ci avait si faim que son ventre protestait bruyamment ; il n'arrivait pas à détacher les yeux de la vapeur engageante qui s'échappait d'une épaisse tourte à la viande. Ces gens-là auraient dû avoir quelqu'un d'autre à leur service. Cela lui aurait évité d'attendre.

— Nous ne pouvons nous permettre qu'une seule servante, déclara Arianna en s'agitant sur son siège et en le fusillant du regard.

— Pourquoi dites-vous cela ? répliqua Gareth.

Elle soutint son regard sans flancher, d'un air si entendu qu'il se demanda un instant si elle pouvait vraiment lire dans ses pensées, comme, apparemment, sa grand-mère.

Mais non, c'était ridicule.

D'ailleurs, on venait de lui servir un énorme morceau de tourte.

Elle avait un goût sublime, tout comme le fumet qui s'en échappait, et la croûte croustillait sous la dent, ajoutant à la viande sa saveur délicate de farine et de beurre, à telle enseigne qu'il mangea comme un ogre affamé. En quelques minutes, il eut nettoyé son écuelle et vidé sa coupe. Il ne se souvenait pas avoir mangé avec autant de plaisir depuis… depuis la mort d'Emilie.

D'un geste, il fit signe à Grizel de le resservir ; mais la soubrette ne bougea pas d'un pouce, lançant des regards affolés au reste de la tablée.

— Je suis marri de t'avoir effrayée ce matin, dit Gareth, s'adressant à la jeune fille comme il parlait aux chevaux, avec une douceur rassurante, s'essayant même à sourire, ce qui parut faire son effet.

Grizel s'avança vers lui prudemment et saisit prestement l'écuelle qu'il lui tendait, puis alla y placer un nouveau morceau de tourte. Pas encore tout à fait confiante, elle posa le tout sur la table, à distance respectueuse.

— Merci. C'est délicieux.

La soubrette cessa de respirer l'espace d'un instant, peut-être émue du compliment, et disparut dans la cuisine sans que personne d'autre que l'homme qui lui faisait si peur n'y prête attention.

Gareth soupira. Il trouvait ce comportement étrange, tout de même, mais elle cuisinait bien, ce qui excusait bien des choses.

— D'où venez-vous ? s'enquit Charles avec un peu trop d'empressement.

— Mon père possédait un manoir près de Selby, improvisa le convalescent, jugeant l'apprenti plus facile à gruger que les autres.

De toute façon, Selby se trouvait à quelques lieues à peine du château de Ruarke, à Wilton, et il connaissait bien la région.

Charles devint pâle tout à coup.

— Quel est votre nom ?

— Smythe, répondit Gareth, choisissant un nom plutôt répandu dans le comté.

— Ah. Connaissez-vous les Sommerville de Wilton ?

— La dernière fois que je me suis trouvé chez moi, l'endroit appartenait à une famille du nom de Rivers.

Il ne mentait pas : Roger de Rivers, son grand-père maternel, avait légué Wilton à Ruarke à sa mort.

— Etes-vous de cette région ?

— Non, dit Charles brusquement. J'ai entendu parler de ces gens, voilà tout.

Il y eut un silence, pendant lequel Gareth réalisa soudain que les Marsden ne lui avaient jamais posé la moindre question sur sa famille ou sa ville natale, ni demandé le moindre sol pour prix de leur soin et de la nourriture qu'ils lui prodiguaient. Eussent-ils été aussi avides qu'il le croyait de prime abord qu'ils l'eussent laissé mourir de ses blessures et se seraient payés en volant sa bourse et en vendant son épée, son armure et son cheval. Au lieu de cela…

Il avait honte d'y penser. D'autant qu'il tenait de ses parents l'horreur du mensonge… Se faire passer pour un autre à leurs yeux lui semblait une façon bien peu chrétienne de les remercier de leur générosité. Et pourtant, il fallait qu'il continue de mentir jusqu'à ce qu'il découvre les assassins de sir Neil. Pour cela, il devait quitter la maison des Marsden. Le plus tôt serait le mieux. Il croisait rarement Arianna sans éprouver une envie folle de la prendre dans ses bras et de l'embrasser fougueusement. Autant dire jamais, pour être parfaitement honnête.

Et Dieu seul savait jusqu'où une telle folie pourrait le mener encore.

Elle ressemblait à Emilie, sans aucun doute : même taille, même blondeur, un minois charmant. Mais la comparaison s'arrêtait là. En fait, il ne parvenait pas à imaginer qu'une âme noire et traîtresse comme celle de sa défunte femme puisse habiter le corps de la petite-fille de l'orfèvre de Tyneham.

Pas plus qu'il ne parvenait à se défaire du désir irrépressible qui lui fouaillait les reins chaque fois qu'il la voyait. Peut-être, s'il passait une nuit avec elle, une seule, pourrait-il s'en guérir…

Non, il ne pouvait payer les bienfaits de ces gens en déshonorant leur petite-fille. Car c'était bien de cela qu'il s'agissait. Et puis, s'il y réfléchissait, cette fille ne pourrait jamais être plus qu'une passade pour lui, quoi qu'il en eût. Son devoir lui commandait d'épouser une femme de sa condition. Un Sommerville ne pouvait se soustraire à son destin.

— Je dois partir dès demain, annonça-t-il sèchement.

— Non, objecta dame Cicily. Vous n'êtes pas encore assez fort pour monter à cheval.

— Je ne compte aller qu'à Tyneham, afin de rechercher qui a tué sir Neil.

Quand il vit Arianna pâlir à ces mots, de vilains soupçons germèrent derechef dans son esprit. Craignait-elle qu'il ne découvre certaines choses au château ? Après tout, la sainte Eglise elle-même affirmait qu'il était dans la nature des femmes de mentir.

— Il va falloir panser votre blessure chaque jour pendant encore toute une semaine, lui rappela avec fermeté dame Cicily.

— Il se trouvera bien quelqu'un à Tyneham pour s'en charger.

— Allons donc ! Il n'y a pas un seul linge propre dans tout le château.

— Acceptez au moins de rentrer chaque soir, pour que nous puissions vous soigner comme il se doit, plaida William. Ma sœur s'y entend en matière comme personne ici.

Gareth se raidit devant cette insistance. Chaque mot qu'ils prononçaient renforçait ses soupçons et sa détermination à partir au plus tôt.

— Il se pourrait que je reste au château après la fermeture des portes, aussi ne m'attendez pas.

— Sachez seulement que vous êtes le bienvenu ici, dit dame Cicily en lui tendant une main potelée.

— Je vous remercie, répondit Gareth avant d'ajouter, en prenant soin d'éviter le regard de la jeune femme : Quant à vous, demoiselle, je vous rends votre chambre.

— Nous pouvons installer un châlit dans la chambre de Charles, offrit William, sans se soucier du regard assassin que lui lançait son apprenti.

— Je ne voudrais pas encombrer maître Beck de ma présence, se défendit le chevalier d'un ton égal, malgré l'horreur que suscitait en lui l'idée de partager le même air que celui-ci. Je dormirai auprès de mon cheval. Je pourrais ainsi partir tôt sans déranger quiconque.

— Et abolir tous mes efforts en prenant froid ? s'insurgea Cicily. Il n'en est pas question. Vous dormirez ici. Au moins, il fait chaud.

Gareth n'aimait pas beaucoup recevoir des ordres d'une femme, mais il lui sembla plus sage d'obtempérer. De toute façon, il se moquait de l'endroit où il dormirait pourvu que ce ne soit pas dans la même pièce que Charles, ou entre des draps parfumés à la lavande qui le faisaient rêver à la peau soyeuse d'Arianna.

Un peu plus tard, William et Cicily se retirèrent dans leurs chambres et, tandis que le chevalier préparait sa couche devant la cheminée, Arianna suivit sa tante.

— Que savez-vous des hommes ? lui demanda-t-elle.

— Des hommes en général, ma chérie, ou de sir Garvey en particulier ?

La jeune femme soupira longuement, puis repartit :

— Il ne ressemble à aucun de ceux que j'ai connus. La plupart du temps, il me rend folle de rage, et apparemment je lui fais le même effet, mais parfois…

— Parfois… ? lui fit écho la vieille dame avec un sourire.

Parfois, j'ai follement envie de le toucher…

Elle ne pouvait avouer une telle chose, aussi :

— … je trouve qu'il ferait un excellent sujet pour une statuette.

— Vraiment ?

— N'en parlons plus, décréta Arianna en embrassant sa tante.

Elle alla se coucher. Mais, hantée par le sentiment que quelque chose d'étrange et de précieux à la fois naissait entre elle et ce chevalier pourtant si froid et distant, elle ne trouva pas le sommeil.

Quand il eut souhaité bonne nuit à la maisonnée, Charles s'apprêta à sortir. D'ordinaire, il attendait d'être certain que tous dormaient dans la demeure de son maître pour se risquer au-dehors. Le garde en faction devant la petite porte presque abandonnée, au fond d'une venelle mal famée, acceptait toujours de fermer les yeux contre une pièce, d'autant qu'il avait pour ordre de veiller à ce qu'aucun intrus n'entre nuitamment dans la ville.

Machinalement, Beck vérifia que les portes et les fenêtres étaient fermées. La ville ne souffrait pas vraiment d'une criminalité envahissante, au contraire de Londres, mais les gens s'imaginaient qu'un orfèvre devait abriter une fortune dans ses coffres, aussi Marsden aimait-il que tout soit bien clos.

Heureusement pour Hugh Harcourt, c'était Charles qui se chargeait de son inventaire.

Il se glissa sous l'établi et, repoussant sur les côtés les coffrets à serrure, dégagea celui qui se trouvait le plus éloigné. Il l'ouvrit et en compta soigneusement le contenu, séparant les lingots d'or des lingots d'argent en deux lots, bien qu'il en connût parfaitement le nombre. Mieux valait toujours vérifier.

Ce faisant, il réfléchissait au problème que posait la présence de ce Garvey, qui ne correspondait nullement à l'idée qu'il se faisait d'un mercenaire. Comment imaginer qu'un homme jeune, beau, raffiné et sûr de lui à ce point puisse gagner sa vie en louant son épée au plus offrant ? Charles connaissait les manières des puissants pour les avoir longuement étudiées afin de pouvoir les imiter, et celui-là puait la richesse et la haute naissance à vingt pas. Peut-être exerçait-il vraiment le métier des armes, mais, en ce cas, cela devait être récent.

Il se moquait de savoir pourquoi sir Garvey se trouvait dans une mauvaise passe. En fait, il ne craignait qu'une seule chose : qu'il s'intéresse à Ari. Il se rappelait très bien avoir vu ce maraud lui jeter des regards pendant le souper. Son sang se glaçait dans ses veines rien que d'y penser.

Il faisait jour depuis une heure lorsque Gareth parvint devant les portes du château de Tyneham et demanda qu'on l'autorise à y entrer. Une tête émergea de derrière le rempart, coiffée d'un casque d'acier qui brillait sous les premiers rayons du soleil.

— Qui es-tu ? fit l'homme, derrière lequel se pressaient s'autres soldats.

Le visiteur se félicita d'abord de cette démonstration de force et de prudence, car, en ces temps troublés, il fallait rester vigilant ; mais sa satisfaction fut de courte durée car, après qu'il eut crié son nom deux fois, il lui fut répondu qu'on ne le connaissait pas.

— Farley m'a déjà rencontré, argua-t-il.

— Farley est sur les collines, près de La Pointe aux Herbes, répondit le garde.

— Je sais où cela se trouve, lança-t-il en tournant bride.

Le château semblait à peu près imprenable. Construit sur un promontoire rocheux, adossé au bord d'une falaise, il faisait face à la mer. Seul un sentier étroit surplombant les flots menait à la chaussée qui donnait sur le pont-levis.

Gareth le prit, en remerciant le ciel d'avoir eu la bonne idée de laisser Apollon dépenser un peu d'énergie en chemin. Il aurait été terriblement dangereux de chevaucher ici un étalon impatient de se dégourdir les pattes.

Hautes et escarpées, les collines de Tyneham couraient le long de la côte sur plusieurs lieues, formant de petites anses ; près du château, la paroi présentait à ceux qui venaient par la mer une surface presque lisse. Il semblait impossible que les contrebandiers aient trouvé un passage.

Gareth découvrit Farley à La Pointe aux Herbes, un cap sur lequel, justement, poussait une herbe maigre, mais suffisante apparemment pour nourrir le bétail qu'on y élevait. Il y avait là une ferme appartenant au château et dirigée par la famille Elgen depuis six générations.

Le capitaine conversait avec le fermier, Rob Elgen, que Gareth connaissait pour l'avoir rencontré lors de son précédent séjour à Tyneham, sept ans plus tôt. Aussi fut-ce sans enlever son casque pour ne pas être reconnu qu'il s'approcha des deux hommes et les salua après avoir mis pied à terre.

— Farley…

— Ah ! c'est vous, fit le soldat en se retournant, surpris, la main sur le pommeau de son estoc. Maître Marsden m'a dit que vous survivriez à vos blessures. Que faites-vous ici ?

— Je suis venu vous aider à trouver l'assassin de sir Neil.

L'autre grommela, examinant le casque abîmé, la cotte de mailles déchirée ainsi que le surcot taché de son vis-à-vis d'un air dubitatif qui disait assez le cas qu'il faisait de l'offre du blessé. On aurait dit Ruarke lorsqu'il voyait son frère s'entraîner au combat.

— Je ne suis peut-être pas encore en état de me battre, mais j'ai l'esprit clair, se défendit Gareth.

— Vous devez être fol pour avoir chevauché jusqu'ici, affirma Farley d'un ton bourru. Nous n'avons aucune piste.

— Et le messager ?

— Seul le garçon l'a vu, mais il n'a pas de souvenirs précis. Il s'agissait d'un étranger, grand et vêtu de noir.

— N'a-t-il pas trouvé curieux qu'un inconnu demande à voir sir Neil le soir de son mariage ?

— C'est ce que vous avez fait vous-même, lui rappela le capitaine en le fixant durement.

Encore un peu, et il allait l'accuser d'avoir tué ce pauvre Neil.

— De toute façon, les garçons d'écurie sont faits pour faire ce qu'on leur demande et non pour poser des questions, reprit Farley sans le quitter des yeux. Comment se fait-il que vous soyez arrivé au château juste avant qu'on ne trouve sir Neil assassiné ?

Gareth ressentit tout à coup une énorme lassitude au souvenir des événements de cette funeste journée. Il mourait de chaud sous son casque et aurait donné cher pour pouvoir l'ôter et laisser la brise marine lui rafraîchir le visage ; las, le vieil Elgen l'observait d'aussi près que le capitaine.

S'approchant d'un gros rocher, il s'y adossa.

— Quand je me suis réveillé après l'embuscade, expliqua-t-il, j'étais coincé sous le cadavre d'un cheval. Sans Owen, le fermier, j'y serais sans doute encore.

Farley hocha la tête, visiblement satisfait de cette réponse.

— Croyez-vous que ceux qui vous ont attaqué aient pu être des contrebandiers ?

— En tout cas, ils semblaient être bien entraînés au combat, repartit Gareth.

Et décidés à tuer un Sommerville.

Des Harcourt, peut-être ? Mais comment en être certain ? Cela ne ressemblait pas aux méthodes de ces chiens. Edmund et son roquet de frère, Hugh, évitaient de se battre les armes à la main, les couards. Ils préféraient de loin user de la trahison et de la ruse.

Deux ans plus tôt, ils avaient essayé d'évincer les Sommerville, et seraient sûrement arrivés à leurs fins sans la bravoure de Ruarke et l'intelligence de Gaby. La querelle depuis lors semblait en sommeil, mais le feu couvait sous la cendre tant chez les uns que chez les autres.

Non, décidément, les Harcourt devaient se terrer dans leur repaire, à compter leur or mal acquis et à ourdir des plans pour en acquérir plus.

— Etes-vous certain qu'il y a des contrebandiers par ici ? s'enquit-il. William Marsden dit que sir Richard en doutait.

— Moi pas, répondit Farley en tournant les yeux vers les falaises. Elgen, ici présent, a vu des lumières là-haut, de même que ses fils.

— C'est là que Richard menait ses recherhces, la nuit où il a été tué.

— En effet, intervint le fermier. C'est l'un de mes fils qui a trouvé son corps le lendemain matin. Il a vu une tache de couleur incongrue au milieu des rochers près du château. Ce pauvre Richard gisait là, la gorge tranchée.

Exactement comme sir Neil.

— Ces lumières, où les avez-vous vues ?

— Difficile à dire exactement, déclara le vieil homme, mais on aurait dit qu'elles se trouvaient à mi-pente.

Gareth considéra le mur de roche impraticable qui s'élevait depuis la surface de l'océan.

— Si je me souviens bien, le château est construit sur les ruines d'une ancienne forteresse danoise. Se pourrait-il qu'il y ait des galeries conduisant à travers ces falaises, quelque passage secret ?

— Non, trancha Farley. Les celliers et le donjon construits par les Danois sont encore utilisés de nos jours, mais il n'y a rien de ce que vous dites. J'ai fait descendre des hommes au bout de longues cordes pour fouiller la paroi ; ils n'ont trouvé que des nids d'oiseaux.

— Vers Tyneham, le rocher est lisse, dit Elgen, tandis qu'ici, à Sandy Point, il est creusé de partout, de sorte qu'un gamin pourrait l'escalader en prenant garde, ou un homme très léger. C'est d'ailleurs pourquoi les anciens ont décidé de construire de l'autre côté, sur le piton. Les seules grottes que je connaisse près du château se situent en bas de la falaise, sur la plage. Du temps de mon père, les enfants d'ici y jouaient parfois, mais deux d'entre eux ayant été surpris par la marée et leurs corps emportés par le courant, personne n'y va plus jamais depuis, c'est trop dangereux.

Et pourtant, quelqu'un devait bien y descendre, pensa Gareth. Quelle meilleure cachette, pour des contrebandiers, que des grottes dans lesquelles les gens du cru ne mettaient jamais les pieds ? Il fallait résoudre cette énigme.

— A-t-on revu ces fameuses lumières depuis la mort de sir Richard ?

— Oui, répondit Elgen en hochant la tête. Toutes les nuits. Parfois, elles sont un peu falotes, parfois elles se déplacent, comme si ceux qui les portent marchaient sur la paroi.

— Dans l'obscurité ? s'étonna Gareth en contemplant, incrédule, la paroi uniforme. Cela semble impossible, quand bien même ils seraient encordés par la taille.

— Ce sont des esprits, murmura le fermier.

— Sont-ce aussi des esprits qui menaient le bateau que nous avons vu dans la baie ? répliqua Farley, l'air dégoûté par ces superstitions de vieilles femmes. Il est venu chaque lundi depuis la mort de Richard, entre dix heures et minuit. Sir Neil a prié Elgen et les siens de ne pas en parler. Il ne voulait alarmer personne avant de savoir de qui il s'agissait.

— Avez-vous découvert des traces ? demanda Gareth. Ces contrebandiers ne peuvent transporter de la laine sans chariots bâchés.

— Non, sir. Rien du tout, ni traces de roues ni crottin.

Alors pourquoi ces meurtres ?

— Se pourrait-il que quelqu'un… au château… ?

— Non, répondit Farley. Sir Neil nous a fait fermer les portes la nuit. Aucun risque.

— Et en ville ?

— C'est une autre affaire. Mais il hésitait à faire fouiller les maisons une par une. Les gens l'auraient mal pris. Cela dit, quelqu'un sait quelque chose, forcément. Il y a toujours un commerçant ou une ribaude pour remarquer qui a de l'argent et qui n'en a pas. Une troupe de soldats causerait trop de remue-ménage, bien sûr, mais pas un homme seul. Surtout un qui vivrait parmi eux en attendant de guérir de ses blessures…

— J'ai compris, marmonna Gareth, consterné. Il faut que je retourne chez Marsden.

Autrement dit, auprès d'Arianna.

6

— Ari n'acceptera jamais de l'épouser, affirma sans ambages dame Cicily.

Quoique n'ayant pas pour habitude d'écouter aux portes, l'intéressée ne put s'empêcher de tendre l'oreille devant la porte entrouverte de l'atelier. De qui parlaient-ils ? De Garvey ? Elle avait beau s'exhorter à rester calme, son cœur commençait à battre la chamade.

— C'est un prétendant tout à fait convenable, grommela William du ton d'un homme vexé. Il n'est pas très vieux et son avenir est assuré.

Ce qui éliminait d'emblée sir Garvey…

— Sans doute, mais elle ne voudra pas nous abandonner pour partir s'installer à Norwich.

Là-dessus, Cici avait raison.

N'y tenant plus, elle fit irruption dans la pièce et lança :

— De qui parlez-vous, tous les deux ?

— Eh bien, mais… de John Woolmonger, répondit son grand-père.

Arianna eut un mouvement de recul. Elle ouvrit bien la bouche pour protester, mais aucun son ne voulut franchir la barrière de sa gorge.

— Pourquoi ce regard apeuré, mon enfant ? s'inquiéta-t-il en prenant la main glacée de la jeune femme dans les siennes. John semble être un bon garçon et sa fortune n'est pas en péril. Il doit hériter de son père un commerce de toiles et lainages fort prospère.

— Pas s'il m'épouse, objecta Ari. Je serai sa ruine. Son père le déshéritera, c'est certain.

— Qui t'a dit une telle chose ?

— Personne n'a eu besoin de m'en parler, répondit l'orpheline avec l'accent du désespoir.

Dame Cicily fronça le sourcil. Sa petite-fille ne lui confiait pas tous ses secrets, bien sûr, mais elle savait néanmoins parfaitement ce qui troublait Arianna.

— Les Woolmonger sont des gens raisonnables.

— Mais arrogants et imbus d'eux-mêmes, rétorqua la jeune femme. Lorsque maître Woolmonger, accompagné de son fils John, est venu acheter des bijoux pour son épouse, il nous a pris de haut.

— C'est parce qu'il est grand, répondit dame Cicily en gloussant, ravie de ce bon mot.

William Marsden haussa les épaules, décidé à ignorer ces remarques.

— Il n'est pas inhabituel pour un homme de se marier en dehors de sa corporation.

Je ne l'aime pas !

Arianna aurait volontiers eu ce cri du cœur, mais comment justifier alors qu'elle ait bien voulu épouser sir Neil ?

— Que pourrais-je leur apporter hormis ma capacité à faire des enfants ? risqua-t-elle, en mal d'arguments. Ils ne me laisseraient sûrement pas continuer à exercer l'orfèvrerie, et je ne saurais toujours pas tenir une maison, ni coudre et encore moins broder.

Autrement dit, elle n'aurait, aux yeux de sa belle-famille, pas plus de valeur qu'un galet sur la grève.

— Je vous en supplie, plaida-t-elle, ne m'obligez pas à l'épouser.

— Oh, ma chérie, s'exclama le vieil orfèvre en la prenant dans ses bras. Tu sais bien que jamais je ne te forcerais à te marier contre ton gré, mais…

— Merci, grand-père ! s'écria-t-elle en se blottissant contre le vieil homme, dont le tablier de travail fleurait bon l'odeur familière du métal chaud. Je ne veux pas aller habiter loin de vous et de tante Cici.

— En ce cas, j'ai bien fait de ne pas donner à John le moindre encouragement quand il est venu me voir dans mon atelier, hier, pour me demander combien de temps encore tu comptais porter le deuil de sir Neil, murmura William.

Arianna profita de ce changement de sujet bienvenu :

— A votre avis, quelle serait la durée convenable ?

— Je n'en sais rien, ma petite, répondit sa tante. Tu n'as été mariée que… quelques heures et ce mariage n'a pas été consommé. Je demanderai à dame Arley ce qu'elle en pense.

William soupira.

— Nos fonds baissent inexorablement, Ari. J'aimerais te voir installée bientôt. Si aucune autre ne se présente, il faudra bien que je te demande de reconsidérer la candidature de John.

— N'en faites rien, s'il vous plaît.

— Allons, il n'est pas nécessaire de prendre une décision ce matin, tempéra Cicily. Viens m'aider à ouvrir mon échoppe.

La jeune femme embrassa la joue parcheminée de son grand-père et suivit sa tante sans demander son reste.

— N'est-il donc aucun homme qui suscite ton intérêt ? s'enquit cette dernière lorsqu'elles parvinrent à la porte de la boutique. Charles, peut-être ?

— Il est pour moi comme un frère, répondit Arianna en arpentant la pièce d'un air rêveur, frôlant du bout des doigts les bouquets de simples séchées ou les pots d'onguent alignés sur le comptoir.

— Et sir Garvey ?

Ari se sentit la tête qui tournait, tout à coup, et le cœur battant, la poitrine oppressée, comme chaque fois qu'elle pensait au chevalier.

Il ne fallait plus penser à lui, justement. Surtout pas.

— Il est parti, désormais, répondit-elle.

— Il n'est qu'à Tyneham. Il pourrait être de retour n'importe quand.

La tante retint un gloussement quand elle vit sa petite-fille lever les yeux vers la porte à ces mots, touchée.

— Il y a peu de chances qu'il se révèle riche et puissant un jour, là-dessus, tu n'as rien à craindre.

— Ne vous moquez pas de moi, tante Cici !

— Pardonne-moi, mon enfant. Pour rien au monde je ne te ferais du mal, tu le sais. Admets tout de même que tes peurs sont sans fondement.

— Ce qui est arrivé à mes parents est bien réel, pourtant, et je me souviens fort bien d'avoir vu maintes fois ma mère pleurer des journées entières parce qu'elle pensait avoir ruiné la vie de mon père.

— Tu es plus forte qu'elle, ma chérie, et dis-toi que tout le monde n'est pas comme les de Clerc, objecta dame Cicily — sans grand résultat.

Ari pensait obstinément qu'il lui fallait trouver assez d'argent pour pouvoir tenir, le temps de rencontrer un homme qu'elle pourrait épouser. Mais par quel moyen ?

L'idée de la coupe sur laquelle elle travaillait s'imposa naturellement à son esprit : si elle en faisait douze identiques, ainsi peut-être qu'une plus grande afin de constituer un service complet pour le vin cuit, elle pourrait la vendre à maître Hollton. Si celui-ci n'en voulait pas, elle tenterait sa chance à la foire de Norwich. Y avait-il assez d'argent d'or et de bronze en réserve pour une telle entreprise ?

Cela serait sans doute sa dernière œuvre produite sous le nom de son grand-père.

— Où vas-tu ? s'enquit sa tante.

— J'ai bien écouté ce que vous m'avez dit et je pensais aller me promener, pour y réfléchir.

— Ne t'éloigne pas trop.

— Entendu, dit la jeune femme en se dirigeant à grands pas vers la porte de derrière, taraudée par sa conscience.

Elle tournait le coin de la maison lorsqu'elle manqua de peu de heurter Charles.

— Pardonnez-moi, dit-il en lui tenant le bras pour l'aider à garder l'équilibre. Où diable allez-vous si vite ?

— Où je vais ? répéta-t-elle stupidement, affolée à l'idée de devoir mentir de nouveau.

Décidément, elle n'avait pas le moindre talent pour la dissimulation.

— Je vous ai posé une question, insista l'apprenti en la secouant un peu.

— Ah oui ! fit-elle comme si elle découvrait sa présence, résolue à ne pas se laisser dicter sa conduite. Je vais dans les bois.

— Dans les… ? Toute seule ? s'étonna Charles, le front plissé.

— Parfaitement.

Une expression étrange se fit jour dans les yeux de Beck.

— Voilà qui est intéressant. Ne craignez-vous donc pas d'y rencontrer quelqu'un qui pourrait s'aviser de vous importuner, voire pire que cela ?

— Je n'y avais pas pensé, je l'avoue, dit-elle ingénument.

Ses grands-parents l'accusaient toujours de n'être pas

assez prudente. Cette fois-ci, elle prendrait toutes ses précautions.

— Voulez-vous vous joindre à moi ? proposa-t-elle.

— Avec plaisir, fit Charles d'une voix cauteleuse en lui offrant son bras.

A notre retour, nous aurons fait plus ample connaissance, ma belle, et ainsi je n'aurai pas à attendre des semaines pour obtenir ce que je veux.

— J'apprécie que vous acceptiez. Permettez que je vous dise pourquoi nous nous rendons dans les bois.

Machinalement, elle lança un regard par-dessus son épaule vers la maison qu'elle venait de quitter, puis :

— Je veux dessiner un cerf sur le vif.

Elle s'apprêtait à en dire plus, mais Charles lui fit presser le pas.

— Je suis plus que ravi de pouvoir vous aider, gloussa-t-il comme s'il venait de faire un bon mot.

Arianna ne trouva rien de drôle dans ces paroles, mais sourit néanmoins, sachant que l'apprenti se vexait pour un rien. Elle n'était pas près d'oublier son déplaisir lorsqu'il apprit qu'elle devait épouser sir Neil — à telle enseigne qu'elle se ravisa et décida de garder pour elle son secret. Si par malheur elle ne pouvait obtenir ce qu'elle escomptait de la vente des coupes, Charles serait sûrement presque aussi bouleversé qu'elle-même lorsqu'elle se verrait obligée de prendre John Woolmonger pour époux.

Cette décision prise, elle reporta son attention sur l'endroit où ils se trouvaient. La rue, étroite et creusée d'ornières boueuses, était bordée sur un côté de maisons et d'échoppes serrées les unes contre les autres et se soutenant mutuellement. Un lieu triste et usé par le temps, comme ses habitants, pensa la jeune femme en regardant les villageois qui portaient des fardeaux énormes sur leur dos courbé, les yeux rivés au sol.

Par-dessus toute la scène pesait un couvercle de misère plus épais encore que le nuage de poussière soulevé par les carrioles qui passaient sur la route.

— Quelle part revient au comte ? demanda Arianna à Charles.

— Il laisse au peuple juste de quoi se nourrir et continuer à travailler, répondit le jeune homme après avoir longuement réfléchi, comme si la question avait peiné à atteindre son cerveau.

— Mais… les échevins et les marchands ont de belles maisons, objecta Ari en pensant à son grand-père.

— Bah ! Les marchands sont aussi mauvais que les nobles, pour ça. Il a fallu cette pénurie de main-d'œuvre pour qu'ils se rendent compte de l'existence des paysans, et encore était-ce pour approuver ces maudites lois sur le travail !

— Que disent-elles, ces lois ?

— Qu'on ne doit les payer aujourd'hui que ce qu'on les payait hier, avant que la peste n'emporte un grand nombre d'entre eux, alors qu'ils sont si demandés qu'ils pourraient exiger trois fois ce qu'on leur donne. Allons, hâtons-nous. De toute façon, ces choses-là ne concernent pas les femmes.

— Et pourquoi cela ?

— Parce que tout appartient à leur père ou à leur mari, voilà pourquoi.

— Mais une femme participe aux gains du ménage, s'insurgea Arianna, outrée par cette injustice, d'autant qu'elle apprenait qu'une partie des fruits de son labeur servait à engraisser un comte.

— Il n'empêche que ceux-ci reviennent au mari.

— Ce n'est pas juste ! s'exclama-t-elle en marquant le pas.

— Vous avez raison, bien sûr, dit Charles doucement. Je ne fais qu'exprimer la pensée de la plupart des hommes.

— Mais vous, qu'en pensez-vous ?

— Eh bien… j'en dis que les profits comme le travail devraient être partagés entre les époux, mentit Charles en reprenant sa marche, un sourire aux lèvres.

Elle est aussi naïve qu'un agneau qu'on mène à l'abattoir.

— Croyez-vous vraiment que nous trouverons un cerf dans ces bois ? demanda soudain la jeune femme, tout excitée.

— Je crois que nous y trouverons tout ce que nous désirons, répondit Charles, les yeux luisant dans la lumière du soleil, à moins que ce ne fût pour autre chose.

Elle parla tout le long du chemin, ce dont il ne parut pas s'agacer, répondant aux questions du mieux qu'il pouvait, bien qu'il ne connût pas beaucoup mieux qu'elle le monde mystérieux qui s'étendait aux alentours de la petite ville.

— Quelles couleurs incroyables ! s'émerveilla-t-elle quand ils pénétrèrent sous le couvert, les teintes fauves du sous-bois vibrant dans la pénombre.

Charles parla de s'asseoir, mais elle s'enfonça plus avant en suivant le sentier qui prolongeait celui qu'ils venaient de prendre à travers champs.

— Il faut que nous trouvions un ruisseau.

— Arrêtons-nous un moment ! lança-t-il, sans résultat.

Quelques minutes plus tard, elle atteignit une clairière au centre de laquelle s'étendait un petit étang à la surface si lisse et si brillante qu'on aurait cru un miroir d'argent poli. Un oiseau au plumage sombre y flottait paisiblement, suivi d'une demi-douzaine de poussins plus clairs.

— Oh, regardez ! murmura-t-elle pour ne pas perturber la paix de cette scène idyllique. Quelles sont ces superbes créatures ?

— Je n'en vois qu'une seule ici, dit Charles en la prenant

par la taille sans prévenir, surgissant derrière elle en sortant du couvert. Vous !

Son haleine sentait la bière rance.

Ari tenta de se dégager, tremblante de dégoût, mais il la retenait fermement.

— Que faites-vous ? Il faut que nous trouvions le cerf.

— Je me charge du rôle, Arianna, et vous serez ma biche. Batifolons un peu, voulez-vous ?

— Cessez de dire des sottises, et lâchez-moi. Que je ne risque pas de tomber à l'eau.

— Je n'en ai aucune intention, répondit-il d'une voix quelque peu altérée par la nervosité. Pas avant que…

Le reste de sa phrase fut noyé par un couinement aigu et plein de rage provenant d'un fourré tout proche. Effrayée, Ari se retourna et aperçut à quelques pas le plus affreux cochon qu'elle eût jamais vu. Il la fixait de ses petits yeux méchants.

— Seigneur ! Un sanglier ! s'écria Charles.

— Sir Garvey avait raison, repartit la jeune femme en dépliant tranquillement son vélin. Mon cerf ressemblait plutôt à cet animal. Peut-être vais-je le dessiner lui aussi.

— Avez-vous perdu la raison ? Nous n'avons pas de temps pour cela. Fuyez avant que cette maudite bête n'attaque.

Comme pour confirmer cet appel à fuir, l'animal battit le sol de ses sabots acérés, puis, baissant la tête, s'avança vers les jeunes gens en grondant furieusement.

— Courez ! Il va nous tailler en pièces ! cria Charles en se carapatant, sans même se retourner pour s'assurer d'elle.

Le sanglier s'élança derrière lui, mais se figea aussitôt, pour tourner la tête vers Arianna en soufflant par les naseaux. La proie semblait plus facile…

La terreur lui faisait dresser les poils sur la peau. Le cœur battant à tout rompre, elle s'exhorta à rester immobile, en espérant que, par quelque miracle, il se détournerait d'elle.

Elle se trompait. Pendant ce qui lui sembla une éternité, ils s'entre-regardèrent tels deux adversaires se toisant, refusant de céder, le fauve paraissant chercher dans son regard les indices d'une faiblesse qui lui donnerait l'avantage. Ses défenses recourbées luisaient horriblement dans l'ombre.

Le cri d'alarme de Charles résonnait encore dans l'esprit de la jeune femme. Elle ne pouvait lui en vouloir de s'être enfui, quoiqu'elle eût préféré qu'il l'entraîne avec elle. Reviendrait-il avec des renforts ? Mais lesquels, et quand ?

Quand le porc fit un pas vers elle en reniflant, Arianna recula, terrorisée ; las, un arbre lui barrait toute retraite. Elle eut un cri désespéré en sentant l'écorce rugueuse lui lacérer le dos.

Au même instant, avec un couinement de triomphe atroce, la bête chargea, tête basse.

La jeune femme hurla, puis, par pur réflexe, lâcha le vélin, saisit les pans de sa robe et se mit à courir sur sa droite.

Gareth jura entre ses dents en arrêtant son cheval devant la hutte. Par le sang du Christ, il se sentait aussi faible qu'une femme ! Son flanc le faisait souffrir et sa tête semblait près d'exploser.

Sim apparut à la porte de l'écurie et vint saisir les rênes que lui tendait le chevalier.

— Vous voilà de retour, sir Garvey ! Vous avez l'air mal en point, dit-il après un bref coup d'œil au cavalier fourbu.

— Je suis simplement fatigué, grommela celui-ci en glissant à bas de sa selle. J'en ai un peu trop fait, sans doute. En tout cas, pas un mot à dame Cicily, c'est entendu ?

Il ne regrettait pas son escapade, car avoir désormais un plan d'action sur quoi se concentrer lui semblait une excellente chose. Il pouvait se féliciter de n'avoir pas brûlé ses vaisseaux avec les Marsden en s'enfuyant la veille au soir.

— Maître William est-il ici ?

— Il est parti chez Arley, l'échevin, en compagnie de dame Cicily, répondit le gamin en secouant la tête. Maîtresse Arianna et Charles ont quitté la maison voici une heure et ne sont pas encore rentrés.

Gareth perçut une inflexion étrange dans ces dernières paroles, et un tressaillement dans sa poitrine, mais, pour ne pas dévoiler son alarme, s'enquit d'un ton égal :

— Et alors ?

— Elle ne sort jamais, d'habitude.

— Vraiment ?

C'était sans doute la raison de son teint anormalement pâle...

— Oui. Elle reste toujours enfermée, à...

Le garçon hésita, puis, baissant les yeux :

— Elle ne sort jamais, voilà tout.

— Peut-être sont-ils allés au marché ?

A cette heure, cet apprenti effronté devait acheter des colifichets à la jeune femme tandis que lui, Gareth, cherchait l'assassin de son mari, par saint Georges !

— Sûrement pas. Je les ai suivis jusqu'à la porte du Sud.

— Ont-ils pris la direction du château ?

— Non. Pour ça, il faut passer par la porte du Nord. Par celle du Sud, on va à Norwich. Et entre ici et cette ville, il n'y a rien, que des bois et des champs.

— Des bois ? répéta Gareth, un frisson glacé lui parcourant l'échine. Se pourrait-il qu'ils s'y soient rendus afin de cueillir des herbes pour dame Cicily ?

— Ça m'étonnerait, fit Sim en reniflant. Maîtresse Arianna ne saurait pas faire la différence entre de la menthe et du gui. Quant à lui…

Il renifla derechef, mais avec une vigueur qui ne laissait aucun doute sur ses sentiments à l'égard de l'apprenti.

— Il ne s'éloigne de la maison que pour aller retrouver son frère dans la taverne. Il y était encore ce matin.

— Tu l'as suivi ?

— Non, mais j'ai senti la bière sur son haleine.

Gareth se fit la réflexion que ce garçon pourrait bien l'aider à retrouver les contrebandiers. Plus tard, car pour l'heure, il y avait plus urgent.

— J'ai dans l'idée qu'elle a eu envie d'aller dans les bois à la poursuite d'un cerf.

— Un cerf ?

— Elle veut s'en servir de modèle pour l'une des coupes sur lesquelles elle travaille.

Le visage de Sim se tordit en une grimace dégoûtée.

— Elle aurait dû prendre quelqu'un d'autre que Charles pour l'accompagner.

Gareth était du même avis, quoique sans doute pas pour les mêmes raisons.

— Je vais la chercher, lança-t-il.

Sim voulut le suivre, mais Gareth lui ordonna de rester, au contraire. S'il n'avait pas regagné la ville d'ici une heure, l'adolescent devrait aller chercher des secours.

En espérant qu'il aurait assez de forces pour tenir encore si longtemps…

Les bois lui semblèrent délicieusement frais et sombres, après la chaleur et la lumière aveuglantes du soleil d'été. En y pénétrant il ôta son casque pour mieux entendre le moindre bruit, sentir la moindre odeur, tous les sens aux aguets, sa lame nue posée en travers de ses cuisses en cas de besoin.

La forêt était son domaine tout comme le champ de bataille était celui de Ruarke et l'océan celui d'Alex. Il s'y sentait chez lui, à son aise plus que nulle part ailleurs. Si Arianna et Charles étaient dans ces bois, il les retrouverait.

En suivant les indications de Sim, il atteignit facilement le gué. Il évita toutefois d'entrer dans la clairière, qu'il surveilla un instant depuis sa lisière.

Tout semblait calme.

Quand il fit avancer Apollon d'un discret signal du genou, des canetons s'égaillèrent sur la surface de l'eau, surgissant des buissons qui la bordaient, sans doute effrayés par le bruit. Gareth sourit en pensant qu'Arianna aurait adoré leurs petites têtes hérissées de duvet jaune, qui le considéraient d'un air intrigué et prudent à la fois.

L'étalon pencha le museau vers l'eau pour boire, mais quelque chose parut l'inquiéter soudain, et il recula de deux pas en s'ébrouant bruyamment.

— Eh bien, que t'arrive-t-il ? s'étonna Gareth en poussant l'animal en avant derechef, sans résultat.

En se penchant sur l'encolure pour chercher des yeux la cause de cette alarme, il avisa des traces fraîches dans la boue. Des traces de sabots fendus caractéristiques.

Un sanglier.

Mettre pied à terre eût été s'exposer à d'inutiles périls, aussi Gareth le chevalier resta-t-il simplement dressé sur ses étriers pour suivre la piste, qui partait vers la gauche. Non loin de là, il remarqua bientôt deux aires de toute évidence labourées par le cochon sauvage, signes certains d'une colère précédant la charge.

Ce qui ne présageait rien de bon.

Un peu plus loin, de l'autre côté de l'étang, il vit une forme blanche sur l'herbe, qu'il ramassa du bout de son estoc. Il s'agissait d'un morceau de parchemin, sauvagement dilacéré.

Arianna !

Pendant une fraction de seconde, un voile noir passa sur Gareth, tandis que son sang se glaçait dans ses veines. Du plus profond de sa poitrine, il hurla le nom de la jeune femme. Le son s'en perdit dans les arbres.

— Tout doux, souffla-t-il au cheval effrayé par l'envol d'oiseaux que venait de provoquer son cri. Tout doux.

Cette fois, quand il serra les genoux pour le lancer en avant, l'animal répondit incontinent, comme s'il comprenait l'urgence de la situation. L'odeur fauve qui frappait ses narines signifiait que l'ennemi était là, tout près, et que la chasse venait de commencer.

Le sentier tracé dans l'herbe par le sanglier se suivait facilement. Gareth imaginait la terreur de la jeune femme poursuivie par la brute et d'y penser seulement lui tordait le ventre. Il se demanda si Charles savait manier une arme.

Et si même il en avait une.

— Par ici ! cria une voix, arrêtant net le cavalier et sa monture.

Du haut d'un rocher, Arianna agitait le bras vers lui.

Incapable d'en croire ses yeux, il fonça vers elle, et sauta à bas de sa selle sans même attendre qu'Apollon s'arrête. Eperdue, Ari se jeta dans ses bras. Il la serra contre lui, éberlué, le cœur aux abois. Soulagé certes, mais inquiet de la bête.

Et aussi de ce sentiment bizarre et indéfinissable qu'il sentait naître en lui et refusa d'interroger.

Elle leva les yeux vers lui, la joue marquée par la cotte de maille contre laquelle elle se pressait l'instant d'avant.

— J… je suis contente de v… vous voir, dit-elle en tremblant.

— Etes-vous blessée ? s'enquit-il d'une voix guère plus assurée.

— Non. Mais j'ai cru mourir de peur.

— Quelle mouche vous a piquée de partir ainsi ? Vous auriez pu y laisser la vie.

— Vous disiez que mon cerf n'était pas ressemblant. Il me fallait en voir un.

— Et vous avez risqué la mort pour cela ? s'enflamma Gareth.

— Qu'est-ce donc qui vous donne le droit de me parler sur ce ton, sir ? Vous n'êtes pas mon père, que je sache.

— Louez-en le ciel, répliqua-t-il en lui enserrant les poignets. Je ne vous aurais pas dorlotée comme l'ont fait tous ces gens, en ce cas.

— Comment cela ? s'insurgea la jeune femme, qui se dégagea et visa le ventre de Gareth de son poing serré. Je travaille aux côtés de mon grand-père et j'abats autant de besogne que lui !

Il para le coup en lui reprenant le poignet, puis, ramenant le bras de la jeune femme dans son dos, il la plaqua contre lui.

— Petite sorcière !

— C'est de votre faute ! se défendit-elle, rejetant ses cheveux sur son épaule en un geste rageur et gracieux à la fois. Vous me faites enrager si fort que je pourrais…

— Vous pourriez… quoi ?

Elle sentait son souffle brûlant sur sa joue, son regard sur elle.

— Allons, parlez ! Que pourriez-vous faire ?

Sa voix lui parut plus rauque, soudain, mais plus douce aussi, plus soyeuse. Elle n'avait pas souvenir d'y avoir encore décelé cette note étrange.

— Je… je ne sais pas, murmura-t-elle, abasourdie par ce qu'elle ressentait au plus profond d'elle-même au contact de cet homme.

— Qu'est-ce que vous ne savez pas ? Pourquoi nous déchirons-nous de la sorte ?

Elle hocha la tête, fascinée par le feu qu'elle voyait monter dans les yeux du chevalier, un feu si ardent qu'il lui sembla réchauffer tout son corps.

— Vous le savez, vous, répondit-elle.

— C'est vrai, admit-il en laissant tomber son épée pour libérer sa main et en saisir la fugitive par la nuque, perdant ses doigts dans l'épaisse chevelure. Mais je ne sais qu'y faire, par tous les saints !

Arianna gémit, le corps tremblant, les yeux clos.

— Vous me donnez le frisson, dit-elle d'une voix pâmée.

Gareth gronda sourdement, relâcha le poignet de la jeune femme et lui caressa lentement le dos.

— Vous ne devriez pas me dire de telles choses…

— Pourquoi pas, puisque c'est vrai ?

— Il vaudrait mieux pour tous les deux qu'il n'en soit rien, car cela ne nous mènerait nulle part…

Elle fondait sous la caresse, sentant sans s'en soucier un instant ses jambes la trahir, au point qu'elle dut s'agripper à lui pour ne pas choir sur le sol.

— Hélas, je ne puis m'empêcher de vous désirer, ni vous non plus. C'est bien là le problème.

Cette fois, elle eut l'impression que son souffle effleurait ses lèvres de si près qu'elle entrouvrit les yeux ; mais quand leurs bouches se rencontrèrent, elle s'abandonna à la caresse promise.

— C… c'est une erreur, nous n… ne devrions pas…, bégaya-t-il, tremblant de désir malgré tous ses efforts.

— Je suis si bien dans vos bras…

— Seigneur ! J'ai tant envie de vous, s'exclama-t-il en resserrant son étreinte. Je ne croyais pas qu'il fût possible de désirer quelqu'un à ce point.

Il prit ses lèvres en se laissant tomber à genoux dans l'herbe tendre. C'était une erreur, un manquement, une folie, mais que faire ? Il en avait besoin, et elle aussi, visiblement.

Elle murmura quelque chose, un consentement, peut-être ? Il n'aurait su dire. Les battements de son cœur se faisaient trop forts pour qu'il puisse l'entendre.

A moins que…

Non, il ne s'agissait pas de son cœur, mais d'un bruit de sabots approchant à toute allure.

Un cri de goret en furie déchira l'air, tout près.

Gareth tourna la tête au moment même où le sanglier sortait du couvert des bois.

— Courez vers les rochers ! lança-t-il en poussant Arianna derrière lui tout en tendant la main pour ramasser son épée.

Celle-ci gisait à quelques pas, entre lui et la bête. Il n'avait plus le temps de la saisir pour se défendre.

Instinctivement, il s'accroupit, très bas, un œil rivé sur l'épée, l'autre sur la brute. Il attendrait jusqu'à ce qu'il puisse percevoir son haleine et compter les poils sur sa hure.

— Fuyez ! cria Arianna.

Vif comme l'éclair, Gareth roula dans l'herbe, évitant la charge. Quand il se redressa, il avait l'épée à la main.

Son flanc le faisait souffrir de façon abominable ; il pensa sombrement qu'il n'aurait pas droit à une seconde chance s'il manquait son coup. Il fallait qu'il soit mortel.

La terre trembla alors sous ses pieds. Oublié de tous, Apollon venait de surgir entre les combattants, les naseaux frémissants, frappant le sol du sabot. Surpris, le sanglier marqua le pas, considérant l'intrus de ses petits yeux noirs.

Ce fut cette hésitation qui lui coûta la vie.

7

Debout au milieu du gué, Apollon laissait paisiblement Gareth laver ses sabots du sang qui les souillait.

— Il a l'air très calme à présent, remarqua Arianna.

— Cela prouve encore une fois que les apparences peuvent être trompeuses.

Chez une femme aussi. Mortellement trompeuses.

— N'oubliez pas que c'est un cheval de combat. Il a été dressé à tuer, ajouta sèchement Gareth en se redressant.

Il enrageait de l'avoir embrassée. Bien sûr, elle se sentait bouleversée aussi à ce souvenir, mais pas en colère. Si seulement…

— Vous êtes très doux avec lui.

— Je l'ai élevé depuis son premier jour.

— Et l'avez dressé à tuer, donc ?

— Je n'ai pas eu beaucoup à faire pour ça.

— Pourquoi cela ?

— Parce qu'il est le fils du destrier de mon frère. Ces chevaux gris ont le combat dans le sang.

Comme les femmes la cruauté.

— Il faut une main de fer et un caractère bien trempé pour les contrôler, dit encore Gareth sombrement.

Il aurait pu préciser : comme avec les femmes.

Ainsi, il avait un frère. Arianna enregistra l'information, mais un sujet plus brûlant la taraudait :

— Pourquoi n'aimez-vous pas les femmes ?

— Pourquoi dites-vous cela ? s'étonna-t-il.

— Une impression, répondit-elle en haussant les épaules.

Il détourna les yeux en grommelant une phrase indistincte.

— Pourtant, vous êtes bien fait de votre personne…

— Et vous, demoiselle, allez vite en besogne.

Elle ne fit pas semblant de ne pas comprendre l'allusion :

— Je vous ai dit que je vous trouvais assez beau pour mériter d'être dessiné. Ai-je eu tort ?

— Vous ne devriez pas dire cela à un homme, répliqua-t-il d'un ton à mi-chemin entre l'indignation et la surprise.

Ce corps dont elle parlait réagissait sous le compliment d'une manière qu'en d'autres temps il aurait appréciée, mais dont il se méfiait comme de la peste aujourd'hui.

— Est-ce à cause d'Emilie que vous êtes ainsi ? s'enquit la jeune femme sans ambages.

— Que dites-vous ? se récria Gareth, vacillant de surprise, avant de s'enquérir, le front plissé : Où avez-vous entendu ce nom ?

La colère l'investissait encore, mais doublée désormais d'une douleur affreuse, et aussi d'une autre émotion qu'elle ne parvenait pas à déchiffrer.

— Vous l'avez crié plusieurs fois dans votre délire. Souvent, vous la traitiez de putain. Et puis vous appeliez un certain Alex à la rescousse, et le suppliiez de lever son épée avant que vous ne soyez contraint de le faire vous-même.

— Assez ! fit-il d'une voix altérée par l'angoisse.

Il s'éloigna, la tête entre les mains comme s'il voulait la retenir d'exploser, tandis que son cri résonnait dans la clairière. Emue, Arianna le suivit et le prit dans ses bras.

— Je suis navrée, souffla-t-elle en le pressant contre

sa poitrine. Mon cœur saigne à l'idée que vous ayez tant souffert.

Gareth eut un juron étouffé en la repoussant d'un geste brutal.

— Vous ne savez rien, rien du tout, m'entendez-vous ?

Il tremblait de tout son corps, comme Apollon tout à l'heure, après qu'il eut tué le sanglier.

— Ai-je dit autre chose ? demanda-t-il d'une voix éraillée, en se tournant vers elle.

Il avait les yeux si pleins de détresse et de douleur qu'elle ne put s'empêcher de tendre la main vers lui.

— Laissez-moi vous aider à…

— Non !

Il y avait plus que de la fierté dans ce refus : plus jamais il ne voulait repenser à ce jour funeste.

— Dites-moi ce qui s'est passé, ordonna-t-il.

— Vos cris m'ont réveillée en pleine nuit, la première fois, et j'ai couru à votre chevet, mais quand j'y suis arrivée, vous étiez de nouveau inconscient.

— Quelqu'un d'autre… ?

— Non, personne.

Il y eut un silence, pendant lequel il sembla se calmer lentement, puis il reprit :

— Où est Charles ?

Rappelée par cette question à sa mésaventure, elle mit un moment à répondre.

— Je l'ignore. A un certain moment, il a filé par là. Je suppose qu'il est allé chercher du secours.

C'était dit avec une pointe d'ironie, qui n'échappa nullement à Gareth. De son côté, il aurait préféré que le sanglier l'ait débarrassé une bonne fois de cet apprenti de malheur.

— En tout cas, en voilà un que je peux supprimer de la liste de mes prétendants, observa Arianna d'un ton enjoué.

— Pourquoi ? Est-ce parce qu'il n'a pas le sou ?

— Non. Cela plaiderait plutôt en sa faveur, en fait, mais je ne veux pas d'un homme qui disparaît dès qu'il y a du danger.

Une nouvelle fois, un long silence s'installa, puis :

— D'où vous vient cette passion du dessin ?

— Eh bien… je… c'est parce que j'aime cela, répondit Arianna piteusement, en balayant la question d'un revers de main qu'elle voulait dédaigneux mais qui semblait plus embarrassé qu'autre chose.

— Mais ces dessins, qu'en faites-vous ?

— Je ne comprends pas…

— A quoi vous servent-ils ?

— Ils sont une sorte d'hommage à la beauté de la nature, même s'ils ne peuvent prétendre rivaliser avec elle, bien sûr…

Elle peinait à trouver des réponses satisfaisantes.

— Donc inutiles, pour parler franc, trancha Gareth.

— Comment cela ? Les choses n'ont pas forcément besoin d'avoir une utilité pour…

— Si elles n'en ont pas, à quoi bon ?

— Elles peuvent être contemplées, affirma Arianna en repensant aux petits médaillons d'argent sertis de lapis qu'elle venait de réaliser pour décorer la Bible de maître Arley. Et donner le goût des belles choses. C'est déjà beaucoup, même si, apparemment, elles ne servent à rien.

Gareth fit un bruit de langue méprisant en sautant sur sa selle.

— Gabrielle a un faible pour les couleurs vives et les jolies étoffes, mais au moins en fait-elle des tapisseries qu'elle pend aux murs pour éviter les courants d'air. Donnez-moi la main, je vais vous aider.

Donc, il y avait aussi une Gabrielle. Et parfaite, de surcroît…

— Je n'ai pas envie de chevaucher avec vous, déclara la jeune femme en croisant les bras d'un air buté.

— Ah voilà bien d'une femme ! Allez-vous bouder ainsi parce que je vous ai adressé une critique ?

Elle faillit lui demander si c'était là le crime qu'il reprochait à Emilie, mais se retint au dernier moment. Elle n'avait pas encore perdu la raison.

— Je ne boude pas, je me demande ce que je déteste le plus en vous, de votre attitude injuste envers la gent féminine ou de votre manque total de goût pour les belles choses.

— La route est longue jusqu'à Tyneham, répondit Gareth avec mépris. Je suis trop fatigué pour chevaucher à vos côtés pendant que vous marcherez jusque là-bas.

— Je suis sûre que, quoique utiles, les tentures de Gabrielle sont d'une laideur insigne.

— Certains les trouvent belles.

— Mais pas vous, évidemment.

— Je suis trop occupé pour me soucier de telles choses, répliqua-t-il en haussant les épaules rageusement. A présent, rentrons, voulez-vous ? Votre famille va s'inquiéter.

Elle aurait pu ignorer tous les autres arguments, mais pas celui-là en effet. N'empêche, elle trouvait triste qu'il n'ait pas — ou plutôt qu'il refuse de se donner — le temps d'apprécier la splendeur de ce qui les entourait. Quand elle fut installée sur la selle devant lui, elle s'obligea à le lui dire, et ils débattaient encore des mérites comparés de l'utile et de l'agréable quand, au sortir de la forêt, ils rencontrèrent Charles à la tête d'une bande d'hommes armés de gourdins et de coutelas, rassemblés pour porter secours à la jeune femme.

Un peu tard, somme toute.

*
* *

L'inquiétude de Gareth quant à la manière dont il allait devoir s'y prendre pour retrouver sa place au sein de la famille Marsden après l'avoir si ingratement quittée disparut instantanément lorsqu'il arrêta son cheval près de l'écurie.

— Vous l'avez retrouvée ! s'écria Sim en s'élançant à leur rencontre, suivi de près par dame Cicily et maître Marsden.

Sous les exclamations joyeuses de ceux-ci, il fit glisser Arianna de la selle. Quand elle eut mis pied à terre, son premier regard ne fut pas pour son grand-père et sa tante, mais pour lui.

— Merci, murmura-t-elle du bout des lèvres, le visage empreint d'une reconnaissance éperdue haussé vers le sien. Ne craignez pas que je parle de ce que vous savez. Quoique vous pensiez, je mesure ce que c'est que d'avoir un secret trop lourd pour le partager avec quiconque.

Trop lourd pour le partager.

Il ouvrit la bouche pour lui demander ce qu'elle voulait dire, mais Dame Cicily et le vieux Marsden étaient sur eux, entourant la jeune femme comme des poules un poussin retrouvé. Leur joie et leur sollicitude le firent penser à ceux qui l'attendaient à Ransford.

Cela faisait trois jours que Farley avait envoyé un messager là-bas pour les avertir de la mort de sir Neil. Comment se faisait-il que son père n'ait encore envoyé personne à Tyneham ?

Enervé par cette agitation, Apollon protesta en s'ébrouant. Sim s'approcha et prit la bride des mains de Gareth, pour permettre à celui-ci de mettre pied à terre doucement, ce qu'il fit en réprimant un cri de douleur. Ses genoux manquèrent de se dérober sous lui, au point qu'il dut s'appuyer contre le flanc de l'animal pour ne pas s'effondrer.

— Regardez, s'exclama Sim en pointant du doigt l'épaule du cheval. On dirait du sang.

— C'en est, en effet, mais ce n'est pas le sien. Plutôt celui du sanglier, à mon...

— Un sanglier ? s'écrièrent en chœur Cicily et William Marsden, tremblant rétrospectivement à l'idée que leur petite-fille et nièce chérie venait d'échapper à un tel monstre.

— Oui, confirma la jeune femme en dédiant à Gareth un sourire éblouissant. J'ai été attaquée par l'une de ces bêtes.

— C'est Apollon qui mérite vos félicitations, corrigea Gareth d'une voix faible.

Le sang battait à ses tempes et ses jambes menaçaient de le trahir un peu plus à chaque instant, sans compter la gêne qu'il éprouvait pour ce qui s'était passé dans la clairière.

Arianna lui reprocha sa modestie et fit l'éloge du chevalier Garvey avec un enthousiasme tel qu'il en avait la tête qui tournait. Elle embellissait les choses. Il n'était pas vrai qu'il eût été brave comme elle le prétendait. En fait, il portait la responsabilité de l'escapade d'Arianna dans les bois, et aurait bien pu porter celle de sa mort sans l'intervention salvatrice d'Apollon. De simplement imaginer le corps de la jeune femme mutilé par les sabots et les défenses de la brute le faisait tanguer sur ses jambes.

— Doucement, mon garçon, dit William en le soutenant sous l'aisselle. Vous êtes pâle comme la neige. Ari, prends-le par l'autre côté.

Gareth voulut protester, mais dame Cicily lui imposa vivement silence :

— Vous auriez dû être dans votre lit, au lieu d'essayer de secourir une jeune écervelée qui jouit d'assez peu de bon sens pour s'aller promener toute seule dans les bois !

— Je n'étais pas seule, ma tante. Charles est venu avec moi.

— Et où est-il à cette heure ? demanda William, surpris.

— Il m'a dit avoir promis une pinte de bière aux hommes qui l'accompagneraient pour me porter secours, expliqua la jeune femme. Ils n'ont rien fait, bien sûr, mais ont tenu à être payés tout de même.

— Nul doute qu'il a eu honte de montrer son visage ici, après t'avoir abandonnée en s'enfuyant, murmura Cicily.

— Il a essayé de faire quelque chose, tempéra Arianna en serrant tant qu'elle pouvait la taille de Gareth, qui pesait de plus en plus lourd.

Ce dernier trouvait étrange de s'appuyer sur une femme. Emilie ne pensait qu'à elle-même et à son confort, et il aurait sans doute fallu attendre longtemps avant qu'elle lui offre de l'aider en quoi que ce soit. Après leur conversation dans la forêt, il se sentait vulnérable devant Arianna et aurait bien voulu refuser son aide, quand bien même il ne pouvait marcher sans appui. D'un coup, il s'arrêta.

— Je suis trop lourd pour vous, décréta-t-il.

— Non, pas du tout, repartit-elle, relevant le menton d'un air volontaire.

Il n'avait plus la force de répliquer. Tant bien que mal, ils parvinrent à le hisser en haut des escaliers et à l'allonger sur le lit d'Arianna. Il voulut protester contre cela aussi, mais on le fit taire en criant plus fort que lui. Cicily et William lui ôtèrent ses vêtements tandis qu'Arianna courait chercher le coffret à onguents de sa tante, de sorte que lorsqu'elle rentra, il était de nouveau décent, bien caché sous les couvertures, ce dont il ne put que se féliciter.

Malgré l'immense fatigue qui ravageait son corps, il ne pouvait empêcher celui-ci de réagir virilement à la vue de la jeune femme.

*
* *

Quand il se réveilla, après peut-être trois ou quatre heures d'un sommeil lourd, il jugea qu'il devait être l'heure de dîner aux bruits de vaisselle qu'il entendait filtrer dans le silence de la chambre, et à la faim qui le tenaillait.

Il se vêtit en quelques instants, et ouvrit la porte. La servante débarrassait la table, un grand plateau dans les mains. Il attendit, la tête dans les épaules, le cri qu'elle n'allait pas manquer de pousser en le découvrant, ainsi que le fracas des écuelles éclatant sur les dalles ; mais rien ne vint. Au contraire, la fille prit sur le plateau un bol couvert d'un linge ainsi qu'un plat de fromage et de pain et les alla poser sur la table à la place occupée par Gareth la veille au soir.

— V… vous avez mis cela de côté pour moi ? s'étonna-t-il.

Grizel répondit d'un sourire timide, mais dans ses yeux purs on lisait l'expression d'une gratitude infinie.

Il secoua la tête, incrédule. Quel étrange personnage ! Lui qui prenait jusque-là les muets pour des idiots, il en était pour ses frais. Malgré sa peur, Grizel semblait intelligente, et la cuisine qu'elle servait à table, quoique simple, avait bien autant de goût que celle que préparait la cuisinière de Gaby.

Peut-être pourrait-il convaincre cette perle de le suivre chez lui, à Ransford, songea-t-il en savourant une cuisse de poulet délicieuse. Par comparaison, et comme disait Ruarke avec son parler de soldat : ce qu'on y mangeait ne valait pas tripette. Mais le cuisinier restait en place, Emilie en son temps ayant tenu à ce qu'on le garde au prétexte qu'il se targuait d'avoir travaillé à la cour.

Finalement, il repoussa cette idée, en même temps que le bol de ragoût vide. A supposer que Grizel accepte de quitter les Marsden, sa peur des hommes lui rendrait la vie impossible à Ransford. Et de toute façon sa tâche ici consistait à trouver l'assassin de sir Neil et non à pourvoir le château d'une nouvelle cuisinière.

D'autant que, malgré l'absence de preuves flagrantes, les Marsden demeuraient en bonne place sur la liste des suspects, puisqu'ils tiraient profit du trépas du vieux chevalier.

En dépit de tout cela, il se sentait vaguement coupable quand il se glissa sans bruit le long du couloir qui menait à la salle, d'où lui parvenait un murmure de voix de femmes. Il savait depuis longtemps que faire son devoir impliquait parfois d'étouffer les scrupules de son cœur, mais, avec l'âge, la chose semblait se faire de plus en plus pénible.

A travers la porte entrouverte, il sentit l'arôme puissant des plantes et aperçut les rayonnages couverts de pots de terre cuite parfaitement alignés. De grands bouquets pendaient des solives et, assise sur un tabouret, Arianna semblait lire, penchée sur un grand livre.

— A présent, si tu as fini de copier la recette du savon, nous allons passer à cette lotion…

— Ne croyez-vous pas que je devrais d'abord aller voir si notre chevalier se porte bien ?

Le cœur de Gareth palpita à ces mots.

— Une telle sollicitude à l'égard de ton patient t'honore, ma chère petite, répondit la vieille dame avec une ironie feutrée, mais il ne court aucun danger. Comme tous les hommes, il a voulu faire le bravache, c'est-à-dire trop et trop vite, voilà tout. Cette lotion, disais-je…

— Entendu, ma tante, fit Arianna en baissant les yeux sur le grand livre d'un air si piteux que Gareth eut presque pitié d'elle.

Lui, un bravache ?

Allons, il avait mieux à faire que de s'offusquer de ces commentaires.

Il trouva facilement l'atelier de Marsden, à l'odeur d'abord, et par élimination ensuite, car la maison n'était pas si grande. William s'y trouvait.

— Puis-je vous parler ?

— Bien sûr, répondit l'orfèvre en contournant son établi pour accueillir Gareth, nullement surpris de le voir là. Entrez.

Le chevalier s'exécuta, fermant soigneusement la porte derrière lui.

— J'étais occupé à choisir ce que je voulais vous donner pour avoir sauvé la vie d'Ari, reprit William en désignant d'un geste circulaire les pièces exposées sur l'établi.

Gareth ouvrit de grands yeux devant cet étalage scintillant. Il y avait là une paire de chandeliers d'argent en forme de dauphin si magnifiquement dessinés qu'on les aurait crus surgis des flots, une vasque d'argent d'une finesse incroyable, au bord ourlé d'une subtile dentelle de métal, une coupe d'or et d'argent sertie de pierres bleues ainsi qu'un médaillon d'or somptueux que retenait une lourde chaîne, en or également. Quelque incompétent qu'il fût en la matière, il ne doutait pas que chaque objet fût un chef-d'œuvre, et d'une valeur inestimable.

— Je ne puis rien accepter de tel, déclara-t-il, gêné.

— La vie de ma petite-fille vaut bien plus que tout cela, sir.

Gareth n'avait pas souvenir de s'être jamais senti si peu digne d'éloges dans sa vie, pourtant.

— Je n'en doute pas, mais…

— Etes-vous donc si riche que vous puissiez refuser ce que je vous offre ?

— L'êtes-vous vous-même au point de donner de tels présents au premier qui vous rend service ?

Une lueur de tristesse passa dans les yeux du vieil

homme, à telle enseigne que Gareth se sentit honteux de s'être montré si brutal dans sa repartie.

— Non, bien sûr. Mais asseyez-vous, insista William en désignant un tabouret. Vous n'êtes pas entièrement remis, et moi je sens encore mes jambes trembler comme elle l'ont fait tandis que j'étais sans nouvelles d'Ari. Elle m'est plus précieuse que vous ne pouvez l'imaginer. Elle est tout ce qui me reste de ma chère fille, Alys, et de Richard, que je considérais comme un fils. Je me suis opposé à leur mariage, au début, mais l'amour qu'ils se portaient a fini par leur gagner mon soutien.

Sir Richard devait avoir été un excellent homme, à les entendre tous. En ce cas, pourquoi un bourgeois tel que William aurait-il vu une objection à ce que sa fille l'épouse ? Cela constituait une ascension sociale indéniable, pour elle en tout cas.

— Alys est morte durant l'épidémie de peste, alors qu'Ari n'avait encore que sept ans, poursuivit le vieil homme. Nous l'avons gâtée un peu trop, j'en conviens, mais comment aurions-nous pu faire autrement ? Nous n'avions plus qu'elle.

Il ravala une larme, puis, en désignant du menton l'établi où scintillaient ses œuvres :

— Quelle pièce préférez-vous ?

Gareth hésita, pensif. Il imaginait l'enfance orpheline d'Arianna, son chagrin à la mort de son père, bien plus tard…

— Les dauphins sont d'un réalisme étonnant, répondit-il au bout d'un moment, en s'efforçant de sourire. Tout à fait singuliers…

— Vous avez l'œil, remarqua l'orfèvre en passant un doigt marqué de cicatrices sur la tête de l'un des poissons. Ces chandeliers sont en effet le fleuron de mon atelier. Peut-être est-ce parce qu'ils ont été faits avec tant d'amour… Je les ai forgés pour mon épouse, en cadeau de noces. Quand viendra le temps de vendre tout cela, c'est d'eux que j'aurai le plus de mal à me défaire, sans doute.

— Les vendre ? Mais pourquoi ? s'étonna Gareth, bien qu'il connût déjà la réponse.

Il souffrit d'entendre William lui expliquer, d'une voix qui se brisait, qu'il devenait peu à peu aveugle et serait bientôt contraint d'abandonner son art. Il connaissait la situation, son père la lui ayant exposée à Ransford, quinze jours plus tôt. Mais à cette époque les Marsden lui étaient totalement étrangers. Il en allait bien autrement aujourd'hui.

— J'ai déjà vendu quelques pièces de moindre valeur à la foire de Norwich, continua William sans cesser de caresser machinalement le dauphin d'argent. Mais si l'on vend trop et trop vite, cela revient à proclamer qu'on est dans la difficulté. Et un homme dans le besoin n'obtient jamais le prix qu'il demande. Je dois m'assurer qu'Arianna est bien établie avant d'en arriver là.

— J'aimerais pouvoir vous aider, laissa tomber Gareth d'une voix sombre, la gorge nouée.

— Vous avez fait bien plus en sauvant Ari, chevalier. S'il lui arrivait quelque chose, je ne saurais plus vivre.

— C'est Apollon qui nous a sauvés tous les deux, insista Sommerville, certain de n'être pas digne de la reconnaissance du vieillard. En fait, ce que je veux et peux faire, c'est trouver l'assassin de sir Neil.

— Farley a-t-il trouvé une piste ? s'enquit William en cessant brusquement de caresser le poisson d'argent.

— Rien encore. Il m'a parlé de lueurs sur la falaise… Vous m'avez dit que sir Richard serait allé voir là-haut pour étudier la chose. Vous rappelez-vous quel jour de la semaine cela s'est passé ?

— Je ne suis pas près de l'oublier. C'était un lundi. J'ai

proposé d'aller avec lui, mais il a refusé au prétexte qu'il faisait froid et qu'il ne serait pas long.

— Que cherchait-il ? Vous l'a-t-il dit ?

William secoua la tête sombrement.

— Peste ! jura Gareth. Pourquoi diable ne s'est-il confié à personne ? Pourquoi n'a-t-il pas laissé la moindre note, le moindre indice ? Au fait, avez-vous fouillé ses affaires ?

— Cela ne m'est pas venu à l'esprit, reconnut l'orfèvre. J'étais si bouleversé que…

— Avait-il une chambre ici ?

— Non. Il dormait à Tyneham, pour le cas où l'on aurait eu besoin de lui. Il y avait quelques possessions, que sir Neil nous a fait porter après son…

— Où sont-elles ?

— Dans un coffre, sous le lit d'Ari.

— Je vais de ce pas y jeter un coup d'œil, dit Gareth en gagnant le seuil.

— Et ces chandeliers ? le rappela William.

— Je ne serais pas capable d'en apprécier la beauté, je vous l'assure, répondit-il. Et puis je n'ai nul endroit où les garder.

Il trouva le coffre sans difficulté et en vidait le contenu lorsque la porte s'ouvrit brusquement.

— Grand-père m'a dit que je vous trouverais ici, lança Arianna. Pourquoi fouillez-vous les affaires de mon père ?

La lueur de la chandelle à laquelle s'éclairait Gareth vacilla, jetant sur le visage de la jeune femme d'étranges ombres.

— Je cherche quelque chose qui pourrait nous expliquer pourquoi on l'a tué, répondit-il, surpris de voir dans les yeux d'Arianna une expression qu'il connaissait déjà.

Elle lisait dans ses pensées avec une facilité déconcertante.

— Et vous n'êtes pas très sûr de trouver cet indice, n'est-ce pas ?

— En effet, admit-il, subjugué.

— Je vais vous aider, offrit-elle en venant s'agenouiller auprès de lui, sa robe de laine verte s'éployant autour d'elle telle une corolle.

Un parfum frais de lavande vint flatter les narines de Gareth, l'envoûtant.

— J'imagine que j'aurais dû vous demander la permission de fouiller dans ce coffre, s'excusa-t-il.

— Sans doute, acquiesça-t-elle en soutenant le regard du blessé avec sa candeur désarmante. Mais vous ne semblez pas être accoutumé à ce genre d'exercice, aussi ne vous en tiendrai-je pas rigueur.

Décidément, elle ne prenait pas de gants pour dire les choses…

— Pouvez-vous m'aider ? Cela risque d'être douloureux pour vous.

— J'en doute, mais il le faut.

Gareth la trouvait étonnante de courage et de calme. Il savait à quel point on pouvait souffrir d'un tel inventaire, ayant lui-même ordonné que les robes extravagantes, les colifichets et les onguents innombrables de sa femme soient rassemblés au beau milieu de la cour de Ransford pour y être réduits en cendres par un feu vengeur, le jour des funérailles d'Emilie.

— Par où commencerons-nous ? s'enquit Arianna, consciente qu'il venait de revivre une scène pénible de son passé. Et d'abord : que cherchons-nous ?

La demoiselle posée et presque timide semblait avoir disparu, laissant la place à une femme déterminée.

— J'aimerais bien le savoir, répondit Gareth.

Elle trouva plus difficile encore de fouiller les affaires de son père que de l'enterrer, comme s'il s'agissait là d'un ultime adieu. Elle se mordait les lèvres pour ne pas pleurer, ce qui n'échappa nullement à son compagnon.

Il aurait été moins ému de la voir s'effondrer en sanglots, car il y avait quelque chose d'affreusement poignant à la voir se battre contre elle-même de la sorte tout en accomplissant sa tâche avec tant de courage.

— Ne retenez pas vos larmes, souffla-t-il. Qui s'aviserait de vous contester le droit de pleurer un père ?

Elle se raidit en le sentant lui poser la main sur l'épaule, mais répondit d'un ton qu'elle voulait sans réplique :

— Non. Je ne pleure jamais.

— Jamais ? Allons donc. Vous devez l'avoir fait quand votre père…

Arianna secoua la tête.

— Père n'aurait pas voulu que je me laisse aller ainsi. Il disait que cela me faisait les yeux rouges. Et il avait raison.

Elle regarda Gareth sans fléchir, comme pour lui faire constater qu'elle disait vrai. Mais la douleur qu'il lisait au fond de son regard démentait l'insolence de son pâle sourire.

Cette fille incapable du moindre faux-semblant l'effrayait un peu.

— Je vais terminer cela tout seul, déclara-t-il d'un ton bourru. Epargnez-vous cette épreuve.

Elle secoua la tête derechef, s'attelant à sa tâche avec une obstination qui forçait le respect.

Au fond du coffre s'en trouvait un plus petit, fermé, et quand Gareth demanda à la jeune femme si elle en possédait la clé, sa réaction ne laissa pas de l'étonner :

— Il n'y a là que l'acte de mariage de mes parents et quelques autres documents, rien de plus.

Dans ce cas, pourquoi semblait-elle si effrayée ?

— Ce me semble être l'endroit idéal pour cacher quelque chose d'important, objecta gentiment Gareth.

A contrecœur, la jeune femme prit la clé qui se trouvait cachée au fond de son propre coffre.

— Je sais ce que contient ce coffret, tout de même, protesta-t-elle en tendant celui-ci à son hôte. Mon père avait peu d'objets de valeur, mais il aimait me les montrer. Tenez, voici l'éperon d'or qu'il a reçu le jour où il fut fait chevalier.

Gareth examina la pièce de métal d'un air perplexe.

— Il est très finement ouvragé. Comment s'appelait votre père ?

— Guy de Clerc. Ah ! Voilà le contrat de mariage.

Avant que Sommerville puisse faire le moindre geste, elle saisit le parchemin et le tint serré sur ses genoux.

Etrange, pensa-t-il, brûlant de prendre le document pour le lire, ne fût-ce que pour satisfaire sa curiosité. Mais si elle évitait de parler d'Emilie, pouvait-il faire moins de son côté ?

Elle soupira, soulagée, en constatant qu'il n'insistait pas. Elle n'avait vraiment aucune envie d'évoquer le couple que formaient ses parents.

— Et là-dedans, qu'y a-t-il donc ? s'enquit Gareth en tirant du coffre deux petites bourses de cuir.

— Je ne les ai jamais vues.

Surpris par cette réponse, il entreprit de défaire le lacet qui fermait les petites poches. De la première tombèrent dans sa paume une douzaine de pièces d'or et un morceau de vélin.

— De quelle monnaie s'agit-il ?

— Vous devriez avoir honte, ironisa Gareth. Vous, petite-fille d'orfèvre, vous ne reconnaissez pas des florins d'or ?

— J'avoue ne manipuler que très rarement des pièces,

sir, répliqua la jeune femme, piquée au vif. Et encore, des shillings, tout au plus. Combien valent-elles ?

— Je déduis de cette question que votre grand-père n'est pas usurier ; sinon vous en connaîtriez la valeur au demi-penny près.

Il n'y avait rien de surprenant à ce qu'un homme comme William se refuse à pratiquer un tel négoce.

— D'après moi, chacune doit valoir trois livres.

— Je vois..., répondit-elle d'un air déçu.

— Vous attendiez-vous à une somme plus importante ?

— Oui, admit-elle en lançant un regard de côté à Gareth. Je sais que l'avouer ne fera que renforcer vos préjugés me concernant, mais je ne peux nier qu'un peu d'argent serait fort bienvenu.

— Sir Neil ne vous a rien laissé ? demanda Sommerville en songeant au vieil orfèvre et à sa pathétique collection de trésors.

— Non. Le mariage n'a pas été cons...

Arianna rougit violemment, puis reprit aussitôt :

— Il n'avait pas grand-chose, de toute façon. Mon grand-père dit qu'il avait l'habitude de donner tout ce qu'il possédait pour nourrir les pauvres de Tyneham.

Ce qui en disait long sur l'état des finances au château. Gareth prit entre ses doigts le morceau de parchemin tombé de la première bourse. On pouvait y lire deux mots : la Forge.

— Est-ce une énigme ? s'enquit la jeune femme, intriguée.

— Cela pourrait être le nom d'une boutique...

La seconde poche de cuir contenait, elle, deux piles de pièces, chacune entourée d'une bande de parchemin sur lesquelles on lisait Reece pour la première et Bentwood pour la seconde.

— Pensez-vous qu'il s'agisse d'échoppes, là aussi ?

Gareth soupesa les pièces dans sa main, six d'un côté et quatre de l'autre. Elles avaient l'air parfaitement normales, et pourtant il ne pouvait se garder d'éprouver un certain malaise. Il en avait les dents agacées et les nerfs à fleur de peau.

— Les pièces neuves ont-elles plus de valeur que les autres ? demanda encore Arianna.

— Non, dit-il après un temps de réflexion.

Il s'avisa alors seulement de ce pourtant frappant que toutes étaient absolument neuves, sans exception.

Combien de chances y avait-il pour que se trouvent en même temps, dans une ville de la taille de Tyneham, vingt florins d'or tout neufs ?

Apparemment, cela devait avoir assez intrigué sir Richard pour qu'il en vienne à les séparer et à leur assigner, selon toute vraisemblance, le nom du lieu de leur provenance.

Il y avait là une piste qui méritait d'être suivie.

8

— Etes-vous éveillé ?

La question insistante arracha Gareth à un sommeil lourd. Dès qu'il ouvrit les yeux, il se trouva nez à nez avec un visage penché au-dessus de lui dans la pâle clarté du matin.

— Arianna ? grommela-t-il.

— J'ai trouvé ce que le mot Bentwood voulait dire, annonça-t-elle en se penchant davantage, à tel point qu'il sentit ses cheveux lui caresser doucement la poitrine.

Il y avait des réveils plus désagréables.

— Bentwood, vous vous souvenez…

A cette heure-ci, il se rappelait à peine son nom.

— Que faites-vous ici ? parvint-il à dire.

— Je suis venue vous parler de Bentwood.

— Mais, il fait à peine jour…

— Si fait. Je suis debout depuis une heure, à faire du pain.

En effet, elle avait une petite traînée de farine sur la joue. Il essaya d'y accrocher son regard avec l'énergie d'un homme qui se noie. Penchée sur lui comme elle l'était, il y avait bien d'autres choses sur quoi porter les yeux.

Sans parler de l'envie folle qu'il avait de l'attirer contre lui et de se perdre dans la chaleur de son corps affolant.

Ce fut pur miracle s'il n'en fit rien. Mais ses yeux parlaient à sa place. Arianna les fixa, fascinée par leur invite. Une fois, deux fois, son cœur parut cesser de battre avant de repartir sur un rythme plus vif. Il cognait désormais dans sa poitrine.

Approchez-vous…, semblait dire Gareth.

Embrassez-moi. Je meurs d'envie de goûter à vos lèvres.

Avait-il vraiment dit cela ou bien rêvait-elle ? A moins qu'elle ne l'ait dit elle-même ? Peu importait, puisque c'était la vérité.

Quand elle sentit leurs bouches se frôler, et les lèvres de Gareth s'ouvrir doucement pour accueillir les siennes, elle eut l'impression qu'un jet de plomb fondu se ruait dans ses veines. Il gémit voluptueusement, plaçant la main derrière sa nuque pour la presser contre lui au moment où sa langue se frayait un chemin entre ses lèvres.

Surprise, elle se cabra ; l'instant d'après, elle s'abandonnait à la caresse délicieuse, se jetant contre lui avec la fougue de sa jeunesse, propageant l'incendie qui menaçait de les embraser l'un et l'autre.

— Oh Seigneur ! s'écria-t-il en s'arrachant à elle brusquement, le souffle court, le corps si tendu qu'il semblait près d'exploser. Je… Il ne faut pas !

Ari s'assit sur ses talons, la main sur sa bouche encore frémissante.

— Je sais, balbutia-t-elle.

Elle avait beau être innocente, elle n'était pas sotte. Tout ce qui pouvait se passer entre un homme et une femme lui demeurait mystérieux, pour l'essentiel, mais elle aurait parié que sans cette interruption brutale, le chevalier lui aurait donné une leçon qui aurait levé une grande partie du voile ; et avec son plein consentement, par-dessus le marché.

— Mais j'ai tant envie d'être près de vous que je souffre le martyre, murmura-t-elle piteusement.

Gareth laissa retomber sa main, grimaçant de la voir ainsi tête baissée, les épaules secouées de tremblements.

— Je sais, dit-il en se redressant tant bien que mal.

Il fit mine de tendre la main vers elle, mais se ravisa aussitôt.

— Je connais la souffrance dont vous parlez.

S'il espérait que l'attirance qu'elle ressentait pour lui n'était que physique, une petite voix au fond de sa conscience lui soufflait qu'avec une femme comme Arianna, il pouvait en aller tout autrement.

— Nous ne pouvons rester ensemble, vous et moi.

Elle leva les yeux vers lui d'un air perplexe.

— Pourquoi pas ? s'enquit-elle avec une ingénuité aussi admirable que désarmante.

Parce que je ne suis pas celui que je prétends être, par saint Georges !

— Vous avez dit vous-même que vous deviez épouser un homme riche, capable de prendre soin de vous et de votre famille. Je ne puis être celui-là. Ce désir que nous éprouvons à présent finira par passer.

— Du désir ? répéta-t-elle d'une voix menue.

Il la voyait si jeune tout à coup que la distance qui les séparait lui parut encore plus infranchissable.

— Oui. Une attrait physique, rien de plus, asséna-t-il d'un ton qu'il voulait aussi bourru que possible.

Arianna hocha la tête, non point parce qu'elle partageait cette opinion, mais parce qu'elle voyait bien que sa propre tristesse ne faisait que désespérer plus encore celui qu'elle appelait Garvey. Depuis toujours, dans son esprit, ce genre de proximité entre deux êtres était associé à l'amour.

— Continuerez-vous à être mon ami ? risqua-t-elle.

— Oui, répondit-il d'une voix étouffée.

Peut-être parce que se contenter d'une simple amitié avec elle lui semblait tout bonnement impossible ?

Quand il reprit la parole après un long soupir, sa phrase fut comme un coup de poignard :

— De quoi vouliez-vous me parler ?

— Bentwood est le nom d'un marchand d'étoffes qui tient boutique au marché.

— Des étoffes ? C'est un bon négoce. On y gagne de l'argent à foison, remarqua Gareth, songeur.

Ce qui signifiait qu'on y échangeait beaucoup de pièces d'or. Ce Bentwood savait-il que certaines étaient fausses ?

— Autre chose ?

— Grizel dit que Reece est le nom du forgeron.

— Tonnerre ! Je vous ai dit de ne parler de tout cela à personne.

— Je lui ai demandé parce que c'est elle qui va au marché pour faire les achats et qu'elle connaît la ville mieux que nous tous. Mais ne craignez rien. Elle m'est absolument fidèle. Ses parents l'ont abandonnée à la porte de la ville à cause de son infirmité, et, sans ma tante Cicily, les gens d'ici l'auraient laissée mourir de froid et de faim. Nous avons été élevées pratiquement ensemble, elle et moi. Jamais elle ne ferait quoi que ce soit contre notre famille.

— Entendu... Mais n'en parlez à personne d'autre.

— Que comptez-vous faire ? Irez-vous voir Bentwood pour lui présenter les fausses pièces ? demanda la jeune femme d'une voix pleine d'urgence.

— Comment savez-vous... ?

— J'en ai regardé une de près ce matin. Je sais que vous me l'aviez défendu, mais cela m'empêchait de dormir.

— Quoi donc ?

— Le fait qu'elles aient toutes l'air si parfaites, dit Arianna en jetant un regard par-dessus son épaule et en se penchant un peu plus près. Je me suis aperçue qu'elles étaient faites d'un métal grossier recouvert d'une mince couche d'or.

— C'est ce que je soupçonnais.

— Vraiment ? s'étonna-t-elle en plissant les yeux. Pourquoi ne m'en avoir rien dit ?

— Parce qu'il s'agit d'une affaire d'hommes. Maintenant, si vous voulez bien sortir d'ici, je dois m'habiller.

Arianna le considéra, outrée, puis, lissant nerveusement sa robe :

— C'est mon père qui a été tué, sir, et mon mari également, protesta-t-elle. Je pense que cela en fait mon affaire à moi aussi !

Gareth n'eut pas le temps de répondre qu'elle était déjà sortie.

Il alla voir Bentwood dès qu'il eut pris son repas du matin. Plus il marchait, plus son expression devenait sombre et plus lourd son cœur. Partout, il pouvait voir à certains signes que Tyneham n'avait rien de florissant, au contraire de ce qu'il imaginait encore quelques jours plus tôt. Des bâtiments avaient un besoin criant de réparations, d'autres semblaient déjà avoir dépassé ce stade et menaçaient ruine. Des enfants accomplissaient des tâches exténuantes, d'ordinaire réservées aux adultes dans des cités plus prospères. Ces derniers, hâves, le regard morne, vaquaient lentement à leurs occupations comme une armée de fourmis épuisée.

Bien sûr, il pouvait se demander pourquoi sir Neil n'avait pas envoyé un messager pour lui demander son aide ; il savait néanmoins parfaitement qu'en cette affaire, la responsabilité ultime lui incombait. En l'occurrence, et quand bien même certains domaines connaissaient une situation plus dramatique que celle de Tyneham, il aurait dû trouver le temps de venir inspecter cet endroit. Cela aurait peut-être évité bien des drames.

Il atteignit le marché dans un état de nerfs proche de la

congestion tant il s'en voulait de s'être montré négligent. L'échoppe de Bentwood s'ouvrait en plein sur la place du marché et bien qu'elle fût plus pimpante que les étals fatigués des forains, elle n'avait pas la fraîcheur de celles de la concurrence, qui l'entouraient de chaque côté.

Pour autant, Gareth s'étonna que celles-ci soient vides, alors que celle qui l'intéressait grouillait de clients en quête de marchandise. Une grosse femme le fusilla d'un regard noir quand il fit mine de pénétrer dans la boutique.

— Attendez votre tour, pesta-t-elle.

Gareth se raidit sous l'invective, mais jugea plus sage de ne pas répondre et opina du chef en signe d'assentiment, marquant le pas sur le seuil.

L'homme à la figure rougeaude arborant une tunique d'un jaune criard devait être Bentwood ; il houspillait son personnel de façon méprisable.

Gareth serra les poings, et se réjouit *in petto* que les nouveaux édits royaux fissent du faux monnayage un crime de haute trahison. Il n'aurait pas détesté voir cet écornifleur dépouillé de tous ses biens mal acquis et pendu haut et court pour avoir contribué à la ruine de Tyneham en diffusant ses fausses pièces.

Quand toute cette affaire aurait trouvé sa conclusion, il s'arrangerait pour les collecter toutes et les faire détruire. Ensuite, il trouverait un moyen de rembourser de leurs pertes les malheureuses victimes de ces brigands.

— Puis-je vous aider, messire ? demanda l'un des adolescents souffreteux chargés d'assister les clients.

— Je… je me demandais si vous aviez…

— Du velours bleu, intervint une voix familière derrière lui.

C'était Ari, surgie de nulle part, et qui fit rapidement une description de l'étoffe que prétendument il cherchait.

— Que faites-vous ici ? souffla-t-il à l'oreille de la jeune femme quand le clerc se fut un peu éloigné.

— Vous ne m'avez pas attendue.

— Je vous ai dit que vous ne pouviez venir avec moi.

— J'espérais que vous changeriez d'avis.

— Vous mentez, petite sorcière !

— Est-ce à ceci que vous pensiez ? s'enquit le garçon en produisant une pièce de velours bleu, un peu inquiet du regard noir que lui lançait son client.

— Je n'en suis pas sûre, minauda Arianna. Qu'en dites-vous, sir Garvey ?

— Mieux vaut que je vous taise ce à quoi je pense, grommela l'intéressé.

— Que se passe-t-il ici ? intervint Bentwood, intrigué par ces messes basses.

— Rien, répondit promptement la jeune femme. Combien vaut cette pièce-ci ?

— Milady a du goût, repartit le marchand, flatteur, en donnant un prix.

Arianna hocha la tête.

— C'est fort bon marché. Je vais prendre ce rouleau, et un autre de velours blanc, à condition qu'il soit de la même qualité.

Bentwood eut une moue outragée et vanta jusqu'au ridicule la perfection de sa marchandise, au grand dam de Gareth, que cette impudence écœurait.

— Vous n'acceptez que les paiements comptant, d'après ce que je crois…

— C'est grâce à cela que je puis vous offrir d'aussi bons prix, déclara Bentwood.

— Ah, voilà donc votre secret, dit Arianna en ouvrant la bourse qu'elle tenait attachée à sa ceinture, pour en tirer deux florins d'or qu'elle laissa tomber dans la paume moite du drapier.

Celui-ci les contempla comme s'il se fût agi de deux grenouilles mortes.

— Un problème ? s'enquit-elle en se gendarmant pour ne pas éclater de rire.

— Non. Pensez donc ! Des florins d'or, répondit Bentwood en tâtant du bout du doigt les disques scintillants au creux de sa main.

— Vous me devez deux shillings, si je compte bien.

Bentwood glissa deux doigts dans l'encolure de sa tunique comme s'il la trouvait soudain un peu ajustée, et de son autre main donna l'ordre au clerc d'aller lui chercher l'appoint.

— Je vous ferai porter ce tissu, milady. A présent, si vous voulez bien m'excuser…

Là-dessus, il tourna les talons et fit mine de s'intéresser à une autre cliente, tandis qu'Arianna acceptait en riant à part elle les deux shillings que lui tendait l'employé du drapier.

— A quoi jouez-vous ? s'emporta Gareth en la saisissant par le poignet une fois qu'ils eurent atteint une venelle isolée qui donnait sur le fond de la place du marché.

— A vous aider, j'imagine, répondit la jeune femme en libérant son bras. Grizel m'a dit que le négoce de Bentwood périclitait il y a peu et qu'il s'est remis à flot rapidement en baissant ses prix, à condition que le client paye sur-le-champ. Cela m'a semblé étrange, aussi…

Gareth signifia son mécontentement d'un grognement peu amène.

— Avez-vous vu quelle tête il faisait quand je l'ai payé ? Il savait très bien que ces pièces étaient fausses. J'en suis certaine.

— J'en conviens, admit-il, le sourcil froncé. Je préférerais cependant que vous vous soyez tenue tranquille.

— Pourquoi ? Maintenant, nous savons…

— Tout ce dont nous sommes sûrs, c'est que Bentwood a reconnu ces pièces pour ce qu'elles sont. Cela ne prouve pas qu'il les ait fabriquées, ni qu'il sache à qui nous devons cette contrefaçon.

Gareth prit la jeune femme par les épaules pour la secouer comme on fait d'un enfant obstiné.

— Ne voyez-vous pas que, s'il est coupable, vous nous avez fait perdre un sérieux avantage ? gronda-t-il, furieux.

Il aurait pu la bousculer encore pour lui faire entendre raison, mais elle courait un trop grand danger à présent, aussi la prit-il dans ses bras en un geste protecteur.

— Je… je n'ai pas voulu gêner votre quête, s'excusa-t-elle en baissant la tête piteusement.

— C'est bien de cela qu'il s'agit ! En vous exposant ainsi, vous vous êtes mise en péril. Si Bentwood est dans le coup, il risque de se douter que vous savez de quoi il retourne.

— Vous avez peur pour moi ? s'étonna la jeune femme, touchée par cette sollicitude, sans chercher à fuir l'étreinte de Gareth.

Au contraire, elle se lovait contre lui, plaquant son corps contre le sien d'aussi près que possible, en s'émerveillant de la fermeté de ses muscles.

— Eh bien, vous n'aurez qu'à me secourir une nouvelle fois, lança-t-elle.

Cette confiance lui faisait chaud au cœur en même temps qu'elle l'effrayait.

— Je ne suis pas un héros, objecta-t-il sans relâcher son emprise pour autant.

— Vous vous sous-estimez, répliqua-t-elle en penchant la tête en arrière pour lui décocher un sourire éblouissant. Et maintenant, qu'allons-nous faire ?

— Nous allons vous ramener chez votre grand-père, répondit Gareth en laissant à contrecœur retomber ses bras le long de son corps avant de reprendre sa marche.

Dès qu'elle serait en lieu sûr, et qu'il serait certain qu'elle y reste, il enverrait Sim chez le forgeron.

— Où se trouve sir Garvey ? demanda Arianna pour la dixième, ou plutôt pour la centième fois, en cet après-midi interminablement ennuyeux.

L'heure du souper approchait et elle n'avait toujours aucune nouvelle de lui. Il avait beau faire le mystérieux, elle savait pertinemment qu'il devait être allé voir Reece, ou s'être rendu à la taverne de la Forge. A l'heure qu'il était, il pouvait tout aussi bien gésir dans un fossé, la gorge tranchée.

Non ! Tout son être se révoltait contre une telle possibilité. Elle ne pouvait encore une fois perdre un être cher. Elle ne pouvait pas l'aimer non plus, car cela ne mènerait qu'à plus de souffrance et de chagrin. Peut-être pas de même nature que ceux auxquels sa mère devait d'avoir vécu une existence misérable et à son père d'avoir perdu les droits que lui conférait sa naissance, mais une souffrance et un chagrin qui ruineraient sa vie tout aussi sûrement.

Mieux valait fixer son esprit sur quelque chose de tangible, comme la coupe qu'elle projetait de commencer dès ce soir.

Un bruit de pas dans l'escalier attira alors son attention. Brusquement, la porte de sa chambre s'ouvrit et le chevalier apparut sur le seuil, sa cotte de mailles et son épée sous le bras.

Le cœur battant, elle remercia silencieusement le ciel.

— Je suis si contente de vous voir de retour !

D'un bond, elle se précipita vers lui et lui enserra la taille.

— Arianna, prenez garde à mon estoc, lâcha-t-il d'une voix glaciale, en se raidissant à ce contact.

— Je m'inquiétais de vous.

Il fronça le sourcil en détournant les yeux — pas assez vite toutefois pour quelle n'ait le temps d'y lire le désir qui le tenaillait encore. Il exhala également un léger soupir, plein de regrets inexprimés.

— Vous n'auriez pas dû. J'ai l'habitude de prendre soin de moi-même.

— Je ne peux cesser d'éprouver ce que j'éprouve, repartit-elle avec calme.

— Il faut s'y évertuer, répliqua-t-il en se tournant vers elle vivement, sans tenter de dissimuler qu'il comprenait fort bien ce à quoi elle faisait allusion, ajoutant d'une voix rauque après une seconde d'hésitation : Cela vaut pour tous les deux.

— Avez-vous appris quelque chose ? s'enquit-elle pour changer de sujet.

Gareth soupira derechef; elle sentit néanmoins qu'il appréciait qu'elle obtempère.

— Les autres seront ici dans un instant, annonça-t-il en rangeant son arme et son armure. Il ne nous faut pas parler de ces choses si nous risquons d'être entendus. Faites-moi confiance.

— Il ne s'agit pas de confiance, objecta la jeune femme avec un pâle sourire. C'est ma curiosité qui ne me laisse aucun répit. Et puis... je crains pour votre vie.

— Je vous ai dit que je pouvais prendre soin de moi-même, répéta Gareth, que cette sollicitude touchait plus qu'il ne voulait le dire.

Arianna opina. Elle avait le sentiment de se réveiller d'un long sommeil, d'avoir somnolé pendant la plus grande partie de son existence en laissant sa famille diriger sa vie à sa place. Bien sûr, dans ce monde où les femmes n'avaient pas voix au chapitre, cela ne paraissait pas extravagant ; mais elle avait le sentiment d'avoir été plus passive que les autres filles de son âge, étant toujours occupée à pratiquer son art.

Ce temps-là était révolu. Si elle ne prenait pas sa propre vie en main, elle finirait mariée à John Woolmonger, une perspective qui, à bien y réfléchir, lui semblait désormais non seulement insupportable, mais proprement inimaginable.

— N'oubliez pas que vous avez promis de ne pas vous rendre à la boutique de Bentwood, ni ailleurs non plus, lui rappela Gareth.

— Je le sais, dit-elle à contrecœur en frottant le sol du bout de sa chaussure.

Il sembla se détendre tout à coup, renversant la tête en arrière pour partir d'un rire franc. Elle n'avait pas souvenir de l'avoir déjà vu se laisser aller de la sorte et le regarda, fascinée par la transformation qui s'opérait en lui. En un instant, le chevalier ombrageux avait cédé la place à un jeune homme insouciant.

— Qu'y a-t-il de si drôle ? s'étonna-t-elle.

— Vous-même ! s'écria-t-il, de petites larmes au coin des yeux. Vous avez cousu ensemble votre ouvrage et votre robe !

Arianna baissa les yeux et rougit aussitôt.

— Et moi qui croyais la couture plus aisée que la cuisine, commenta-t-elle en riant à son tour.

Sur ces entrefaites, le reste de la famille entra dans la pièce, rompant le charme. Cela valait mieux, songea Gareth.

Harcourt House, la demeure des Harcourt à Londres, n'avait pas la taille de Harte Court, l'immense demeure sise au milieu du plus grand des domaines de la famille, à une journée de cheval de la capitale. Pourtant, Hugh y passait le plus clair de son temps. Et pourquoi ne l'aurait-il pas fait ? On ne lui laissait prendre aucune décision concernant le château, de toute façon, sans compter que la grande ville offrait d'autres distractions que la campagne, et que, ce faisant, il restait à distance de son père, Edmund, qu'il méprisait copieusement.

La maison appartenait à la famille depuis que son grand-père, dont il portait le prénom, avait enlevé Maud, l'héritière des Marshal, l'engrossant aussitôt d'Edmund. Bien évidemment, la jeune fille avait refusé de l'épouser, mais on ne surnommait pas Hugh Harcourt « le cruel » pour rien. Battue comme une bête de somme, la malheureuse avait fini par céder, après quoi son nouvel époux s'était arrangé, au prix d'un stratagème honteux, pour occire en tournoi le père de la jeune femme.

Hugh adorait cette histoire et ne se lassait pas de la raconter à ses propres enfants.

— Combien de temps crois-tu que père va encore nous encombrer de sa présence ? s'enquit Jesselyn Harcourt.

Hugh se tourna vers sa sœur en haussant les épaules. Vêtue de braies d'un vert sombre et d'un surcot de laine, elle s'appuyait du bras contre le manteau de la cheminée, un pied posé nonchalamment sur un tabouret. Sa tenue masculine et son maintien contrastaient vivement avec sa beauté délicate, mais Hugh avait tellement l'habitude de voir sa jumelle ainsi accoutrée qu'il se contenta de sourire affectueusement.

— Pas longtemps, la rassura-t-il. Il a horreur de venir à la cour et de faire des courbettes devant ces nobles qu'il déteste.

— C'est à cause de la nouvelle. Au début, il essaye toujours de les impressionner, mais quand au bout d'un moment elles ne sont toujours pas grosses…

Il y eut un silence lourd, puis :

— C'est sa sixième femme, reprit Jesselyn. Il finira par se lasser, un jour.

— Pas tant qu'il n'aura pas un héritier mâle pour me remplacer, repartit sombrement Hugh.

Jesse gloussa, son souffle chassant une mèche rousse de sa joue.

— S'ils restent encore un jour de plus, je retourne à Harte Court, maugréa-t-elle, une lueur glacée parcourant ses yeux verts. Tonnerre ! J'ai les nerfs à vif. Viens, Hugh, battons-nous, cela me calmera.

— Entendu. Je n'ai rien d'autre à faire en attendant que notre cousin Parlan arrive.

A ce nom, Jesse fit la grimace, mais elle se garda de rien dire et alla prendre deux épées de bois accrochées au mur.

S'ils se ressemblaient tous deux à s'y méprendre, l'ovale parfait du visage et la finesse des traits qui conféraient à l'une sa sublime beauté donnaient à Hugh l'air d'un garçon fragile et faible.

— En garde ! cria Jesselyn en lançant à son frère la plus lourde des deux armes et en se fendant pour une première attaque.

Son frère leva son épée pour parer le coup, grinçant des dents sous la vigueur de celui-ci.

— Tu t'es entraînée, Jesse, nota-t-il avec un sifflement admiratif en portant un assaut à son tour.

— J'ai appris à me battre avec le meilleur maître d'armes de Londres, c'est-à-dire toi, mon cher frère. J'ai eu tout loisir de peaufiner mon art pendant que tu passais ton temps avec Parlan.

Le combat fut bref mais intense. Jesse se massait le poignet, endolori par une attaque furieuse de son frère, lorsqu'un cri retentit qui les figea l'un et l'autre :

— Voyons un peu ce que tu es capable de faire contre un homme ! tonitruait une voix trop familière à leurs oreilles.

Hugh se retourna juste à temps pour parer un coup d'estoc porté par son père à hauteur de la gorge. La lame d'acier arracha un morceau de bois à son épée avec un bruit horrible. Il ne ressentait aucune peur, bizarrement, juste une vieille rancœur mille fois remâchée.

— Tu es rapide, mais tu n'as pas l'échine d'un combattant, cracha Edmund avec mépris, une lueur méchante brillant dans ses yeux verts.

— Il n'a qu'une épée de bois ! cria Jesse en s'interposant entre les deux hommes.

— Ah ! C'est bien de toi de te cacher dans les jupes d'une femme, jeta le comte avec un sourire affreux. Mais tu n'en portes pas, justement, ma fille, n'est-il pas vrai ?

— En effet, père, répliqua celle-ci en redressant fièrement le menton.

Cesse de la tourmenter, maraud ! C'est toi qui l'as élevée.

Hugh savait que les paroles ne servaient à rien contre ce père honni. Seule la mort le ferait taire, et il priait pour que ce jour arrive le plus tôt possible.

Si seulement je pouvais le tuer moi-même.

Il se détestait de ne pas trouver le courage de le faire. Mais, patience, s'il savait attendre encore un peu, Edmund serait confronté à quelque chose de plus raffiné que la mort. Il se réjouissait déjà de voir sa tête quand il lui faudrait plier le genou devant Hugh Harcourt, comte de Winchester…

— Laisse, Jesse, ce n'est rien, dit-il à l'oreille de sa sœur en lui caressant le bras. Vous avez quitté la cour bien tôt, sir.

Edmund émit un grognement porcin en fusillant ses enfants du regard, et remit son épée dans son fourreau avec une lenteur calculée.

— Blanche s'est trouvée mal, expliqua-t-il, claquant des doigts dès sa phrase terminée, ce qui fit surgir presque aussitôt une jeune femme blonde et potelée qui vint se ranger à côté de lui.

Sans quitter son fils des yeux, il attira celle-ci contre lui et, flattant d'une main large comme un battoir le ventre rebondi de la jeune femme :

— Avec un peu de chance, ton successeur est peut-être déjà là-dedans, Hugh. Songes-y. Et pour être bien certain que la moisson sera mûre…

Edmund partit d'un rire énorme, gras et vulgaire.

— Je m'en vais de ce pas user de mon soc une nouvelle fois !

Joignant le geste à la parole, et sous les yeux outrés de Blanche, il empoigna celle-ci par la croupe et la poussa devant lui en direction des escaliers qui montaient à l'étage.

— Il est d'ordinaire moins grossier que cela, au début, commenta Jesselyn.

— Peut-être sent-il l'âge lui ôter plus de forces qu'il ne voudrait, répondit Hugh avec un maigre sourire.

— Parlan ! Sois le bienvenu céans, tonna la voix d'Edmund derrière la porte de chêne qu'il venait de franchir en compagnie de sa jeune épouse. Je resterais bien volontiers à causer avec toi, mais cette jument a besoin d'être montée au plus tôt.

Jesse fit la grimace.

— D'abord, lui, et maintenant Parlan ! Je m'en vais.

— Non, reste, plaida Hugh. Je veillerai à ce que rien de fâcheux ne t'ad…

— Peste, mon frère, cela fait déjà deux ans. Et je n'ai pas été blessée, que je sache.

— Comment cela ? Tu es tombée dans un ravin et tu as perdu tous tes souvenirs d'un coup avant d'être capturée par nos ennemis. Que te faut-il de plus ?

— Capturée ? Tu vas fort. J'ai été recueillie par Gaby

Sommerville, qui m'a soignée et aidée à rentrer chez moi quand j'ai eu recouvré la mémoire.

Il détestait qu'on dise du bien des Sommerville en sa présence, aussi brisa-t-il là :

— Il fait nuit, Jesse. Reste, je t'en prie.

— Que dirais-tu si je te confessais ne pas faire confiance à notre cousin Parlan et te demandais de ne pas le recevoir ?

Devant le silence gêné de son frère, elle laissa tomber d'un ton sans réplique :

— Je pars, mais, pour te rassurer, je prendrai un garde avec moi.

Penchée au-dessus de son établi, Arianna taillait dans le bois dur, à petits coups de lime précis et francs, la forme de la coupe sur laquelle, avec une infinie patience, elle martèlerait la feuille d'argent jusqu'à atteindre la perfection.

Trop absorbée par sa tâche pour prêter attention à ce qui l'entourait, elle n'entendit pas la porte s'ouvrir derrière elle, ni ne vit la silhouette furtive s'approcher lentement et sans bruit du cercle de lumière dans lequel elle œuvrait.

— C'est donc vous ! gronda une voix rauque et pleine de colère.

Elle manqua de s'étrangler et se retourna brusquement, lâchant son outil dans la manœuvre.

— Garvey ! Que faites-vous ici ?

— Je pourrais vous poser la même question, riposta-t-il sèchement. Mais je connais la réponse désormais.

Dans la pâle lueur de la chandelle qui grésillait sur l'établi, on aurait dit la statue d'un dieu vengeur taillée par quelque artiste primitif.

— D'abord votre propre père, poursuivit Gareth en s'étranglant d'indignation. Puis sir Neil… J'ai du mal à le croire, mais vous n'êtes en rien différente des membres de votre sexe. Vous mentez tout autant que n'importe laquelle de vos sœurs en trahison ! Dites que je me trompe, par saint Georges !

— Vous vous trompez, répliqua Arianna sans aménité, excédée par ces accusations éhontées. N'importe quel fol verrait dès l'abord que je travaille à modeler une coupe et non à fabriquer de la fausse monnaie.

— Une coupe ? Vous mentez encore…

— Ainsi j'aurais assez de talent pour contrefaire des florins presque parfaits et pas suffisamment pour réaliser un objet somme toute banal ?

Gareth battit des paupières, déconfit.

— Je… je n'ai pas pensé…

— C'est évident, en effet, railla la jeune femme en prenant le moule sur lequel elle travaillait pour l'aller plaquer sur la cotte de maille de l'intrus. Trouvez-vous que cela ressemble à des pièces d'or ?

— Non, c'est vrai, admit Gareth, dépité et quelque peu honteux. Mais que vouliez-vous que j'imagine ?

— Est-ce que je sais ? Pas le pire, en tout cas, ce que pourtant vous avez fait sans sourciller.

Sans ajouter un mot, elle alla ouvrir la porte de l'armoire qui tenait une partie du mur au fond de la pièce et en tira les deux chandeliers d'argent en forme de dauphin. Elle lui apprit les avoir réalisés à l'âge de huit ans, au prix d'un labeur long et méticuleux. Elle lui donna même un aperçu des techniques utilisées, puis, sortant de sous l'établi le reliquaire destiné à maître Hollton, recommença ses explications.

Elle se penchait pour chercher une autre pièce quand il lui posa la main sur le bras.

— Je vous crois, murmura-t-il, subjugué. Je… Vous me surprenez ; j'en suis abasourdi.

— Vraiment ? s'enquit-elle, suspicieuse. Parce que je suis une femme et que j'exerce un métier d'homme ?

— En partie, oui, répondit Gareth avec une honnêteté qui le surprit lui-même. Je n'ai jamais connu de femme qui fût orfèvre et membre d'une corporation…

— Je ne le suis pas, coupa-t-elle. Ni moi ni mes sœurs n'y sommes admises.

— En ce cas… faites-vous ces choses pour vous-même ?

— Au début, mon grand-père me laissait m'amuser, comme il disait, mais depuis que sa vue a commencé à baisser, j'ai été ses yeux et ses mains…

Arianna se mordit le poing subitement. Elle venait de se laisser entraîner à faire à ce quasi inconnu des révélations susceptibles de précipiter la ruine de sa famille.

— Je constate, la rasséréna immédiatement Gareth en lui prenant la main, que cette nuit est propice aux malentendus. Jamais je ne ferais quoi que ce soit qui puisse vous mettre en péril, vous ou votre grand-père. Votre secret est scellé en moi plus sûrement qu'au fond d'un tombeau, et je vous demande humblement pardon d'avoir pensé du mal de vous.

— Humblement ? fit-elle avec un rire frais. Cela m'étonnerait. Mais j'accepte vos excuses et vous présente les miennes pour avoir hurlé comme une harpie.

Cette contrition soudaine surprit Gareth presque autant que les talents d'orfèvre de la jeune femme. Il se souvenait des colères d'Emilie, qui duraient des heures, après quoi elle s'enfermait dans un silence boudeur pendant des journées entières, et la plupart du temps pour trois fois rien. D'un geste tendre, il lui serra la main avant de la relâcher.

Ari décida de lui parler des coupes dont elle s'occupait et déroula quelques vélins pour lui en montrer les épures.

Une sorte d'intimité chaleureuse s'établit entre eux alors

qu'ils se penchaient de concert sur les dessins, moins violente que les pulsions irrépressibles qu'elle ressentait quand il l'embrassait, mais tout aussi émouvante.

— Grand-père n'aimerait pas apprendre que je fabrique des pièces à son insu, mais…

— Je comprends, dit-il, évitant juste à temps de lui avouer qu'il se sentait prêt à les lui acheter toutes si cela pouvait chasser la peur de ses grands yeux bleus.

Mais il hésitait encore à lui révéler la vérité sur son identité.

— Si je n'en obtiens pas assez, je serai sans doute contrainte d'épouser John Woolmonger, ajouta-t-elle d'une voix triste mais résignée.

Gareth inspira une longue goulée d'air entre ses dents, tel un homme qui vient de recevoir un coup dans le ventre.

— Voilà qui résoudrait tous vos problèmes à la fois, commenta-t-il cyniquement.

— Je ne veux pas de lui pour mari, déclara Arianna, déterminée à ne pas connaître le même sort que sa mère et à s'éviter à tout prix les avanies d'une belle-famille jalouse. Et puis, il me faudrait le suivre à Norwich et abandonner ainsi tous ceux que j'aime.

Elle brûlait de lui dire qu'elle l'épouserait volontiers, lui, Garvey. Il n'avait pas de famille, et bien qu'il insistât pour nommer désir ce qu'elle savait être de l'amour, elle ne doutait pas un instant qu'ils seraient bien assortis.

Elle avait une expression si douce sur le visage, et si triste à la fois, qu'il en avait le cœur déchiré, au point de vouloir que s'accomplisse ce qui, il le savait, demeurait impossible. Pourquoi diable fallait-il qu'elle renverse si facilement les défenses qu'il érigeait pour la tenir à distance ?

— La plupart des femmes quittent la maison de leur père quand elles se marient, asséna-t-il comme une évidence.

— Je ne suis pas la plupart des femmes, sir, pour

commencer, et je ne vivrai pas dans une maison dirigée par cette famille arrogante, repartit-elle comme en une profession de foi en reposant le moule de bois sur l'établi. Vous me promettez donc de garder mon secret ?

Il voulait lui offrir bien plus qu'une promesse et de l'argent, ce qui aurait apaisé un peu le feu qui les brûlait tous deux quand bien même ils semblaient parler de choses et d'autres. Mais Arianna était une femme d'honneur, et en faire sa maîtresse aurait constitué plus qu'une offense envers elle.

— Je vous le promets, laissa-t-il tomber.

Ce serment fit passer un frisson sur l'échine de la jeune femme, aussi, pour n'en rien montrer, demanda-t-elle d'un ton égal :

— Vous êtes-vous rendu à la taverne de la Forge ?

— Oui, répondit-il d'un ton si évasif qu'elle vint se placer résolument devant lui.

— Et vous avez trouvé quelque chose, n'est-ce pas ?

Gareth se força à rester de marbre.

— Non, rien d'important.

Il mentait. Il revoyait encore Charles devant l'estaminet, en grande conversation avec quelqu'un qu'il connaissait très bien de vue comme de réputation : Walter Beck.

Si ces deux-là se connaissaient, alors l'apprenti pouvait très bien avoir fabriqué les faux florins.

9

Le son de la voix de son grand-père fit s'arrêter net Arianna devant la porte de l'atelier. Il semblait en colère :

— Je maintiens que vous serez en danger si vous y allez.

— Je sais ce que je fais, répondit la voix grave et sonore de Garvey.

— C'est ce qu'a dit Richard quand il a voulu voir ce dont il retournait.

— Ce n'est pas forcément là que je…

— Allons donc ! coupa William. Vous voulez me confier une lettre à n'ouvrir qu'au cas où vous ne reviendriez pas. Je ne suis pas idiot, tout de même.

— J'ai juré de découvrir le meurtrier…

— Exactement.

Garvey voulait explorer la falaise. Et seul, selon toute vraisemblance.

Elle se mordit le poing pour ne pas crier. Inutile de songer à le dissuader de commettre cette folie ; il ne l'écouterait pas plus que son grand père.

Il lui fallait trouver un autre moyen de le protéger.

Vers 22 heures, Gareth attacha Apollon à un buisson non loin de la ferme d'Elgen et prit le sentier qui menait à la plage. La lune jetait sur la falaise une lumière blanche et crue qui rendait sa progression facile, n'eût été qu'il devait tenir la main sur la garde de son épée pour éviter qu'elle ne cogne contre les rochers.

Une fois sur la plage, il suivit celle-ci jusqu'à la grotte mentionnée par Elgen, qui s'ouvrait dans la paroi de la falaise comme la gueule noire d'un dragon prêt à engloutir le fou qui voudrait s'y risquer.

Prudemment, il s'avança à l'intérieur, l'œil aux aguets, sa dague nue à la main. On n'y voyait goutte, aussi tira-t-il de sa poche une chandelle, et de quoi l'allumer.

Quand la flamme s'éleva, il prit la mesure de la grotte, immense, dont seul l'écho jusque-là permettait d'imaginer la taille. Un grand lac d'eau de mer en constituait la base, entouré de rochers comme en espalier et surmonté d'un dôme impressionnant aux parois duquel s'accrochait tout un peuple de chauve-souris. L'eau, calme et limpide, pénétrait par une anfractuosité souterraine située juste sous l'ouverture béante, d'où l'absence presque totale de mouvement visible à sa surface.

L'endroit était vide, et l'on n'y voyait aucune trace d'activité ou de passage récents. Peut-être les contrebandiers ne l'utilisaient-ils pas pour se livrer à leur trafic ?

Il découvrit l'entrée de trois tunnels ; dans l'un d'eux, le plus proche de la sortie, il trouva des anneaux du genre de ceux auxquels on accrochait les torches, scellés dans la paroi, ainsi qu'un coffret de bois contenant silex, briquet et étoupe.

Satisfait de sa découverte, il se redressait lorsqu'il perçut un bruit de pas furtif du côté de l'entrée de la grotte. La dague haute, il se dissimula dans une niche naturelle, souffla sa bougie et attendit. Il n'avait plus le temps de fuir, sauf à se lancer dans le noir dans la partie du tunnel qu'il ne connaissait pas encore et qui menait Dieu savait où.

La lueur d'une chandelle apparut bientôt, précédant une silhouette sombre. Vif comme l'éclair, Gareth attaqua l'inconnu par-derrière, le saisissant à la gorge.

— Pas un geste ! souffla-t-il.

Le corps fragile de l'intrus le surprit, mais moins que le parfum de lavande qui s'en exhalait.

— Arianna ? s'exclama-t-il, abasourdi.

— Garvey ! Dieu soit loué, s'écria-t-elle, se retournant contre lui sans se soucier de la lame nue qui menaçait sa gorge.

— Que diable faites-vous ici ?

— Plus tard. Nous n'avons pas le temps. Un bateau vient d'arriver dans la baie et une chaloupe se dirige par ici.

— Vite, cachons-nous dans l'un des autres tunnels, dit Gareth en ramassant la bougie de la jeune femme, miraculeusement intacte malgré sa chute.

A la lueur de celle-ci, il s'avisa qu'Arianna portait des vêtements masculins, sans doute empruntés à Sim. S'ils s'en sortaient, il faudrait qu'il lui dise sa façon de penser.

Il décida de ne pas emprunter le second tunnel, au motif que des traces de pas en marquaient l'entrée. Le troisième, en revanche, semblait vide.

Pas étonnant, songea-t-il au bout d'une cinquantaine de pas : un gros rocher obstruait la galerie, en faisant un cul-de-sac.

Ils étaient pris au piège.

— Je crois que j'entends des voix, chuchota Arianna, blanche de peur.

— Ils ne peuvent nous voir, la rassura-t-il en la serrant contre lui après avoir soufflé la bougie.

S'il le fallait, il se battrait, pour elle, dût-il périr.

— Restez ici, ordonna-t-il. Je vais voir ce qui se passe.

— Non ! Ne me laissez pas seule.

— Vous ne risquez rien ici, tant que vous ne signalez pas votre présence. Même s'ils me trouvent et me font un mauvais sort… Ils me croiront seul et ne prendront pas la peine de venir inspecter ce goulet.

Arianna se mordit la lèvre pour ne pas protester. Il avait raison. Malheureusement.

Quand il eut atteint la grotte, il vit trois hommes qui conversaient à la lueur de leurs torches, tout près de l'entrée. Deux d'entre eux devaient être des soldats, à en juger par leur mine et l'attirail qu'ils portaient. Le troisième, grand, blond et mieux vêtu, semblait leur chef.

— Jem, monte voir à l'atelier ce qui peut bien avoir retardé les Beck, lança-t-il d'un ton sans réplique au plus trapu. Hâte-toi. Les marchands seront bientôt là.

L'homme obtempéra sans rien dire, mais en s'éloignant révéla au regard de Gareth la présence d'un quatrième qu'il masquait jusque-là.

Hugh Harcourt.

Sommerville faillit en crier de surprise tant la présence de son ennemi en ces lieux était inattendue.

Il aurait dû se douter que cette famille de chiens ne rendrait jamais les armes contre la sienne. Malgré tous leurs échecs depuis des lustres, il semblait que chaque nouvelle génération ne venait au monde que pour comploter la ruine des Sommerville. Tout s'expliquait à présent. L'embuscade, le massacre de son escorte…

— Va te placer à l'entrée et surveille la plage, dit Hugh au second soldat. Nous ne voulons pas les manquer quand ils arriveront.

— Eh bien, mon cousin, nous y sommes presque, déclara le blond quand ils furent seuls.

— Tu ne crois pas si bien dire, repartit Harcourt. J'ai un peu changé mes plans, mais ce n'en sera que mieux ainsi.

— J'ai toujours pensé qu'Edmund n'appréciait pas ton talent à sa juste valeur.

— Ils arrivent. Tu ferais bien de cacher ton visage.

L'autre s'exécuta en plaquant un masque de cuir sur sa face et en se rencognant contre le mur, à l'abri de la lumière.

— Charles, Walter ! salua Hugh. Avez-vous les pièces ?

— Oui, fit l'apprenti en lui tendant une bourse de cuir.

Walter jeta aux pieds du chef un autre sac, qui en tombant produisit un bruit mat.

— Voilà le reste. C'est le dernier.

Encore une fois, Gareth retint un cri de rage. Cette voix, il la connaissait. Elle le hantait depuis l'embuscade. C'était celle du chef des assassins…

— Qui est celui-ci ? s'enquit Charles en désignant la silhouette tapie dans l'ombre.

— Ne crains rien. Tu feras bientôt sa connaissance, répondit Hugh. Tout se passe-t-il bien, en ville ?

— Non, grommela Walter. La fille de sir Richard a fait circuler certaines des pièces.

— Quoi ? s'exclama Hugh.

Charles eut beau lui promettre de veiller à ce qu'elle ne recommence pas, il refusa de s'en satisfaire.

— Il faudra se débarrasser d'elle.

— Nous discuterons de cela plus tard, dit l'homme au masque. Voilà les marchands.

Tous se saluèrent et la conversation roula bientôt sur les fausses pièces. Apparemment, elles commençaient à circuler à foison dans la ville, au point que les commerçants s'en alarmaient.

— J'en ai déjà tant que j'ai bien envie de m'en servir pour payer la taille, maugréa Bentwood.

— Ce ne sera que justice, laissa tomber Harcourt,

puisque l'instigateur de cette escroquerie n'est autre que… Mais je laisse Gareth Sommerville, ici présent, le soin de vous le dire.

Gareth crut qu'il rêvait l'espace d'un instant, en voyant Hugh désigner aux autres l'inconnu blond au masque de cuir. Il ne pouvait pas tout de même croire que…

Et pourtant, l'homme était grand, et blond comme lui… D'ailleurs, Bentwood mordait à l'hameçon, puisqu'il se confondait en excuses devant celui qu'il croyait le fils de son suzerain :

— Je plaisantais, milord, balbutia le drapier, à propos de la taille… Je ne voulais pas gruger votre père…

— Allons donc ! s'esclaffa l'imposteur. Geoffrey n'aurait pas accepté ces pièces. Qui donc est l'instigateur de toute cette affaire, à ton avis ?

Hugh ne laissa pas le temps aux marchands de s'interroger sur l'énormité de ce qu'ils venaient d'entendre, ordonnant aux soldats de les reconduire au sentier qui courait à travers la falaise.

Walter, lui, ne semblait pas convaincu.

— Un Harcourt et un Sommerville travaillant main dans la main ? Voilà qui est singulier, fit-il observer en scrutant les yeux de l'homme masqué d'un air suspicieux.

— Peut-être suis-je las d'attendre d'hériter, suggéra ce dernier.

— En ce cas, que fait Geoffrey dans cette histoire ? s'étonna Beck, perplexe.

— Cela t'importe-t-il vraiment ? s'enquit Hugh.

— Non, mais je n'aime pas beaucoup ça. Il va me falloir une part plus importante, désormais, car j'ignorais qu'un Sommerville fût avec nous. Je veux la Forge et l'Enclume, en plus de ce que je devais obtenir.

Hugh hocha la tête sans discuter, puis considéra Charles. Celui-ci allait-il aussi réclamer ?

— Je me satisferai du commerce de Marsden, affirma l'apprenti en secouant la tête. Et d'Arianna.

Gareth tressaillit en sentant le souffle de la jeune femme sur sa nuque. Trop absorbé par ce qui se disait dans la grotte, il ne l'avait pas entendue s'approcher. Manifestement, ce que venait de dire Charles la laissait aussi pantoise que lui.

Une fois les frères Beck partis, Hugh et le faux Gareth reprirent leur conversation :

— Tu comprends pourquoi il devient urgent de précipiter les choses, à présent, dit le premier. Nous partons ce soir pour Londres. Nous présenterons au roi les preuves de ce que nous avançons dans quelques jours, et quand il verra tout cela, il enverra un émissaire pour enquêter sur cette affaire. Patience. Les Sommerville se balanceront bientôt au bout d'une corde.

— Tu es diablement roué, cousin, répondit l'homme au masque d'une voix pleine d'admiration.

Gareth laissa le bruit des pas des deux hommes s'éloigner puis :

— Partons, souffla-t-il à Arianna en la pressant un instant contre lui pour lui donner du courage.

— Ils veulent accuser mon grand-père d'avoir fabriqué ces pièces ?

— Oui, et sur les ordres de mon père, confirma Sommerville.

Le piège était diabolique. Le roi serait bien forcé de faire pendre Geoffrey si Harcourt prouvait ses dires, et de donner à celui-ci les terres de son vieil ami. La haute trahison ne souffrait pas le pardon.

— Je déjouerai leurs plans, je vous le promets. En attendant, il faut filer d'ici avant que la marée ne monte.

L'espalier était entièrement sous les eaux à présent, et sa surface glissante rendait dangereuse leur progression, d'autant que la marée poussait son flot puissant à travers le goulet submergé, créant un courant d'une force terrifiante qui leur caressait les mollets tel un monstre marin attendant de les happer au moindre faux pas.

— Nous y sommes presque, dit la jeune femme.

— Attention, il y des algues pas très loin d'ici. Je les ai vues en entrant.

— Je…

La réponse resta suspendue en l'air. Elle venait de glisser sur le rocher rendu gluant par une plaque de goémon invisible.

Gareth tendit la main pour la rattraper, mais trop tard. Dans un silence épouvantable, elle glissa dans l'onde noire.

— Arianna !

Le cri de Gareth se perdit dans le fracas de l'eau qui résonnait sourdement contre les murs de la grotte.

Soudain, un nuage pâle et mousseux vint flotter tout près de la surface. Sans réfléchir, il lança la main au cœur de la masse soyeuse et tira de toutes ses forces.

Quand elle sortit la tête de l'eau, Arianna aspira l'air qui lui manquait avec l'énergie du désespoir, malgré la toux qui la tordait comme une poupée de chiffon, en criant au milieu de spasmes atroces le nom de son sauveur.

Il faisait plus sombre qu'au fond d'un puits, mais au moins il la tenait fermement. Avec un « han » de bûcheron, il la hissa loin de l'onde furieuse et, renversé par sa propre poussée, la reçut dans ses bras en tombant en arrière.

Il parvint à se rétablir presque par miracle, et, lorsqu'ils furent restés quelques secondes immobiles et silencieux, il sentit au bord de ses paupières perler des larmes de soulagement.

— J… j'aurais pu me n… noyer, balbutia-t-elle, le souffle toujours court.

— Chut, ne dites rien, se contenta-t-il de répondre.

Elle lui semblait tellement précieuse désormais, tellement

fragile et vulnérable, blottie ainsi, trempée et frémissante, entre ses bras. Il remerciait Dieu de l'avoir épargnée — ce Dieu auquel il ne croyait plus depuis l'annonce faite par Emilie que l'enfant qu'elle portait n'était pas de lui mais d'un homme qui pouvait se vanter d'avoir eu sa confiance, autrefois.

— La lumière s'est éteinte, remarqua la jeune femme en se serrant contre lui.

— J'ai dû lâcher la chandelle, répondit-il d'une voix mal assurée, en se demandant encore comment diable il pouvait avoir fait pour trouver son chemin dans une telle obscurité. Dieu merci, j'en ai une autre dans ma tunique.

Et, par bonheur, sa pierre était sèche.

— Je suis désolée de vous causer tant de souci, murmura Arianna, les cheveux plaqués en arrière sur la nuque, ses cils luisants contrastant avec la pâleur de sa peau et le bleu violacé de ses lèvres tremblantes. Dans un tel état, comment pouvait-il encore la trouver aussi furieusement désirable ? D'autant qu'il avait encore mille choses à faire de toute urgence au lieu de la contempler de la sorte. Et d'abord, trouver un moyen de sortir de là. Mais point d'affaire, elle comptait plus que tout, plus que la raison même.

— Oh Arianna ! gémit-il, la bouche quasiment collée à la sienne. Ari ! Je… Je…

L'intensité de son regard bouleversa la jeune femme.

— Vous… Que voulez-vous me dire ?

— Rien…, je… Ah, Seigneur ! J'ai eu si peur de ne pas vous trouver à temps.

— Je savais que vous ne m'abandonneriez pas, dit-elle en se blottissant contre lui. Je le savais.

Il embrassa sa tempe, que des gouttes d'eau sillonnaient encore, puis partit d'un rire nerveux.

— Vous avez plus confiance en mes capacités que moi-même. Une seconde de plus et…

Un long frisson le fit trembler de la tête aux pieds, et bien qu'elle sentît que le froid n'y était pour rien, elle se décida à s'arracher à lui.

— Je vous ai mouillé, pardonnez-moi.

Gareth refusa de lâcher prise.

— Non. Laissez-moi vous transmettre toute la chaleur dont mon corps dispose en attendant que je trouve un endroit plus chaud et plus sec.

Il prit la chandelle sous sa tunique et la tendit à la rescapée.

— Tenez ça, je vais vous porter jusqu'à la grotte.

— Et ensuite ? s'inquiéta-t-elle comme il joignait le geste à la parole.

— Nous tenterons de passer par le tunnel dont nous avons vu sortir Charles et Walter Beck. Peut-être mène-t-il au-dehors.

Il en doutait, car sans cela les deux marauds auraient regagné l'air libre par ce chemin au lieu de se risquer sur le sentier de la falaise. Le tunnel devait plutôt mener à l'atelier où Charles fabriquait la fausse monnaie.

Quand ils eurent fait vingt pas dans le tunnel, Gareth découvrit une sorte d'escalier qui menait plus haut, dans l'obscurité la plus totale, au point qu'il dut demander à la jeune femme de tenir la chandelle à bout de bras pour ne pas risquer de tomber en montant.

— Je peux marcher, affirma-t-elle en claquant des dents. Vous pourriez avoir besoin de votre épée.

— J'en doute, mais je vous remercie d'y avoir pensé, répondit-il en la laissant glisser à terre.

Elle serra ses bras autour d'elle, regrettant déjà d'avoir voulu se priver de la chaleur réconfortante de son sauveur.

— Je m'en veux d'avoir été sottement impulsive et de vous avoir suivi. Une fille sensée n'en aurait rien fait.

— Je ne nierai pas que je préférerais vous savoir bien au

chaud dans votre lit que trempée jusqu'aux os en ces lieux inhospitaliers, répondit-il en prenant la chandelle à la main et en gravissant les premiers degrés, l'épée au clair, prêt à frapper. Et pourtant, si vous n'étiez pas venue, j'aurais peut-être été capturé par Hugh et ses hommes.

— Cela veut-il dire que je suis pardonnée ? demanda-t-elle en souriant d'un air effronté malgré ses lèvres bleues qui lui donnaient un air bizarre.

— Non. Le châtiment est simplement remis à plus tard, quand nous serons saufs et au sec, répliqua Gareth en s'efforçant de paraître sévère, sans succès.

— En tout cas, nous savons maintenant ce qu'ils préparent.

— C'est vrai. Mais taisons-nous. Dieu sait ce qui nous attend par ici.

Frissonnante de froid, Arianna le suivit en silence dans le petit escalier, puis le long d'un couloir sombre. Les ténèbres les plus épaisses avaient enveloppé chaque étape de cette nuit. Elle les passait en revue dans sa tête pour s'éviter de penser au danger qui menaçait. Chacune, pour ainsi dire, avait été un choc encore plus grand que le précédent : la révélation de la trahison de Charles, d'abord, puis la certitude qu'il dirigerait les soupçons sur le pauvre William, et, pour couronner le tout, la découverte du plan infâme de Hugh.

Elle ne pouvait s'empêcher d'y penser sans cesse, comme un papillon de nuit tourne autour du feu qui lui brûlera les ailes.

— Voilà qui explique pourquoi Elgen croyait avoir vu les lumières sur le flanc de la falaise, remarqua Gareth à voix basse, arrêté devant une ouverture ménagée dans le tunnel à hauteur d'homme, et à travers laquelle filtrait un pâle rayon de lune.

Le courant d'air vint jouer dans la chevelure de la jeune

femme quand elle rejoignit Gareth devant cette fenêtre naturelle. Au loin, elle aperçut la silhouette de La Pointe aux Herbes et, en contrebas de celle-ci, la ligne phosphorescente que dessinait l'écume des vagues se brisant sur les rochers noirs de la côte.

— C… croyez-vous que ce t… tunnel mène au-dehors ? demanda-t-elle sans pouvoir contrôler le claquement de ses dents.

Gareth jura en lui-même. S'il ne dénichait pas un endroit pour la mettre à l'abri du froid, elle allait attraper la fièvre.

Quelques minutes plus tard, il trouva la grotte, dont une couverture tendue d'un mur à l'autre protégeait l'entrée. Prudemment, il souleva le tissu du bout de son épée, la chandelle haute. L'endroit semblait exigu et un rapide coup d'œil lui apprit qu'il était désert. Soulagé, il poursuivit son inspection, remarquant d'abord que quelques braises rougeoyaient encore dans un chaudron de fonte et que, dans un coin, se trouvaient une couche sommaire et quelques couvertures grossièrement empilées les unes sur les autres.

Dieu merci, il allait pouvoir réchauffer Arianna.

— La voie est libre, venez, la héla-t-il.

Sans résultat. Les secondes passaient, et rien ne bougeait. La gorge serrée, il la rejoignit.

Elle gisait sur le sol, recroquevillée sur elle-même comme une poupée de chiffon.

Ari se réveilla en sursaut lorsqu'un courant d'air glacé vint déchirer le tiède cocon dans lequel elle reposait depuis Dieu savait combien de temps. En ouvrant les yeux, elle ne découvrit autour d'elle que ténèbres, mais bientôt elle commença à se repérer à d'infimes indices.

Elle gisait, nue, sous une couverture rêche qui sentait le moisi, le dos contre une paillasse qui crissait odieusement à chacun de ses mouvements.

Un feu brûlait, tout près, derrière lequel Garvey se tenait accroupi, occupé à l'alimenter. La lueur des braises découpait sa silhouette massive et son visage grave sur le fond noir des parois, jouant en ombres suggestives sur la peau mate de sa poitrine et les muscles souples de ses bras. Quand il se releva, le souffle manqua à la jeune femme : hormis un morceau de tissu jeté pudiquement autour de sa taille, très bas sur les hanches, il était nu comme au premier jour.

Et d'une beauté sidérante.

Comme s'il percevait le désir qui montait en elle avec une violence inouïe, il s'approcha de sa couche et mit un genou à terre.

— Je vous ai réveillée. Pardonnez-moi, souffla-t-il d'une voix rauque et sensuelle.

Sans répondre, elle tendit la main vers lui. Il avait une peau merveilleusement douce, et d'une chaleur rassurante, mais il frissonna un peu sous cette caresse inattendue, ce qui ne fit que renforcer le feu qui se propageait dans la chair d'Arianna à la vitesse d'un incendie de forêt en été. Au fond d'elle, une exigence de plus en plus forte se faisait sentir, tendue, impérieuse, irrépressible.

— J'ai besoin de vous, murmura-t-elle.

A cet instant précis, elle n'aurait pas su dire autre chose.

— Oh Ari ! dit-il en se penchant sur elle. Nous ne devrions pas…

— Vous vous trompez ! objecta-t-elle avec une véhémence ingénue. Nous sommes faits l'un pour l'autre, je le sens. J'en suis certaine, aussi vrai que parfois je devine vos pensées avant même que vous les exprimiez.

— Allons, vous avez été mise à rude épreuve, ce soir, plaida-t-il.

— Peut-être est-ce pour cela que j'ai tant besoin que vous me preniez dans vos bras et me serriez contre vous, repartit-elle doucement en lui prenant le visage entre les mains.

De s'être vu contraint de lui ôter un à un ses vêtements le laissait désarmé devant le désir qui fouaillait sa chair. Ce n'était pas la première fois, bien sûr, et depuis ses rêves s'alimentaient de cette vision merveilleuse, mais là, dans le silence de la grotte, nul voile de cheveux pour protéger sa chair soyeuse et blanche, pour dissimuler les courbes affolantes luisant sous la lueur mordorée du feu de braises, ni les ombres délicieuses où son regard se perdait.

Il aurait donné cher pour oublier la douceur de satin de sa peau pressée contre la sienne tandis qu'il la réchauffait dans son sommeil.

— Je vous aime, murmura-t-elle en perdant sa main dans la masse de cheveux blonds qui balayaient la nuque de Gareth au moment où il prit sa bouche.

Moi aussi je vous aime ; que Dieu me garde !

Ce fut sa dernière pensée cohérente avant qu'il s'en remette à son destin, si l'on pouvait appeler ainsi la force qui les poussait irrésistiblement l'un vers l'autre. Elle ouvrit les lèvres au premier frôlement, dardant sa langue à sa rencontre avec une impatience qui augurait magnifiquement de ce qui ne pouvait désormais que s'ensuivre.

Elle poussait de petits gémissements extasiés, accueillant la caresse qui se faisait plus profonde et précise à chaque instant avec un enthousiasme charmant et des frissons qui la parcouraient des pieds à la tête, comme des vagues sans répit à l'assaut d'une grève.

Tout doux, Gareth, tout doux !

Il s'exhorta à ralentir l'allure. Parce que le souvenir

d'Emilie se plaignant de sa hâte juvénile le hantait encore, mais aussi parce qu'il sentait la nécessité de ne pas brusquer les choses avec Arianna.

— Je ne veux pas vous effrayer, Ari, dit-il en s'arrachant à leur baiser pour perdre son visage dans les volutes de sa chevelure sombre qui fleurait l'air marin et l'herbe des Highlands.

— Je n'ai pas peur, au contraire, répondit-elle en cherchant sa bouche, prenant l'initiative cette fois d'un baiser torride qui les laissa tous deux hors d'haleine au point qu'ils durent relâcher leur étreinte un instant pour retrouver leur souffle.

— Seigneur, j'en ai oublié de respirer ! s'exclama-t-elle, surprise et ravie à la fois.

— Et moi aussi ! renchérit Gareth en la regardant intensément, follement excité par ce corps voluptueux qu'elle lui offrait avec l'innocence de sa jeunesse.

Elle gémissait à mesure que la bouche de son amant traçait un sillon de feu sur sa peau, et sursauta quand il effleura du bout des lèvres la pointe d'un sein fièrement dressée. Nullement gênée, mais totalement abasourdie par la violence de la sensation qui irradiait tout son corps, elle tendit les mains vers lui pour le toucher et l'attirer contre elle de nouveau.

— Aimez-vous cela ?

— Vous le savez bien, répondit-elle d'une voix étonnamment rauque qui eut sur Gareth l'effet d'un coup de fouet, de sorte qu'il se cabra un instant avant de replonger sur le globe de chair tendre pour en engloutir le mamelon avec avidité.

Ses mains réclamaient leur part du butin, parcourant sans relâche le corps de la jeune femme, aux aguets, guettant ses réactions et réagissant au moindre frémissement, au moindre gémissement par des caresses sidérantes de tendresse et d'intensité, encerclant lentement le point névralgique du désir vers lequel convergeaient les ondes de chaleur qui montaient en elle.

Elle eut un long cri quand elle le sentit s'insinuer en elle, si bien que, alarmé, il retira sa main sans brusquerie, pour la laisser reposer sur le ventre palpitant de la jeune femme.

— Voulez-vous que je cesse ? dit-il à son oreille d'une voix plus grave et profonde que jamais.

— Non, répondit-elle en ouvrant brusquement les yeux. Sans quoi je vais devenir folle.

Quand il se dressa au-dessus d'elle, elle s'ouvrit à lui instinctivement, sans crainte aucune. Il l'aimait, elle le savait. Tout était pour le mieux.

Arquant son corps souple à sa rencontre, elle l'accueillit sans retenue, à peine surprise par la douleur aussi fulgurante que fugace qu'elle perçut au premier coup de reins.

Ensuite, le monde autour d'elle parut se dissoudre jusqu'au moment où, abordant le dernier palier du plaisir, elle sentit son corps exploser en un million d'étoiles.

Quand elle se réveilla, elle fut surprise de ne pas trouver Gareth auprès d'elle sur leur couche précaire. Elle jugeait étrange qu'il ait déserté si tôt le lit de leur bonheur tout neuf, la laissant seule et encore vibrante de leurs étreintes, quoique nullement rassasiée. Elle avait mal partout, mais savourait cet épuisement avec délice en regardant la grotte autour d'elle. Le feu brûlait toujours dans son chaudron percé, une bougie épaisse baignait l'endroit de sa lumière ambrée et une outre constellée de gouttes scintillantes gisait à ses pieds, prête à lui prodiguer sa désaltérante fraîcheur.

Attendrie par cette attention délicate, elle but un peu et en profita pour faire une toilette aussi sommaire que nécessaire. Ses vêtements mouillés accrochés devant le feu devaient avoir séché, aussi entreprit-elle de les passer. Pendant qu'elle s'escrimait avec le tissu raidi, elle avisa quelques outils d'orfèvrerie sur la table qui trônait au milieu de la grotte, ainsi que quelques copeaux d'or luisant dans la lumière du feu. Les preuves de la trahison de Charles.

Gareth arriva sans prévenir, repoussant la couverture qui masquait l'entrée d'un geste brusque.

— Il fait encore nuit, mais nous devons quitter cet endroit, car la marée est basse à cette heure.

Arianna battit des paupières.

— Je vous souhaite le bonjour, moi aussi, ironisa-t-elle.

— Vous sentez-vous bien ? lança-t-il sans relever ce sarcasme ni sourire le moins du monde.

— Bien sûr, dit-elle en relevant le menton. Est-ce le fait que nous ayons pris tant de plaisir l'un avec l'autre qui vous met en rage ?

— Tonnerre, Arianna ! Quand donc cesserez-vous de croire que vous pouvez lire dans mes pensées ?

— Je ne crois rien du tout. Je sais ce qui vous taraude, car je sens votre colère. Vous vous en voulez, n'est-il pas vrai ?

— En effet, admit-il en se passant la main dans les cheveux. Il est certaines choses que vous ne comprenez pas, Ari. Nous ne pouvons être ensemble, vous et moi.

— Il n'est rien que nous ne puissions surmonter tous deux, plaida-t-elle, puis, comme si une intuition la fauchait d'un coup : A moins que vous ne vous soyez déjà... lassé de moi ?

Gareth prit une longue inspiration sans la quitter des yeux un seul instant, puis :

— Je doute que cela n'arrive jamais, dussé-je vivre cent ans, déclara-t-il.

— Et pourtant, répliqua-t-elle en triturant le tissu de la tunique de Sim, vous ne nous voyez pas d'avenir.

— Je ne suis pas ce dont j'ai l'air, repartit-il sans ambages.

— Vous êtes bon, doux et brave, et, qui plus est, je vous aime. Je m'en tiens là. A nous deux, nous trouverons le moyen de gagner de quoi vivre. La vente des coupes que je fabrique devrait nous permettre de tenir jusqu'à ce que vous obteniez une position…

Si seulement il suffisait de vouloir les choses…

Gareth aurait voulu se jeter sur le sol glacial et pleurer tout son soûl, mais il tint bon.

— Nous avons d'autres soucis que l'argent.

— C'est vrai. La marée va bientôt remonter, dit la jeune femme, ramassant la chandelle avant de passer devant lui.

Dans l'escalier, elle ralentit un peu l'allure, plus occupée à réfléchir qu'à progresser. S'il venait de la faire souffrir abominablement en niant leur amour, il avait raison sur un point : ils avaient des problèmes urgents à résoudre.

— Comment sauver mon grand-père ? s'enquit-elle tout de go.

Gareth resta impassible et distant, et prit la tête de leur cortège.

— Nous allons informer mon… suzerain, lord Geoffrey, de ce qui se passe ici, et mettrons William Marsden en sécurité auprès de lui.

— A quoi bon, objecta la jeune femme. Il n'a rien fait quand mon père a été tué et, comme je m'y attendais, il s'est montré bien peu diligent pour répondre au message du capitaine Farley.

A supposer qu'il l'ait reçu, songea Gareth, car, en ce cas, la moitié du clan Sommerville aurait déjà été à Tyneham. Farley non plus ne portait aucune responsabilité dans ce retard, le chanoine du château ayant confirmé avoir écrit la missive et envoyé un soldat vers Ransford le jour même de la mort de sir Neil. Hugh devait avoir circonscrit l'homme en question d'une façon ou d'une autre.

— Le comte répondra cette fois, je m'y engage.

— Comment protégerons-nous mon aïeul en attendant ? Ces gens peuvent revenir d'un jour à l'autre avec le mandat du roi. Tonnerre ! quand je me suis aperçue que la réserve d'argent et d'or de mon grand-père avait baissé plus que de raison, j'aurais dû me douter que Charles en portait la responsabilité. J'arracherai les yeux de cette vipère quand nous rentrerons !

Gareth maugréa entre ses dents, frustré de ne pouvoir en même temps rester à Tyneham auprès de la jeune femme et filer jusqu'à Ransford pour prévenir son père de ce que Harcourt s'apprêtait à les accuser de trahison devant le roi.

Le mot était si fort, le châtiment si terrible qu'il arrivait à peine à envisager une manière d'y échapper. S'ils frappaient les premiers, s'ils capturaient leurs accusateurs et les menaient à Londres pour affronter la justice royale, peut-être…

Mais non, inutile. Bentwood, Reece et George jureraient leurs grands dieux que lui, Gareth, était l'âme du complot. Et qu'il ait passé un bon moment à Tyneham sous un faux nom ne plaiderait pas en sa faveur.

— Sir Garvey ?

La main d'Arianna sur son bras le ramena au présent, au beau milieu de la grotte qui servait de lieu de rendez-vous aux conspirateurs.

— Que se passe-t-il ? Etes-vous fatiguée ? Voulez-vous que je vous porte ?

— Non, répondit-elle avec un sourire las. Je suis fatiguée, c'est vrai, mais je puis marcher seule. C'est que vous êtes si silencieux et que je ne sais toujours pas ce que vous comptez faire pour sauver mon grand-père et faire payer sa perfidie à Charles…

Gareth s'inquiétait surtout de la réaction de la jeune femme quand elle rencontrerait ce dernier. Il ne fallait surtout pas qu'elle éveille les soupçons de l'apprenti. Il se savait assez aguerri pour n'en rien faire lui-même : n'avait-il pas, deux ans durant, caché son chagrin après la trahison d'Emilie ? Mais Arianna, avec sa candeur et sa sensibilité à fleur de peau, ne saurait pas rester impassible.

— Il serait souhaitable que vous quittiez Tyneham pendant un moment, déclara-t-il. Avez-vous de la famille près d'ici ?

— Je vois, dit-elle en le fixant avec intensité. Regrettez-vous à ce point que nous nous soyons unis ?

— Oh, Ari ! s'exclama-t-il en ouvrant grand les bras pour qu'elle vienne s'y blottir — ce qu'elle fit, enserrant sa taille comme si elle voulait s'y agripper jusqu'à la fin des temps. Quoi qu'il arrive, ne pensez jamais que je regrette de vous avoir fait l'amour.

Il ne se rappelait pas avoir vécu moments plus merveilleux avant cela.

Bien sûr, elle n'était pas son égale, il ne pouvait le nier ; mais la fille d'un chevalier pouvait prétendre à s'élever. Et il l'aimait, par saint Georges, il l'aimait à la folie. Pour sa bravoure, son honnêteté, son talent et sa capacité à rire en toute circonstance.

Avec le matin, comme toujours en pareil cas, la réalité reprenait ses droits. Il ne se souvenait que trop d'avoir accepté d'épouser la femme choisie pour lui par son père, une héritière de bonne noblesse, capable de lui faire de beaux enfants et de diriger sa maison avec habileté. Ari, elle, venait d'une lignée d'artisans, autrement dit des gens de presque rien, et quant à devenir une châtelaine acceptable, il n'y fallait pas songer.

— Je suis si heureuse que vous ne regrettiez pas ma présence, souffla-t-elle, les yeux embrumés, un grand sourire aux lèvres.

Gareth grimaça, inquiet de ce qu'elle ait pris ses paroles au pied de la lettre.

— Comment m'avez-vous retrouvé ici ? s'enquit-il, pour éviter qu'elle ne poursuive sur ce sujet dangereux.

— J'ai demandé à Owen le fermier de m'emmener dans sa voiture ; vous n'alliez pas bien vite, aussi avons-nous pu vous suivre.

La route était encombrée alors, en effet.

— Où lui avez-vous dit que vous alliez ?

— J'ai dit que je vous suivais, avoua-t-elle avec un sourire d'excuse, parce que j'avais bon espoir de devenir votre écuyer.

— Mon écuyer ? s'étrangla Gareth en passant en revue du regard tous les attributs féminins qui rendaient un tel mensonge improbable.

— J'ai caché mes cheveux sous un bonnet et emprunté quelques vêtements à Sim. Ils m'allaient mieux avant que je tombe à l'eau.

Gareth secoua la tête, incrédule.

— Et à votre grand-père et votre tante, quelles sornettes leur avez-vous contées ?

— Eh bien..., hésita-t-elle, je... je leur ai laissé un mot pour les prévenir que je partais avec vous pour une mission importante et que je rentrerais tard.

— Arianna ! Comment avez-vous pu ? Ils doivent être morts d'inquiétude à l'heure qu'il est.

— Non, rassurez-vous. Ils ne s'inquiètent pas, me sachant avec vous.

Gareth baissa les yeux, gêné par le regard clair qu'elle

dardait sur lui. Il s'en voulait affreusement d'avoir trahi cette famille admirable qui l'avait recueilli et soigné comme ils l'auraient fait pour l'un des leurs sans attendre de lui la moindre contrepartie, puisqu'ils le croyaient sans le sou.

Et voilà qu'il venait de déshonorer ce qu'ils avaient de plus précieux !

— Ne vous flagellez pas, dit-elle encore en posant la main sur le cœur de Gareth. Nous sommes faits l'un pour l'autre.

Deux heures après qu'ils eurent quitté la grotte, Gareth arrêta son cheval derrière la maison des Marsden. L'aube gris pâle chassait à peine les ombres de la nuit et une seule chandelle brillait à l'intérieur, à la fenêtre de la cuisine. Avec un peu de chance, toute la maisonnée dormirait encore, excepté Grizel bien sûr.

Au moment où il mettait pied à terre, Sim sortit de la hutte en frottant ses yeux ensommeillés.

— J'ai eu peur pour vous en ne vous voyant pas revenir hier soir, confessa le gamin en prenant les rênes d'Apollon.

— J'étais au château, répondit le chevalier.

Il disait vrai, pour l'essentiel. Certes, Arianna pestait d'avoir été abandonnée là-bas, mais il pensait l'avoir convaincue d'y rester en lui expliquant, de guerre lasse, le plan qu'il venait d'échafauder pendant leur périlleux retour sur le sentier de la falaise.

Heureusement, elle était aussi intelligente qu'obstinée. Sa seule objection consistait à vouloir avant tout protéger son grand-père et sa tante.

— Je ne peux prendre le risque, avait-il répondu, d'éveiller les soupçons de Charles en leur faisant quitter la maison. S'ils se doutent de quelque chose, ces brigands pourraient bien décider de nous faire taire à jamais, tous tant que nous sommes.

Il avait la promesse de la jeune femme de demeurer au château, dans les quartiers occupés par son père de son vivant, et de la savoir à l'abri des manigances de Hugh Harcourt le délivrait d'un peu de sa culpabilité. Pour autant, il lui restait à faire face à dame Cicily et au vieil orfèvre, qui n'auraient besoin que d'un seul regard sans doute pour savoir exactement ce qu'il venait de faire à leur Arianna chérie.

Ou plutôt avec elle. Mais peu importait, ils ne feraient pas la différence.

Grizel l'accueillit à la porte, les yeux battus et interrogateurs. Par signes, il parvint à comprendre que Charles dormait encore, mais que Cicily et William se trouvaient déjà dans la grande salle.

Ce fut l'orfèvre qui le salua le premier, avec un peu d'inquiétude dans la voix, quand Gareth parut sur le seuil.

— Arianna va bien, lui dit-il tout de go pour les rassurer tous les deux. Elle n'est pas avec moi, mais... Permettez...

— Bien sûr, s'excusa William Marsden en s'effaçant pour le laisser entrer avant de refermer la porte derrière lui.

Assise devant la cheminée, dame Cicily posa l'ouvrage sur lequel elle travaillait pour offrir de quoi manger à leur hôte.

Assez ! aurait-il voulu leur crier. Cessez d'être si bons avec moi.

— Je ne prendrai qu'un peu de bière.

Il insista pour qu'ils reprennent leurs sièges près de la cheminée puis s'assit à leurs pieds. William secoua la tête en entendant le récit de la trahison de Charles.

— Je n'arrive pas à le croire, murmura-t-il, effondré. Il vit avec nous depuis cinq ans.

Cicily ne se montra pas aussi généreuse :

— Ce garçon ne m'a jamais vraiment plu, William, tu le sais. Tout de même ! Comment a-t-il eu l'audace de penser qu'il pourrait nous voler notre négoce et surtout notre Arianna ? Sans parler d'accuser le comte de trahison.

Gareth approuva d'un grognement sourd. A cette heure, la forte escorte qui portait à son père le message écrit par ses soins devait approcher de Ransford. Geoffrey le lirait dès ce soir, demain au plus tard, si par chance il ne se trouvait pas à la cour, à Londres. Gareth aurait aimé pouvoir délivrer le message lui-même, ce qui aurait réglé bien des choses, mais laisser Arianna et sa famille seuls à Tyneham lui semblait trop dangereux. Et de toute façon il faudrait qu'il soit là quand Hugh se présenterait aux portes du château avec le mandat du roi.

— Croyez-vous pouvoir persuader Charles que vous ignorez ses manigances ? s'enquit Gareth.

Le frère et la sœur se concertèrent du regard avant d'opiner.

— Ce ne sera pas simple, mais nous y parviendrons, assura William. Cela dit, je serai content de voir ce garçon payer pour ses crimes, mais protéger Ari est une autre affaire.

— Elle en est consciente, approuva le chevalier avec un maigre sourire. Avez-vous un parent dont nous pourrions prétendre qu'elle est allée lui rendre visite ?

— Non, dit Cicily, mais j'ai une amie à Norwich qui est si renommée pour ses talents domestiques que certains des marchands de Tyneham lui ont envoyé leur fille pour qu'elle les leur enseigne. Nous pourrions dire qu'une occasion s'est offerte inopinément et qu'elle a pris la route avant-hier. Cela vous convient-il ?

— Oui, répondit Gareth, réalisant une seconde plus tard que le ton de cette question n'avait rien d'anodin.

Il commit l'erreur de regarder la tante de la jeune femme en face.

Elle savait.

Une boule de honte et de tristesse monta dans sa gorge.

Je n'ai pas voulu lui faire de mal !

Ce n'était que partiellement vrai, car il savait très bien, depuis le début, que céder au désir serait sans issue.

— Ne vous torturez donc pas, souffla dame Cicily en l'enveloppant de son regard plein de douceur et de compréhension. Vous êtes faits l'un pour l'autre.

Vous n'avez aucune idée des obstacles qui se dressent devant nous.

Malgré tous ses efforts, la boule dans sa gorge refusait de se dissoudre.

10

A l'abri derrière les remparts épais du château de Tyneham, Arianna faisait les cent pas dans la pièce ayant servi de refuge à son père avant sa mort.

Le cri d'un nourrisson la tira de sa rêverie.

Elle se rua vers la meurtrière qui donnait sur la cour et, soulevant la toile huilée qui l'occultait, jeta un coup d'œil en contrebas.

Un groupe de soldats regardait un chariot en piteux état franchir les grilles. Les roues voilées, les côtés fendillés de toute part, il était tiré, en lieu et place d'un bœuf, par un homme malingre couvert d'un haillon qui cachait à peine ses épaules décharnées. Deux frêles créatures — un enfant en bas âge et un autre plus jeune encore, qui vagissait à fendre l'âme — gisaient sur le plateau, recroquevillées.

Ari sentit son cœur se serrer et attendit que les soldats se décident à aider ces pauvres gens, en vain.

Arrivé au milieu de la cour, celui qui traînait cet équipage lugubre s'effondra sur le sol, ce qui eut pour conséquence de presque renverser la voiture. L'homme resta allongé, sans doute évanoui.

— En voilà assez ! s'exclama Arianna en se précipitant dans le couloir sans penser un instant à la promesse faite à Garvey de ne quitter cette pièce sous aucun prétexte.

Elle traversa la cour en quelques enjambées pour se

jeter à genoux auprès du malheureux, sous l'œil goguenard des soldats.

— C'est une femme ! s'écria-t-elle en retournant le corps. Faites quelque chose !

Tous autour d'elle la regardèrent avec étonnement.

— L… lady Arianna ? risqua l'un.

Damnation !

Elle regretta l'espace d'une seconde d'avoir réduit à néant les efforts de Garvey, mais elle ne pouvait revenir en arrière à présent.

— Oui, c'est bien moi, répondit-elle.

L'homme s'inclina et demanda ce qu'elle voulait qu'il fasse.

Bonne question, se dit-elle en y réfléchissant.

— Qui soigne vos blessures ici ? s'enquit-elle un instant après.

— Oh, en temps de paix, nous nous arrangeons nous-mêmes pour cela, m'lady.

Cela ne faisait pas son affaire.

— N'y a-t-il aucune femme ?

— Non, dit le soldat, hormis deux vieilles qui aident aux cuisines.

— Que se passe-t-il ici ? tonna soudain la voix furieuse de Farley.

S'il lui restait un doute, Arianna put constater à son regard que le capitaine voyait ce dérangement d'un très mauvais œil.

Mais il en fallait plus pour effrayer la jeune femme quand il s'agissait de justice.

— Ces gens ont besoin d'aide, capitaine ; faites-les porter dans mes quartiers, repartit-elle d'une voix calme mais déterminée.

— Ce sont des serfs, maugréa Farley.

— Ce sont des êtres humains, et ils mourront faute de soins.

— Vous étiez censée demeurer dans la tour, demoiselle, lui rappela le soldat.

— Milady, rectifia-t-elle, pas très sûre d'avoir droit à ce titre, mais cherchant à s'en protéger malgré tout. Plus tôt ils seront à l'abri, plus tôt je retournerai dans mes appartements.

— Très bien, milady, fit le capitaine, dompté, une lueur admirative dans les yeux.

Stupéfaite de n'avoir pas essuyé de rebuffade, elle attendit qu'on aille chercher une litière pour transporter la pauvre femme et ses enfants. Quand la première y fut hissée, le plus âgé des petits se mit à hurler épouvantablement en agrippant le plus jeune, qui ne pleurait plus. L'un des soldats tendit la main vers lui, mais l'enfant fut le plus rapide et, sautant de la voiture avec une étonnante agilité, courut derrière le brancard sur lequel gisait sa mère.

— Halte, cria la jeune femme aux soldats. Laissez-le faire.

Elle s'approcha doucement, et remarqua alors qu'il s'agissait en fait d'une petite fille. Mettant un genou à terre, elle tendit la main pour la rassurer, mais la petite ne sembla pas se fier à cette inconnue.

— C'est ta maman ? demanda la jeune femme en désignant la malheureuse allongée sur la litière.

L'enfant opina.

— Je ne lui veux aucun mal. Je vais lui donner à manger, et à toi aussi. As-tu faim ?

Autre hochement de tête.

Qu'allait-elle pouvoir lui donner ? Il ne devait plus rien rester du poulet servi pour le dîner, à cette heure. Et d'abord, que mangeaient les enfants à cet âge ?

Du pain, il devait au moins rester du pain. Et du lait pour le nourrisson.

— Il y aura de quoi manger pour ta maman, dit Arianna en remarquant les regards effrayés que l'enfant jetait à sa mère évanouie. Veux-tu venir avec moi ?

La petite hésita longuement, puis, très lentement, accepta la main tendue.

De sentir ses petits doigts glacés agripper les siens émut la jeune femme jusqu'au tréfonds et elle dut ravaler les larmes qui lui montaient aux yeux avant de faire l'inventaire de ce dont elle allait avoir besoin.

— Faites envoyer à manger dans mes quartiers, je vous prie, dit-elle aux domestiques massés devant l'entrée. N'oubliez pas le lait. Il me faudra aussi du savon, de l'eau chaude et une baignoire, des vêtements propres, quoique je doute qu'il y ait de quoi faire ici.

— Nous avons quelques pièces de tissu, répondit l'une des deux vieilles femmes mentionnées par le soldat. Nous pourrions leur tailler quelque chose là-dedans. En attendant, il y a des couvertures. Ce sera toujours ça.

Arianna faillit éclater en sanglots.

— Quoi que nous leur donnions, ce sera mieux que ce qu'ils ont sur le dos.

Gareth rentra au château en début d'après-midi, épuisé d'avoir si peu dormi pendant les deux jours précédents. Sa barbe naissante le démangeait et le sel séché sur ses jambes l'irritait au point qu'il ne rêvait plus, depuis son départ, la vielle, que d'un bain chaud et d'un bon lit où dormir tout son soûl. Ensuite, il monterait la garde. Jusqu'à l'apparition du bateau de Hugh.

Si celui-ci se montrait avant que son père n'atteigne Tyneham, il était résolu à mettre Ari et sa famille à l'abri dans la tour du château. Le donjon pouvait soutenir un siège pendant quelques jours. Une fois en sécurité, il se moquait bien d'éveiller les soupçons de Charles. En tout cas, pas question d'attendre tranquillement que Hugh arrive avec les représentants du roi et les arrête tous.

Quand Apollon posa le sabot sur le pont-levis, son maître leva les yeux vers la tour, bien décidé à faire d'autres rêves, plus doux et d'une toute autre nature.

Des rêves comme jamais il n'en avait fait, même au début de son mariage avec Emilie, au sujet d'une femme qui, parfois, le comprenait mieux que lui-même.

Dans son impatience, il donna du talon pour lancer Apollon vers la tour — et manqua de renverser Farley au passage.

Le cheval recula et les deux hommes se saluèrent, chacun présentant ses excuses à l'autre.

— Tudieu ! jura Gareth en entendant le récit du capitaine concernant Arianna.

Fou de rage, il sauta à terre.

— Comment a-t-elle pu faire une chose pareille après m'avoir promis...

— Ces serfs étaient dans un état lamentable, sir. Il s'agit d'une femme et de ses deux enfants.

— Comment, elle s'est mise en péril pour... des serfs ?

— C'est ce que je lui ai fait remarquer. Mais selon elle c'étaient avant tout des êtres humains nécéssitant son aide.

— Je me moque de savoir s'ils étaient à l'article de la mort, s'emporta Gareth. Elle m'a promis de rester cachée ! Par Dieu, cette fois, elle est allée trop loin.

Les poings serrés, il s'élança vers la tour, montant quatre à quatre l'étroit escalier, au mépris de toute prudence.

La porte de la chambre s'ouvrit à toute volée.

A genoux au bord de la baignoire de bois dans laquelle se tenait une fillette, un nourrisson sur un bras, Arianna le dévisageait, visiblement surprise, dans la lumière ambrée des chandelles qui dansait sur ses traits.

— Vous avez bien raison d'avoir peur, milady, tonna Gareth.

— Oh, Garvey ! Dieu soit loué, vous voici enfin, s'écria-t-elle en faisant mine de se lever, mais se ravisant aussitôt devant les cris affolés poussés par les deux enfants.

Une seconde plus tard, ils tiraient à hue et à dia sur les cheveux de la jeune femme impuissante à se dégager tant la peur les rendait frénétiques, à tel point que Gareth sentit d'un coup toute sa colère l'abandonner.

— Par saint Georges, soupira-t-il en s'avançant pour venir au secours de la malheureuse.

— Je remercie le ciel que vous soyez arrivé à temps, dit-elle, pantelante, en lui présentant comme elle pouvait le nourrisson accroché à sa chevelure. Pourriez-vous lui ôter ses vêtements mouillés et l'envelopper dans une couverture ?

— C'est que… j'ai peu d'expérience avec les tout-petits, répondit Gareth en fronçant le sourcil, omettant de dire qu'ils lui rappelaient surtout le bâtard d'Emilie.

— Et moi je n'en ai aucune, répliqua la jeune femme d'un ton enjoué. Mais nous nous débrouillons. Janie m'a beaucoup aidée. Elle a sept ans, quoique cela puisse sembler difficile à croire.

Gareth acquiesça d'un grognement, peu convaincu. Si les enfants ne pleuraient plus, leurs reniflements saccadés l'agaçaient. Il n'avait pas envie de jouer les nourrices.

— N'y a-t-il personne ici pour s'occuper d'eux ?

— Les seules femmes du château sont occupées à préparer le repas, et de toute façon Janie ne les aime pas beaucoup.

Elle baissa la voix pour une confidence :

— Elle hurle si des étrangers s'approchent d'elle, de Rupert, son frère, ou de sa mère.

— J'aimerais bien qu'elle en fasse de même avec moi, maugréa Gareth.

— Impossible, décréta Arianna. Votre bonté se lit sur votre visage.

— Où est la mère de ces serfs ?

Ari désigna du menton une forme étendue sur un châlit installé près de la cheminée.

— Qu'a-t-elle donc ? Pourquoi n'a-t-elle pas réagi aux cris de ses enfants ?

— Elle n'est pas malade, s'empressa de préciser la jeune femme. Elle meurt d'inanition et d'épuisement, voilà tout. Elle a tiré une charrette chargée de ses enfants pendant des lieues, entre leur ferme et le château. Et ils ne sont point serfs, mais vilains.

C'est-à-dire libres.

— Que font-ils ici ?

— Si j'ai bien compris ce que m'a expliqué la plus grande, sa mère venait supplier sir Neil de l'aider. Son mari est mort il y a deux semaines, et comme il n'y avait plus personne pour cultiver la terre, on a donné celle-ci à un homme qui a trois fils. N'ayant nul parent pour la recueillir, elle et ses enfants, elle s'est vue condamnée à mourir de faim.

Arianna eut une moue dégoûtée avant de poursuivre, un mépris incommensurable dans la voix :

— Ces terres appartiennent au comte de Winchester. C'est l'avidité de ce monstre qui est la cause de leur malheur.

— Il n'est pas avide, objecta Gareth, sur la défensive. Il y a une bonne raison à cette pratique. Chaque ferme doit produire autant qu'elle peut, car tous, en ville comme au château, dépendent des fermes de lord Geoffrey pour leur subsistance. Si les champs ne sont pas travaillés, il ne peut y avoir de récolte, et tout le monde meurt de faim.

— Est-ce une raison pour laisser mourir une mère et ses deux enfants ? rétorqua Arianna d'un ton outré en lui tournant le dos résolument et en commençant à savonner les cheveux de Janie.

— Je ne crois que les choses se soient passées ainsi. Les Sommerville sont réputés pour être bons avec leurs gens. Il se peut que des hors-la-loi aient pris cette ferme de force.

— Qu'est-ce qui vous fait penser cela ? demanda la jeune femme d'un ton roide.

Parce que je connais mon père.

— Vous ne devriez pas vous préoccuper de ce genre de choses, répondit-il à voix basse.

— Pourquoi ? s'insurgea-t-elle. Dites-vous cela parce que je suis une femme ? Mais justement, le bien-être de mon prochain ne devrait-il pas être mon premier souci ?

Il n'eut pas le temps de répondre que déjà elle revenait à la charge :

— J'ai été si absorbée par mon travail que je n'ai jamais pensé aux autres avant aujourd'hui. J'ai l'impression d'avoir passé toutes ces années à dormir, que je viens de me réveiller et de découvrir le monde. Et j'avoue que je n'aime pas beaucoup ce que je vois. Pas du tout, même.

Rupert choisit ce moment pour éternuer violemment. Inquiète de le voir aussi claquer des dents, Arianna lança un regard suppliant à Gareth.

Débarrassé de ses hardes humides, l'enfant ressemblait à un poulet déplumé.

— Il est très pâle, dit le chevalier en l'enveloppant dans une couverture. Et le voilà qui pleure !

— Il a peut-être encore faim, risqua Janie de sa petite voix éraillée qu'étouffait le linge avec lequel la jeune femme lui séchait les cheveux.

— J'ai gardé un bol de lait près du feu, dit celle-ci à l'adresse de Gareth. Il y a un linge propre à côté. Trempez-le dans le lait et faites-le lui téter. Il a bu tout à l'heure.

— Vous ne comptez quand même pas sur moi pour faire téter ce nourrisson ? se récria Sommerville, sidéré par l'audace de la jeune femme.

— Peu m'importe. Si vous ne le faites pas, vous vous occuperez de Janie. A vous de choisir.

D'autres choix s'offraient à lui, bien sûr, mais il ne voulait pas contrarier Arianna. Il avait besoin qu'elle ait confiance en lui.

Quand Farley passa la tête par l'embrasure de la porte, il ouvrit de grands yeux médusés, fixant l'attendrissante scène domestique avec une incrédulité réjouissante.

— Qu'y a-t-il ? s'enquit Sommerville d'un ton bourru.

Il détestait rougir. Et surtout devant des gens qu'il connaissait à peine.

— Je... je voulais seulement m'assurer que tout allait bien, sir, répondit le capitaine en rougissant lui-même. Vous étiez si en colère...

— Tout va bien, rassurez-vous, répondit Ari en souriant, aucunement gênée d'être surprise à soigner l'enfant d'un vilain. Sir Garvey m'a été d'un grand secours.

— Ah..., commenta Farley en fronçant les sourcils.

Ruarke se serait étouffé de rire s'il l'avait vu dans cette étrange posture, songea Gareth en proférant un abominable juron.

— M'en voulez-vous encore ? demanda Arianna d'une voix hésitante.

Gareth se tassa un peu sur lui-même, sans quitter des yeux l'océan qui battait les flancs du rempart à ses pieds.

— Je… je suis désolée, ajouta-t-elle en serrant les bras autour de sa poitrine pour s'exhorter à rester forte.

Il se taisait obstinément. Se pouvait-il vraiment qu'elle soit allée trop loin cette fois ? Allait-il lui tourner le dos pour toujours, au moment même où elle pensait que les choses allaient forcément s'arranger pour eux ?

— Et de quoi donc, je vous prie ?

Elle soupira, soulagée. Au moins, il ne refusait pas de lui parler.

— D'avoir quitté la tour malgré ma promesse de n'en rien faire.

— Mais… ?

— Mais quoi ?

— Il doit y avoir un mais, j'imagine. Vous allez me dire que ces serfs semblaient si misérables…

— Ce sont de vilains, et non des serfs, corrigea la jeune femme, ce qu'elle regretta presque tout de suite.

— Serfs, vilains, que m'importe ? s'exclama Gareth en se tournant vers elle, le visage contracté par la colère. Je ne puis admettre que vous vous soyez mise en danger pour ces gueux.

— Ainsi, il en irait autrement si Mary était noble ? répliqua Arianna, les nerfs à vif d'avoir passé déjà tant d'heures seule au chevet de la malade. Eh bien, sachez que je déteste cette cruelle façon de penser. Personne ne choisit sa naissance.

— Pourquoi diable cela vous tient-il tant à cœur ? s'étonna Gareth, surpris par cette véhémence.

— Ma mère a eu à souffrir de cet ostracisme… Mais revenons à notre affaire. Je suis persuadée que votre colère ne doit rien à cette femme et tout à la déclaration faite par le capitaine Farley au cours du repas.

Sommerville se passa nerveusement la main dans les

cheveux en grommelant quelques mots indistincts, inquiet de ce qu'elle puisse si facilement deviner ses pensées, puis :

— Avouez tout de même qu'il a commis un grave impair.

— En fait, vous pensez que c'est moi qui lui ai commandé de dire que nous nous étions enfuis ensemble, c'est bien cela ?

— Quelqu'un doit forcément le lui avoir suggéré, se défendit Gareth en fronçant le sourcil.

— Il a expliqué ensuite que la moitié de Tyneham croyait que vous m'aviez enlevée et l'autre que nous nous étions mariés secrètement. Il n'a rien trouvé de mieux pour essayer de préserver votre honneur et ma réputation.

Elle serrait les dents, partagée entre l'envie de river son clou à ce butor et celle de se moquer de ce qu'il pensait pour laisser au temps le temps d'arranger les choses entre eux.

La scène du repas repassait devant elle en imagination : Farley demandait d'abord à tous de taire la présence de la jeune femme au château. Mais, presque aussitôt, une question fusait de la foule :

— Pourquoi cela ?

Le capitaine hésitait, se tournant vers Gareth d'abord, puis elle ensuite, et devant leur silence, se voyait obligé d'inventer une raison de son propre chef :

— Lady Arianna veut épouser sir Garvey, mais le vieux William Marsden n'est pas très heureux de cette union. Aussi se… se cache-t-elle de lui.

— Elle a bien raison ! approuvait bruyamment l'une des deux femmes qui aidaient aux cuisines, incontinent soutenue par les autres.

Elle entendait encore la réflexion de Farley devant cet enthousiasme touchant :

— On dirait que vous avez gagné leur cœur, milady.

Elle ne pouvait que s'en réjouir, bien sûr, ayant pu

apprécier, depuis son veuvage, la gentillesse des gens de Tyneham. Las, l'air navré du chevalier lui rappelait qu'il ne pensait pas qu'un mariage fût possible entre eux.

Elle croyait exactement le contraire et, depuis cet instant précis, avait résolu de tout faire pour ne pas perdre l'homme auquel elle tenait plus qu'à la vie.

Elle releva le menton et lui fit face.

— Je vous en prie, Garvey, ne laissez pas votre orgueil nous priver de ce bonheur qui s'offre à nous.

Gareth sursauta, se croyant découvert.

— Que voulez-vous dire ? Pourquoi parlez-vous de mon orgueil ?

— Je sais que vous essayez de faire ce qui est le mieux pour moi, répondit-elle en s'humectant les lèvres, le fixant toujours de ses yeux suppliants. Mais j'ai l'habitude de mener une vie simple et ne me soucie pas outre mesure des vêtements que je porte. En ce qui me concerne, je considère qu'il y a pire sort que d'être pauvre.

Elle baissa la voix, comme si elle tenait à ne partager ce qu'il lui restait à dire qu'avec lui :

— Vivre sans vous dépasse de loin tout ce que je peux imaginer de pire. Voudriez-vous me voir mariée à un homme qui m'apporterait la sécurité et l'opulence ?

A cet instant, déchiré entre son devoir et son désir, Gareth comprit qu'il ne ressentait pas seulement de l'attirance pour cette femme, mais tout bonnement de l'amour. Et encore, ce mot semblait exprimer bien faiblement le bouillonnement qui agitait son cœur et son âme.

— Non, je ne veux pas que vous en épousiez un autre, s'exclama-t-il en un cri du cœur irrépressible.

Mais…

— Heureusement, repartit la jeune femme une fois un peu remise de son émoi, car je ne crois pas pouvoir vivre sans vous. Je travaillerai d'arrache-pied sur ces coupes pour nous nourrir un temps, mais je sais que celui qui viendra pour diriger Tyneham voudra vous engager comme son capitaine, car vous avez toutes les qualités requises pour un tel poste.

Il lui caressa la joue, subjugué par son désintéressement et sa sincérité.

— J'accepte, milady, souffla-t-il.

— Vraiment ? Oh Garvey ! s'écria-t-elle en se jetant dans ses bras, savourant presque la pression de l'acier de l'armure contre sa chair tendre.

Tout allait bien se passer, désormais.

— Il se pourrait que nous ayons encore quelques épreuves à endurer, prévint Gareth.

Il allait falloir, pour commencer, apprendre à son père que son fils aîné, son héritier, avait l'intention d'épouser la fille d'un artisan. Belle, intelligente et courageuse, certes, mais roturière tout de même.

— Je vous aime, murmura-t-elle en lui donnant un baiser.

Moi aussi. Plus que je n'aurais cru possible d'aimer.

Il s'abandonna à leur étreinte sans réserve. Comment pouvait-il avoir imaginé une seconde la vie sans elle ? Son père n'aurait qu'à comprendre qu'avec l'amour et le soutien d'une telle femme, il pourrait être enfin le chef qu'il espérait pour le remplacer.

Arianna n'entrait pas dans leur famille les mains vides, car sa générosité, sa compassion constituaient une dot sans égale. En cette époque troublée, cela serait un atout inestimable pour les Sommerville ; il leur assurerait la loyauté et l'appui de leurs vassaux bien plus sûrement que la richesse ou la naissance.

Quoi qu'il advienne, il épouserait Arianna de Clerc. Rien ni personne ne l'en empêcherait.

*
* *

— Je n'aime pas ça, grommela Walter en contemplant sa chope d'un air morose.

— Pourquoi dis-tu cela ? s'étonna Charles. J'ai terminé les pièces et dans une semaine, nous...

— Pourquoi Hugh ne nous a-t-il rien dit à propos des Sommerville ?

— Probablement parce qu'il savait que tu les connaissais bien...

Walter leva la tête et lança à son frère un regard plus qu'inamical.

— Ne t'avise pas de me reparler de ça. Ce que je dis, moi, c'est que Hugh a des plans dont il ne nous a pas informés.

— Crois-tu qu'il songe à nous gruger sur notre part ?

— Je suis sûr qu'il n'hésiterait pas une seconde, mais il y a plus que ça, affirma Walter en s'adossant au mur et en se massant le menton. Je trouve étrange cette histoire de Sommerville prêt à trahir les siens pour s'allier avec un Harcourt.

Charles gigota sur son siège, mal à l'aise, les doigts crispés sur sa chope.

— Qu'allons-nous faire ?

— Ouvrir nos yeux et nos oreilles, pour commencer. Je ne serais pas surpris de voir Hugh et son satané Sommerville débarquer à Tyneham d'ici deux ou trois jours.

— Tu penses à Gareth Sommerville ?

— Il ressemble à l'un de ces chiens, mais va savoir. Franchement, je ne vois pas Gareth trahir les siens. Je ne comprends pas non plus à quoi joue Hugh.

— Peut-être a-t-il l'intention d'accuser le comte d'avoir fabriqué ces pièces.

— C'est possible, vu l'état des relations entre ces deux

familles, dit Walter avant de se pencher vers son frère pour ajouter à voix basse : Je suis content de voir que ta tête peut te servir à autre chose que séparer tes oreilles.

— Mais en ce cas Marsden ne sera pas accusé de trahison, et je ne pourrai épouser Arianna, gémit Charles.

Walter le fit taire d'une remarque méprisante puis héla une servante pour qu'elle vienne remplir leurs chopes. La bière l'aidait à réfléchir.

— A mon avis, reprit-il une fois la fille repartie, Hugh a de plus hautes visées que cela et préfère que nous n'en sachions rien. Peut-être même a-t-il l'intention de nous évincer purement et simplement.

— Tudieu ! Qu'allons-nous faire ?

— Arrête de pleurnicher, Charlie, s'impatienta l'aîné en s'essuyant les lèvres d'un revers de manche. Walter va trouver quelque chose, ne crains rien. Nous ouvrirons l'œil, et quand Hugh arrivera, nous aurons une petite conversation avec lui.

— Et si dame Cicily a menti à propos d'Arianna et de son voyage à Norwich ? Suppose qu'elle soit allée là-bas pour se marier…

— Allons, frérot, réfléchis un peu : crois-tu qu'elle le ferait en l'absence de sa tante ? Bien sûr que non. Cesse de t'affoler comme une femme. Quoiqu'il advienne, nous ne sortirons pas de cette histoire les mains vides.

11

L'aube naissante dardait ses rayons sur l'océan gris, ornant de franges d'or les vagues de la marée montante.

Gareth se frotta les yeux en tournant le dos à la mer, qu'il venait de surveiller pour la seconde nuit consécutive sans s'octroyer ne fût-ce qu'une minute de sommeil. Si Hugh arrivait maintenant, il ne pourrait débarquer avant la marée descendante, ce qui lui laissait une marge d'environ quatre heures pendant laquelle prendre un peu de repos.

Sur La Pointe aux Herbes, les hommes de Farley avaient ordre de ne pas quitter les flots des yeux pour le cas où Hugh chercherait à aborder la côte par là, ainsi que le faisaient parfois certains navires marchands.

Comme il descendait l'escalier qui menait des remparts à la cour, il rencontra le capitaine en chemin.

— Je venais prendre la relève, annonça celui-ci. Tudieu, Garvey, vous avez une mine effroyable.

— Ce n'est rien, dit Gareth en se passant la main sur le visage. Après quelques heures de sommeil, il n'y paraîtra plus.

Farley baissa les yeux, jouant du bout de sa botte avec la pierre de la marche d'un air gêné.

— Je… je suis désolé pour ce que j'ai dit hier soir, pendant le dîner. Il y avait là une dizaine de personnes qui me harcelaient de questions vous concernant, vous et milady

Arianna. Ils voulaient savoir ce que vous faisiez à Tyneham, et si vous vous étiez enfuis ensemble. J'ai dit ce qui m'est passé par la tête, en espérant qu'ils le croiraient.

Gareth le rassura en souriant, malgré la fatigue qui le terrassait :

— Pardonnez ma conduite, capitaine. Je ne voulais pas que l'on juge Arianna durement si elle prenait un mari si tôt après le trépas de sir Neil.

— Voulez-vous dire que… ? Ainsi, vous êtes…

— Fiancés, oui.

Gareth s'émerveilla de la facilité avec laquelle il venait de prononcer ces mots, malgré tous les obstacles auxquels ils allaient devoir faire face.

— Vous êtes un heureux homme. Et quant à la réputation de lady Arianna, les gens de Tyneham savent parfaitement qu'elle n'a épousé sir Neil que pour honorer la promesse faite par celui-ci à son père. Elle a besoin d'un protecteur, et mieux vaut un homme tel que vous qu'un autre qu'elle n'aurait pas choisi, comme cela arrive trop souvent.

Gareth serra les poings à l'idée qu'un gredin aurait pu épouser la jeune femme dans l'espoir d'empocher un pactole imaginaire. L'Eglise elle-même ne protégeait pas les membres du beau sexe contre ce genre d'union intéressée.

— Avez-vous songé à rester ici et à postuler auprès de celui que lord Geoffrey doit nous envoyer ?

— Je… je n'ai rien décidé encore, temporisa Sommerville.

Décidément, plus il devenait familier avec les gens d'ici et plus il trouvait difficile de leur cacher son identité.

— Quoi qu'il en soit, j'espère que vos hommes sont parvenus à délivrer mon message au comte, ajouta-t-il.

— Vous pouvez y compter. J'en ai envoyé deux autres quelques heures plus tard pour vérifier qu'ils n'avaient pas rencontré d'embûches en chemin. Ils sont rentrés hier soir ; à leur connaissance, tout s'est bien passé, en tout cas jusqu'aux limites du district.

— Voilà de sages précautions. Avez-vous une pièce dans laquelle je puisse dormir quelques heures ?

— Nous avons assez de place ici pour qu'un chevalier n'ait pas à dormir avec les serviteurs et les soldats. Jamie, l'intendant, va vous montrer votre chambre. Elle n'est pas très grande, mais elle possède un lit et une cheminée.

Gareth jugea les deux fort bienvenus, de même que la baignoire d'eau chaude installée devant la cheminée.

— Remerciez le capitaine pour sa prévenance, dit-il à Jamie.

Le vieil homme sourit de sa bouche édentée :

— La baignoire est une suggestion de lady Arianna. Il y a aussi du pain, du vin et de la soupe bien chaude. Je lui ai fait remarquer que de la soupe, ce n'était pas très roboratif pour un mort de faim, mais selon elle, comme vous venez de passer des heures dehors, cela vous réchauffera.

Gareth sourit à son tour, ému par cette sollicitude.

— Il est d'usage que la maîtresse des lieux donne le bain à ses hôtes, soutint-il d'un ton plein de componction. Lady Arianna a-t-elle l'intention de sacrifier à la coutume ?

— Ah ! Vous avez une belle santé ! s'esclaffa le vieux serviteur en aidant le chevalier à ôter sa cotte de mailles. Mort de fatigue, mais toujours prêt à...

— Tenez votre langue ! coupa sèchement Gareth.

— Ce n'est pas moi qui ai des pensées égrillardes, sir, rétorqua l'intendant avec un sourire amusé, en s'apprêtant à sortir.

— Je ne veux pas entendre souiller le nom de lady Arianna.

— Personne ici ne dira du mal de vous si vous dormez ensemble, insista le vieil homme en s'arrêtant sur le seuil. De toute façon, la moitié des gens pensent que vous êtes déjà mariés, et puis, vous êtes un héros pour eux, parce que vous essayez de trouver le meurtrier de sir Neil. Quant à moi, je connais Arianna depuis son enfance, et je suis diablement content de la voir si bien mariée, m'lord.

Un frisson glacé parcourut l'échine de Gareth.

— Que voulez-vous dire ?

— Oh, j'ai su qui vous étiez dès que je vous ai vu. Vous vous êtes étoffé, depuis le temps, mais vous ressemblez au comte, par les traits comme par l'allure. Farley aussi doit se douter de quelque chose ; il m'a fait remarquer que votre cheval et votre équipement étaient trop beaux pour un chevalier sans terres.

— Que lui avez-vous dit ? s'inquiéta Gareth.

— Que peut-être vous aviez connu une mauvaise passe récemment, répondit l'intendant en haussant les épaules. J'ai pensé que vous deviez avoir une bonne raison pour cacher votre vrai nom.

— J'en ai plusieurs, en fait, admit Sommerville en opinant d'un air pensif.

Sir Neil avait des goûts simples et se contentait de prendre ses repas à la même table que ses hommes, plutôt que sous un dais et sur une estrade, comme nombre de ses pairs. Par respect pour sa mémoire, Jamie tenait à ce que sa chaise reste vide.

Assise à la droite de celle-ci, Arianna regardait fixement le siège inutile tandis que les dîneurs s'assemblaient dans la grande salle et prenaient place les uns après les autres. Sans la mort de Neil, sa vie eût été bien différente, certes, et elle se demandait si elle serait tombée amoureuse de Garvey malgré tout.

Finalement, quoique la question n'eût plus vraiment d'intérêt, puisqu'elle serait bientôt la femme de ce dernier, l'absence de sir Neil pesait d'autant plus sur sa conscience que l'heureuse célébration approchait.

— Bonsoir, souffla Gareth en surgissant à côté d'elle, comme si de penser à lui l'avait fait apparaître.

— Vous ne pouvez vous asseoir ici, lui dit-elle précipitamment. C'est la place de feu sir Neil.

— Je vois, répondit-il en lâchant le dossier et en faisant mine de s'éloigner.

Arianna se leva d'un bond et lui saisit le bras avant qu'il ait fait trois pas.

— Seigneur, j'ai encore parlé trop vite, s'excusa-t-elle. Je n'ai pas voulu vous blesser, bien sûr. Seulement… je me sens si…

— Si… coupable ? suggéra-t-il, ajoutant, après qu'elle eut hoché la tête : Moi aussi.

— Mais nous ne sommes pour rien dans sa mort, s'étonna-t-elle.

— C'est vrai, et pourtant, elle sert nos intérêts, en quelque sorte.

— Pourquoi ces mines tristes ? intervint Jamie sans prévenir. Surtout ce soir, alors que tous ici ont fait tant d'efforts pour préparer un repas spécial en votre honneur.

— Vraiment ? fit, gênée, Arianna, en levant les yeux sur la foule pour s'apercevoir que tous les regardaient. Je crois que nous ferions mieux de nous asseoir.

L'intendant acquiesça et s'arrangea pour que les deux jeunes gens s'assoient côte à côte en laissant vide la chaise de sir Neil.

— Il aurait aimé voir ça, leur dit Jamie avant de s'éloigner.

Quand il fut parti, Arianna se pencha vers Gareth :

— Il est vrai qu'il m'a dit qu'il y avait autre chose dans la vie que l'orfèvrerie, lui confia-t-elle. Il pensait que je devais quitter Tyneham pour un temps et aller voir le monde.

— Je doute qu'il ait voulu dire que vous deviez parcourir nuitamment des dédales souterrains à la poursuite de brigands sanguinaires, grommela Gareth, ce qui fit naître un sourire ironique sur les lèvres de la jeune femme. N'allez pas croire que sourire et battre des paupières vous épargnera le châtiment que vous méritez.

— Que faut-il que je fasse pour cela, alors ?

Seigneur ! pensa-t-il. S'il ne reprenait pas le contrôle de la situation séance tenante, cette fille serait bientôt aussi indomptable que Gaby.

— Il n'y a pas de quoi rire, gronda-t-il en tâchant d'avoir l'air aussi en colère que possible. Il va vous falloir apprendre à réfléchir avant d'agir.

— Si je viens dans votre chambre, le nargua-t-elle, me donnerez-vous des leçons de maintien ?

— Ah, mutine ! Jamais votre tante ne parviendra à faire de vous une vraie dame.

Il y eut un silence soudain. Arianna semblait tendue, tout à coup, comme si elle venait de recevoir un soufflet en plein visage.

— Ari, qu'y a-t-il ? s'enquit Gareth, que cette réaction surprenait autant qu'elle l'inquiétait.

— Vous avez sans doute raison, répondit-elle en riant nerveusement. Dieu merci, c'est vous que j'épouse, et je n'aurai donc pas à me soucier d'en devenir une.

Le cœur du chevalier fit un bond dans sa poitrine. Toute leur belle construction risquait de se fracasser contre le mur de mensonges dont il s'ingéniait à s'entourer. Il fallait que cela cesse au plus vite.

— Ari… il faut que je vous dise…

— Voici du pain, annonça la petite Janie en posant entre eux une planchette couverte d'une miche odorante.

— Je ne t'ai pas vue aujourd'hui, remarqua Arianna. Où étais-tu passée ?

— Aux cuisines, répondit l'enfant, avec une expression satisfaite qui en disait long.

— Et ta maman et Rupert ?

— Ils ont mangé et se sont reposés, eux aussi. Nous avons une pièce pour nous à présent, à côté de l'office. Elle est bien plus grande que la hutte où nous vivions.

Elle parlait gaiement, un grand sourire aux lèvres. La splendeur de Tyneham l'émerveillait, assurément.

— Je suis contente que tu te plaises ici, dit la jeune femme en la serrant dans ses bras.

— Maman craint qu'ils ne nous permettent pas de rester, c'est pourquoi nous avons décidé d'aider à servir le repas ce soir, expliqua la fillette en désignant du menton sa mère qui passait entre les tables, un plateau de viande dans les mains.

— Elle devrait encore être au lit, déplora Arianna.

— Elle a dit au cuisinier qu'elle avait l'habitude de travailler. Moi, j'ai aidé à ramasser de la salade dans le jardin et à éplucher les carottes.

— Je suis sûre qu'il en a été ravi, mais…

— Janie, intervint la mère de l'enfant, visiblement reposée mais encore bien frêle, je t'ai bien recommandé de ne pas importuner lady Ari…

— Laissez donc, l'interrompit l'intéressée. Il n'est pas nécessaire que vous travailliez pour payer votre écot ici.

— Je ne veux pas de la charité.

— J'entends bien, mais attendez au moins d'être vraiment rétablie.

— Non, milady. Puisqu'il faut nous refaire une place au soleil par nous-mêmes, autant commencer tout de suite.

Là-dessus, Mary reprit son travail, emmenant sa fille avec elle.

— J'aimerais tant pouvoir lui rendre sa ferme, murmura Arianna pour elle-même.

— Et comment une femme seule l'exploiterait-elle ? railla Gareth.

— Je l'ignore, mais cela ne signifie pas que c'est impossible. Un homme serait peut-être désireux de le faire contre le gîte et le couvert.

— Aucun homme n'accepterait de travailler pour une femme.

Ce ton arrogant commençait à agacer sérieusement la jeune femme.

— Vous êtes vraiment un…

— Un peu de lapin en ragoût, milady ? offrit le vieux Jamie en posant une écuelle pleine entre eux deux sans attendre de réponse. Cela devrait vous occuper la langue un moment…

Ayant dit, il s'éloigna, non sans leur lancer un regard désapprobateur.

— Il a raison, commenta Gareth. Se quereller en public n'est pas…

— … digne d'une dame ? acheva Arianna, vexée. La belle affaire, puisque nous pensons tous les deux que je n'en serai jamais une.

— Je n'ai jamais dit cela, protesta Gareth, conscient que tous les visages étaient tournés vers eux.

— Mais c'est la vérité. Ma mère n'était pas une lady, et moi non plus. D'ailleurs, je serai contente quand je pourrai rentrer chez moi et manger de nouveau la cuisine de Grizel.

Gareth repoussa son assiette, l'appétit coupé. Ses propres mensonges l'écœuraient.

Il quitta la grande salle dès la fin du repas, pour dormir quelques heures avant de reprendre sa veille ; mais le sommeil se refusa à lui et il passa un long moment à arpenter sa chambre, les mains croisées dans le dos, à contempler les flammes qui dansaient dans la cheminée tout en cherchant une manière de se tirer du guêpier dans lequel il se trouvait.

Il fallait dire la vérité à Arianna, cela ne faisait aucun doute. Et pourtant, il n'était pas sûr de lui faire assez confiance pour garder son secret— le risque étant, si la nouvelle de sa présence parvenait aux oreilles de Hugh ou de Walter, qu'il subisse le même sort que sir Neil ou sir Richard.

Son instinct lui disait que Hugh Harcourt était responsable des deux meurtres, mais il n'avait aucune preuve, pas plus que de la part qu'il avait dans la fabrication des fausses pièces.

Il serait malaisé de lui arracher des aveux, car ils savaient tous les deux qu'ils risquaient leur vie à ce petit jeu ; pour autant, il faudrait essayer : les conséquences de ce complot, s'il réussissait, le faisaient frémir rien que d'y penser. Si lui, son père et ses frères se voyaient accusés de trahison et jugés coupables, ils seraient pendus et dépouillés de leurs biens. Qui alors prendrait soin de sa mère, de Gaby et de ses enfants ? Qu'adviendrait-il d'Arianna et de sa famille ? Sans compter que le roi pourrait bien décider d'étendre le châtiment à tous les Sommerville jusqu'au dernier.

Non, décidément, il ne pouvait pas dévoiler son identité à la jeune femme.

— Garvey… ? J'espère que je ne vous dérange pas, murmura soudain une voix douce.

Surpris, il se retourna vivement et se figea devant la vision qui s'offrait à son regard : les cheveux défaits cascadant sur ses épaules, Arianna avançait vers lui, la lumière ambrée de l'âtre jouant sur son visage et frangeant d'or ses boucles sombres.

— Je suis navrée que nous nous soyons querellés, s'excusa-t-elle d'emblée.

— Moi aussi, renchérit-il en prenant les mains de la jeune femme dans les siennes.

— Ma tante dit toujours que les femmes et les hommes ne voient pas les choses de la même façon.

— Elle s'entendrait bien avec Gabrielle, répondit Gareth avec un sourire. Elle et Ruarke sont comme chien et chat à propos des choses les plus banales.

— Je ne pourrais pas vivre ainsi.

— Moi non plus. J'aime la paix avant tout, surtout dans mon logis.

— C'est à cause d'Emi…

Arianna s'arrêta net, consciente qu'il venait de se raidir soudain.

— Je vous ai trouvé tendu pendant le dîner. Pensiez-vous à Hugh et à ces fameuses pièces contrefaites ? demanda-t-elle, changeant délibérément de sujet.

— Non, répondit-il. C'est sans doute de ne pouvoir vous toucher qui me rend nerveux.

— Je vous aime, murmura-t-elle, émue par cet aveu, en appuyant son front sur la poitrine de son chevalier.

Gareth la prit par la taille et la serra contre lui.

— Moi aussi je vous aime, dit-il en effleurant du bout des lèvres la chevelure au parfum de lavande. Vous ne devriez pas être ici, cependant.

— Mais vous avez envie que j'y sois, pourtant, répliqua-t-elle en le sentant palpiter contre son ventre.

— Je ne veux pas compromettre votre honneur, souffla-t-il en la repoussant tant qu'il pouvait.

Mais elle s'accrochait à lui sans fléchir.

— S'il est honteux de vous désirer, j'assumerai ma honte, affirma-t-elle en le regardant au fond des yeux. Et puis, nous allons nous marier bientôt, n'est-il pas vrai ?

— Dès que j'aurai réglé cette affaire avec Harcourt, dit-il en lui tendant ses lèvres.

Elle savoura ce baiser, mais s'arracha à lui presque aussitôt, quoique à contrecœur.

— J'ai l'impression que vous ne m'avez pas embrassée depuis un siècle, commenta-t-elle avec un beau sourire. Mais ce n'est pas pour cela que je suis venue vous voir.

— Vraiment ? feignit-il de s'étonner. En ce cas, c'est que je ne fais pas tout ce qu'il faut...

Arianna eut un petit rire et s'appuya sur lui de plus belle.

— Je ne crois pas. Certes, je suis novice en la matière, mais il me semble que vous êtes parfait. J'ai besoin de quelques leçons moi-même...

— Ah oui ?

Ce jeu l'amusait beaucoup. Il avait même l'impression d'être vraiment libre de laisser son imagination divaguer pour la première fois de sa vie, et cela le rendait immensément heureux, au point qu'il la souleva dans ses bras pour la faire tourner autour de lui, dans un concert de rires et de cris joyeux.

Quand il la reposa à terre, il profita de ce qu'elle ouvrait la bouche afin de reprendre son souffle pour l'embrasser derechef, avec une fougue que ses petits gémissements de plaisir, s'il en était besoin, exacerbaient encore.

— La tête me tourne, lui dit-elle dès qu'elle put parler.

— Moi aussi. Comme si j'avais trop bu. C'est l'effet que vous me faites depuis le premier jour.

— Nous n'avons que deux heures, répliqua-t-elle avec un regard sans équivoque, avant que vous ne retourniez sur les remparts, et je n'ai pas l'intention de les gaspiller en restant debout à ne rien faire.

— Quelle effrontée ! J'aime ça, fit-il en lui donnant un nouveau baiser plus torride encore.

Mais il avait l'air sombre quand il releva la tête.

— Je vous aime tant que cela m'effraye parfois, quand j'y pense.

Cette phrase fit à la jeune femme l'effet d'une douche froide. Il ne parlait pas à la légère.

— Et de quoi avez-vous peur ?

— De vous perdre.

Ces paroles faisaient écho à ses propres angoisses. La veille déjà, elle se souvenait avoir craint que, même une fois la trahison de Harcourt dévoilée, il ne trouve pas un poste assez lucratif pour les faire vivre, elle et sa famille.

Peut-être ses doutes la rendaient-ils superstitieuse, mais leur histoire lui semblait parfois trop belle pour être vraie.

— Moi aussi j'ai peur, avoua-t-elle en se blottissant contre lui pour calmer les tremblements qui l'agitaient soudain.

Il y eut un long silence, et ce fut Arianna qui se ressaisit la première.

— Nous ne pouvons savoir de quoi demain sera fait, dit-elle avec un pâle sourire. N'oubliez jamais, quoi qu'il arrive, que je vous aime plus que ma vie.

Gareth sentit sa gorge se nouer. Il aurait dû dire cela le premier.

— Je vous le promets.

— Ainsi, vous pensez que nous sommes faits l'un pour l'autre ? demanda-t-elle, émue jusqu'au tréfonds.

Pour toute réponse, Gareth l'attira contre lui et l'embrassa dans le cou, laissant folâtrer ses lèvres sur sa peau délicate, s'enhardissant progressivement pour glisser un peu plus bas, sur l'épaule, d'abord, puis sur la chair tendre de l'aisselle, le galbe velouté de la gorge, la naissance des seins.

Chaque mouvement de sa bouche s'accompagnait des plaintes qu'elle laissait échapper, l'un excitant l'autre comme en une course folle.

Quand il ouvrit la chemise qui la protégeait encore, ses seins en jaillirent, dressés, frémissant d'impatience, leur pointe durcie par le désir. Dans la pénombre dorée, il la contempla d'un œil incrédule.

— Vous êtes belle, Ari, plus encore que dans mon souvenir.

Ses lèvres se refermèrent sur elle, brûlantes, câlines. La sensation vertigineuse l'emportait comme une vague, et son impuissance à la contrôler l'effrayait en même temps qu'elle l'excitait follement.

Quand il s'arracha à elle pour la soulever dans ses bras, il lui fallut quelques secondes pour reprendre ses esprits.

— Que faites-vous ? gémit-elle.

— Je vous porte jusqu'au lit.

— Non. Quand je suis entrée ici tout à l'heure, je nous ai imaginés faisant l'amour devant la cheminée. Votre corps sera la plus douce et la plus chaude des couvertures…

Gareth la regarda en secouant la tête, étonné et charmé par cette sensualité ingénue, par le rouge de ses joues qu'elle ne cherchait pas à cacher. La lueur du feu jouant dans ses cheveux lui faisait une auréole à la fois incongrue et émouvante.

— C'est vous qui pouvez m'apprendre des choses, ma chérie, murmura-t-il en la déposant délicatement sur le tapis épais, avant d'ôter ses vêtements un à un.

Elle le regarda se déshabiller sans honte aucune, suivant chacun de ses gestes avec passion et n'ouvrant de grands yeux que lorsqu'il se débarrassa de ses braies.

Elle le trouvait d'une beauté renversante, avec ses épaules larges, ses muscles souples, ses membres déliés. Elle connaissait déjà tous ces attributs, mais voyait son désir pour la première fois en pleine lumière.

— Me permettrez-vous de vous dessiner ? s'enquit-elle, émue par la splendeur de ce corps d'homme révélé dans ses moindres détails, en tendant la main pour le toucher.

— Maintenant ? fit-il, le sourcil froncé, en sursautant au contact de sa main. Tout doux, ma mie ! Sans quoi, nous en aurons bientôt terminé avant même d'avoir commencé.

— Apprenez-moi…

— Je vous montrerai tout ce que je sais, et, quand vous saurez tout, nous inventerons le reste !

— L'idée me semble excellente, s'enthousiasma-t-elle.

Elle manifesta son approbation avec plus encore de force quand il entra en elle d'un coup de reins puissant et contrôlé. Un râle extasié s'échappa de sa gorge tandis qu'elle renversait la tête en arrière, le souffle coupé, et labourait de ses ongles les hanches de son amant.

— Restez avec moi, ma mie, souffla-t-il en la soulevant pour mieux s'enfoncer en elle.

Elle s'accrochait à lui désespérément, le corps secoué de spasmes irrépressibles chaque fois qu'il avançait en elle tout en lui mordillant la pointe d'un sein.

De très loin, comme une vague immense gonflant sur la mer, le plaisir les porta un moment avant de les engloutir, leurs corps soudés l'un à l'autre, épousant les pulsations rythmiques de la jouissance.

Quand ils reprirent pied, Gareth se laissa retomber sur le côté, soulageant Arianna de son poids, puis passa le bras sous sa nuque pour la serrer contre lui.

— Comment vous sentez-vous ? s'enquit-il en l'embrassant tendrement sur le front.

— Mmm, fort bien, repartit-elle en se tordant lascivement sur leur couche. Non ! Mieux que ça. Merveilleusement bien.

— Je vous aime.

— Moi aussi, je vous aime. Tout le monde fait-il l'amour ainsi ? Je ne veux pas dire… par terre, mais je… J'avais un peu peur, car on m'a dit que j'aurais mal.

— Vous avez ressenti une certaine douleur, la… première fois, j'en ai peur.

— Ce n'était rien. Cela n'a duré que quelques secondes, et un tel bonheur lui a succédé que j'ai entièrement oublié que j'étais censée souffrir. Avant mon mariage avec sir Neil, ma tante m'avait parlé de ces choses, mais comme elle n'a jamais été mariée…

— Vraiment ? Pourquoi alors l'appelle-t-on dame Cicily ?

— Elle a jugé que cela ferait plus sérieux quand elle a décidé d'ouvrir son échoppe d'herboristerie… A propos, pensez-vous qu'elle et mon grand-père soient en sécurité, seuls avec Charles ?

— Oui. Je vous ai dit avoir pris mon premier repas avec eux ce matin et je les ai trouvés excellents acteurs. Ni l'un ni l'autre n'ont dit ni fait quoi que ce soit qui ait pu éveiller les soupçons de ce gredin.

— J'ai peur, malgré tout.

— Et moi, dit Gareth en rassemblant les vêtements de la jeune femme, je crains que vous n'attrapiez la fièvre sur ce sol glacial.

— Attendez ! Je veux faire un dessin de vous.

— Vous devriez être au lit à cette heure.

— Je ne pouvais pas dormir à cause de notre querelle ; je suis venue pour vous dessiner et pour essayer de faire la paix entre nous.

— Nous avons fait bien mieux que cela, lui rappela-t-il avec un sourire mutin. Pour ce qui est de ce dessin, je dois bientôt aller sur les remparts.

— Pas avant une heure. Vos protestations me donnent à penser que peut-être vous n'avez pas envie d'être avec moi.

Gareth ne répondit pas, mais son expression changea du tout au tout avant même qu'il puisse tourner la tête pour éviter le regard d'Arianna. Le désir le disputait à l'inquiétude sur son visage, mais pourquoi ? Se pouvait-il qu'elle ait commis un impair ? Non, il devait s'agir d'autre chose. Lui cachait-il quelque secret ? Elle avait parfois le sentiment que le souvenir d'Emilie se tenait entre eux et l'empêchait de se détendre complètement. La perspective d'être séparée de lui, ne fût-ce que quelques heures, l'épouvantait, soudain.

— Je vous accompagne, décréta-t-elle.

— Il n'en est pas question, répondit-il en se retournant brusquement.

— Que puis-je faire d'autre si je n'arrive pas à dormir et veux être avec vous ? insista-t-elle.

— Je pourrais vous attacher, menaça-t-il sans conviction.

Il y eut un silence, pendant lequel il évalua les chances qu'il avait de lui faire entendre raison, puis :

— Très bien. J'accepte de poser pour ce maudit dessin, mais pas plus d'une heure. Et n'allez pas croire que je serai toujours aussi accommodant.

Arianna le considéra sans rien dire, émue, puis tira son nécessaire à dessin du petit sac soigneusement rangé près de l'entrée.

Dans la lueur des flammes qui crépitaient derrière lui, il avait l'air d'un dieu païen.

— Restez nu, dit-elle d'une voix rauque comme il faisait mine de se couvrir. C'est ainsi que je veux vous dessiner.

Gareth s'agita un peu, étrangement excité à l'idée de rester nu devant elle, mais opina du chef.

— Merci, s'exclama-t-elle, ravie, en saisissant sa chemise.

— Ah non ! Vous resterez nue aussi, ma mie.

— V… vraiment ? balbutia-t-elle, déconcertée. Vous voulez que je… ?

— Ce n'est que justice, il me semble, repartit-il avec un sourire vengeur. Et je sais à quel point vous tenez à l'équité entre hommes et femmes.

— Ah traître, vous me prenez à mon propre piège ! s'exclama-t-elle en rassemblant ses cheveux pour s'en couvrir la poitrine. Cela vous convient-il ?

— Absolument.

C'était un plaisir de la voir travailler ainsi, dans sa glorieuse nudité, sa peau luisant doucement dans la demi-pénombre. Seuls le crépitement des bûches et le crissement du fusain sur le vélin brisaient par instants le silence.

Gareth n'en revenait pas d'avoir encore envie d'elle alors que le déchaînement de son plaisir aurait dû le laisser rassasié pour une semaine entière. Par saint Georges, des trois fils Sommerville, c'était Alex qui ne parvenait jamais à satisfaire sa chair, et non lui. Ce qui ne voulait pas dire qu'il n'avait pas son lot de succès auprès des femmes ; mais aucune, jamais, ne lui avait fait un tel effet.

— Vous avez promis de rester tranquille, le gourmanda-t-elle.

— Je fais de mon mieux.

— Pas entièrement, rétorqua-t-elle avec un sourire amusé et mutin.

Gareth baissa les yeux.

— C'est de votre faute.

— Mais… je n'ai rien fait !

— Il n'est pas indispensable que vous fassiez quoi que ce soit, ma mie…

12

Arianna ouvrit les paupières à demi et jugea, d'après la lumière vive qui filtrait par la meurtrière, qu'il ne devait être pas loin de midi. Gareth allait bientôt se lever pour aller guetter l'apparition du bateau sur l'océan.

En soupirant, elle savoura ces derniers instants de répit avant longtemps en se blottissant contre la poitrine puissante de son amant.

— Enfin vous vous réveillez, dit-il de sa voix grave. Il était temps.

Elle roula sur le côté et leva les yeux vers lui.

— Bonjour, murmura-t-elle timidement.

— Dieu, que j'aimerais avoir encore toute la nuit devant nous…

— Moi aussi ! approuva-t-elle en frissonnant devant l'intensité de son regard. Devez-vous vraiment partir ?

— Bientôt, mais pas tout de suite encore, répondit Gareth en laissant folâtrer sa main sur le ventre de la jeune femme, luttant pour contrôler le désir qui lui fouaillait les reins.

Il arrêta son geste juste sous le renflement de la poitrine, en souriant de voir à quelle vitesse la passion assombrissait le regard d'Arianna.

— Comment pourrais-je vous abandonner quand vous me regardez de la sorte ?

— En ce cas, vous ne me quitterez plus jamais, je vous en fais le serment.

Il y eut un silence tendu, puis ils s'enlacèrent tendrement, d'un seul mouvement, comme s'ils se comprenaient désormais au-delà des mots.

Ari accueillit son baiser en ouvrant légèrement la bouche. Cette fois, la caresse de sa langue ne la surprit pas ; elle se cabra néanmoins contre lui, excitée par le tremblement qu'elle sentait secouer le corps puissant de son homme.

Quand Gareth releva la tête, ils étaient tous deux hors d'haleine.

— Je vous aime, souffla-t-il.

Dans ses yeux, elle lisait une urgence qui la sidéra.

— Si fort que cela vous effraie, observa-t-elle en souriant. Vous n'avez rien à craindre de moi, Garvey, car je vous aime moi aussi, et pour toujours.

— Oh Ari ! s'exclama-t-il en la serrant avec frénésie. J'ai tant besoin de vous ! Je crois que je vous ai attendue toute ma vie.

Elle ronronnait de bonheur à ces mots, et quand elle laissa ses mains glisser sur le corps de Gareth, celui-ci comprit qu'il ne pourrait pas lui résister si elle s'avisait de le soumettre encore à la tentation.

Il fallait qu'il la protège, y compris de lui-même.

— Il faut vous reposer, affirma-t-il en s'écartant un peu.

— Je ne suis point fragile comme une fleur de verre, que diable, répliqua-t-elle.

— Certes non, vous êtes de chair et de sang, je le sais fort bien, et il me plaît que vous soyez ainsi en chaleur...

— En chaleur ? répéta Arianna, outrée, mordant à l'hameçon comme il l'espérait. Comment osez-vous ?

— C'est la vérité. Souvenez-vous de vos gémissements, de vos cris, quand je...

— Oh ! s'indigna-t-elle, reprenant son quant-à-soi en reculant hors de portée. Me prenez-vous pour une ribaude ?

— Jamais, répondit-il en feignant la surprise. Ce qui se passe entre nous est bel et bon, Arianna, parce que nous nous aimons.

— Je sais que vous m'aimez, mais je ne veux pas que vous pensiez du mal de moi. Je ne pourrais le supporter.

— Je crains que l'amour ne m'ait rendu aveugle à vos défauts. En tout cas, il est deux choses dont vous devez vous guérir, ma désobéissante : il ne faudra plus jamais discuter mes ordres, ni dire tout haut la première chose qui vous passe par la tête.

— Désobéissante ? Vos ordres ? répéta-t-elle en serrant les poings comme si elle allait le frapper. Qui croyez-vous être pour me parler sur ce ton ?

— Votre époux, la taquina-t-il.

Profitant de l'effet de surprise, il lui donna un baiser sur le front avant de sauter à bas du lit d'un bond agile. Il la trouvait si adorable, les joues rougies par la colère, qu'il ne put résister au plaisir de la faire enrager plus encore :

— C'est mon devoir de mari de vous faire remarquer vos défauts et de vous aider à vous en débarrasser, lança-t-il en rassemblant ses vêtements.

— Je suis comme je suis ! s'indigna Ari, en couvrant sa poitrine avec le drap. Et personne…

— Vraiment ? coupa Gareth, une lueur dangereuse dans le regard.

Il faudrait bien qu'elle s'adapte à son nouveau statut quand ils seraient mariés et qu'elle deviendrait la maîtresse de Ransford. Il ne voulait nullement la dompter, mais, sur ces deux points, il devait se montrer intransigeant : il ne pouvait la laisser se mettre en danger en agissant impulsivement, ni permettre que la comtesse de Winchester exprime la moindre de ses opinions sans discernement.

— C'est une attitude infantile que de refuser de s'amender, reprit-il sur un ton faussement affable. Vous pourriez blesser l'orgueil de quelqu'un en parlant sans réfléchir, et vous mettre en péril en vous comportant de même.

Ari releva le menton d'un air de défi.

— Ainsi vous me reprochez encore d'être venue à votre rescousse dans ces grottes ?

— Et d'avoir signalé votre présence à Tyneham en aidant cette femme et ses enfants. C'est un signe prouvant que vous n'avez pas appris la leçon.

Il se passa la main dans les cheveux, ennuyé, mais décidé à lui dire son fait :

— Peut-être aurais-je dû vous fesser, après tout.

— Me… ? s'étouffa Arianna, abasourdie. Nul n'a jamais levé la main sur moi.

— Dois-je vous dire que je n'en suis pas étonné ?

— Oh ! Quel butor vous faites, sir Garvey ! Vous n'avez pas de cœur.

— Comment pouvez-vous dire cela après la nuit d'hier ?

— Ah ! voilà bien les hommes, s'exclama-t-elle, saisissant la seule arme qu'il lui restait. Vous vous réjouissez de me voir en chaleur, comme vous dites, mais si je m'avise de dire des choses qui vous déplaisent, alors vous vous comportez comme un goujat arrogant.

— Arrogant ? s'esclaffa Gareth.

C'est le défaut d'Alex, pas le mien.

Un coup frappé à la porte lui fit tourner la tête.

— Sir Garvey ? appela Farley depuis le couloir. Lord Alexandre Sommerville est ici pour répondre au message de son frère, lord Gareth. Quand je lui ai dit que c'était vous qui aviez envoyé la missive, il a demandé à vous voir.

Alex ?

Il ne se parlaient plus depuis ce jour funeste où les mensonges d'Emilie avaient manqué les jeter l'un contre l'autre en un combat mortel. Il devait s'être passé quelque chose de grave pour que Geoffrey ait envoyé Alex à sa place.

— Gareth ! s'exclama le cadet quand son aîné ouvrit la porte qui donnait sur le couloir sombre, en plissant les yeux pour se protéger de la lumière vive qui emplissait la chambre. Quand j'ai entendu des rires et des cris, j'ai cru un instant que, en fin de compte, le mystérieux Garvey n'avait rien à voir avec toi.

Ignorant la stupéfaction qui se peignait sur le visage d'Arianna, Gareth regardait fixement la fine ligne rouge qui barrait le cou d'Alex. Il revoyait encore dans son souvenir le sang en jaillir, écarlate. A cause de lui. Et d'avoir versé le sang de son cadet le hantait si fort qu'il ne parvenait plus à le regarder dans les yeux.

— Je sais que tu aurais préféré voir n'importe qui plutôt que moi à cette heure, déclara le visiteur d'une voix tendue, mais notre père se trouve quelque part entre Londres et Wilton, et ton message paraissait urgent, aussi ai-je pris la décision de venir à sa place.

Le sourire revint sur ses lèvres quand il aperçut la jeune femme qui se cachait derrière son frère.

— Ah ! Je suis heureux de constater que tu t'es trouvé de la compagnie dans ce trou perdu, quoique je me demande bien pourquoi tu criais après elle au lieu de…

— Alex ! gronda Gareth en essayant de masquer Arianna. Allons poursuivre cette discussion dans les appartements de sir Neil.

L'intéressé hocha la tête et repartit vers l'escalier, suivi de Farley, qui ne semblait pas moins sceptique que lui.

De son côté, Gareth se tourna vers Arianna pour la découvrir bouche bée, un regard incrédule rivé sur lui.

— Je ne peux rester pour vous expliquer les choses,

mais je serai de retour aussi tôt que possible, promit-il, non sans gêne.

Ari resta un long moment à contempler la porte refermée derrière lui, le cœur dans la gorge, l'esprit bouleversé. Gareth Sommerville. Lord Gareth…

L'énormité de la chose la laissait pantoise.

S'il avait menti sur son nom, se pouvait-il que ses serments d'amour aient aussi été des mensonges ?

Elle se mordit le poing pour ne pas hurler de dépit et de douleur. Le bruit de la porte qui s'ouvrait ne la fit même pas réagir ; mais en voyant la tête de Grizel passer par l'entrebâillement, elle ne put s'empêcher de se jeter dans ses bras pour y chercher un peu de réconfort, en serrant les dents tant qu'elle pouvait, certaine que si elle commençait à pleurer, elle ne pourrait plus s'arrêter.

— Que fais-tu ici ? s'enquit-elle d'une voix tremblante.

La servante s'assit sur le bord du lit et plia le bras gauche à angle droit.

— Sim t'a amenée ici, c'est compris, mais pourquoi es-tu venue ? Pour me voir ? Pour prendre de mes nouvelles ? Oh, Grizel, cela me touche beaucoup, car je sais à quel point tu as dû prendre sur toi pour me trouver au milieu de tous ces hommes.

La muette haussa les épaules et fit quelques gestes, puis, de guerre lasse, saisit une feuille de vélin sur la table et se mit à griffonner. Elle savait un peu écrire, la mère d'Arianna l'ayant appris aux deux filles, ainsi qu'à compter, dans l'espoir qu'elles pourraient l'aider à tenir les registres de son échoppe.

Apparemment, Cicily et William Marsden s'inquiétaient du sort de leur petite-fille et nièce.

— Il y a peu encore, j'étais la plus heureuse des femmes, expliqua Arianna à Grizel avant de lui résumer toute l'affaire en soupirant lamentablement et en oubliant délibérément certains détails qu'elle jugeait inutiles de lui révéler.

Quand elle en eut terminé, la servante lui demanda où se trouvait le chevalier.

Ce mot la frappa comme un soufflet. Gareth n'était pas seulement chevalier, loin s'en fallait. Héritier d'un comte, il n'avait pas plus de place dans sa vie pour la petite-fille d'un orfèvre que le roi pour une bergère. Et en tant que membre important de la famille Sommerville, il risquait la corde si le complot de Hugh Harcourt réussissait.

Quelle que soit l'issue du drame qui s'annonçait, elle pouvait dire adieu à ses rêves.

— Incroyable ! s'exclama Alex quand Gareth lui eut expliqué par le menu les plans de leur ennemi. Seigneur, ces gens sont diaboliques.

— C'est vrai, acquiesça l'aîné d'un air absent, le regard attaché sur l'océan furieux qui s'étendait en contrebas.

La tempête faisait rage en son cœur comme sur les flots, et ne semblait pas devoir se calmer de sitôt. Il se souvenait d'avoir espéré un répit avant de devoir avouer son mensonge à Arianna. Que pouvait-elle bien penser à cette heure ? Plus jamais elle ne lui ferait confiance.

Il avait désespérément envie de courir la rassurer avant qu'elle ne commette une sottise, mais sa loyauté envers sa famille lui dictait sa conduite, et, en l'occurrence, le plus urgent était de sauver les Sommerville.

— La seule question qui compte est celle-ci, déclara-t-il en gardant les yeux fixés sur la mer : comment allons-nous faire pour empêcher Hugh de mettre son plan à exécution ?

— Je trouve ton idée de le capturer dès qu'il mettra pied à terre excellente, répondit Alex.

— J'aurais plus confiance en notre victoire si Ruarke était ici.

Le cadet connaissait trop bien son aîné pour s'offenser de cette remarque. En disant cela, Gareth remettait plus en cause sa propre capacité à diriger la contre-attaque que celle de son frère.

— Je n'avais pas le temps de l'attendre. Je ne suis arrivé à Ransford qu'hier, pour trouver notre mère si mortellement inquiète à ton sujet qu'elle m'a semblé prête à diriger elle-même une colonne de soldats pour voler à ton secours. J'ai résolu de venir par la mer, certain que je serais ici plus vite qu'à cheval. Avant de partir, j'ai mandé un message à Ruarke le priant d'envoyer chercher notre père, après quoi j'ai rassemblé autant de mes marins que j'ai pu et ai mis la voile sur Tyneham. Le bateau est ancré à l'abri d'une crique, à une demi-lieue d'ici, avec quatre-vingts hommes à bord.

— Pardonne-moi, Alex. Je ne voulais pas me montrer ingrat envers toi, mais…

— Mais tu préférerais accueillir le diable en personne, suggéra le cadet en s'avançant vers la fenêtre.

Il plaça ses mains sur les épaules de son frère, puis, d'une voix qu'il espérait convaincante :

— Allons, oublie tout ça, l'exhorta-t-il.

— Je ne peux pas.

— Les mensonges effroyables d'Emilie te donnaient toutes les raisons du monde de me croire coupable.

— Mais pas d'essayer de te tuer. Seigneur, quand j'y pense !…

La tête appuyée contre la fenêtre, Gareth se mordait le poing.

— Je suis encore ici, repartit Alex en pressant l'épaule de son aîné. Ta lame n'a fait que m'égratigner.

Las, Gareth s'en voulait trop d'avoir essayé de le tuer, et

surtout d'avoir accordé foi aux mensonges de cette maudite femme en le croyant le père de l'enfant qu'elle portait.

— Oublie ça, répéta Alex. Il y a longtemps que je t'ai pardonné.

Je ne peux pas. Je ne peux accepter que sous le manteau respectable du chevalier se cache un assassin.

— Je ne veux plus en parler, décréta Gareth en se dégageant de l'étreinte de son frère pour aller se verser une coupe de vin, qu'il but d'un trait.

Le feu qui lui brûla la gorge lui sembla bienvenu.

Le cadet n'insista pas, impuissant à calmer l'amertume qui depuis des années rongeait l'âme de son frère.

— Dis-moi ce que tu comptes faire pour déjouer les plans de Harcourt.

— Je propose que nous divisions les hommes qui t'accompagnent, expliqua Gareth avec un soupir soulagé. Certains viendront renforcer la garnison, les autres resteront avec toi à bord de ton navire. Tu pourras te cacher dans une crique plus proche jusqu'à l'arrivée de ce chien, moi je l'attendrai en embuscade sur la plage. Quand il sera près de la côte, tu t'avanceras pour lui couper toute retraite.

— Excellent, commenta Alex en se forçant à sourire, avant de se servir une coupe de vin à son tour et de remplir celle de son frère. Allons, maintenant, parle-moi de cette fille.

— Ce n'est point une fille, corrigea Gareth en se préparant à une réaction violente de son cadet. J'entends l'épouser.

— Comment ? explosa Alex. Mais… notre mère m'a dit que père se trouvait à Londres justement pour te choisir une épouse.

— Nous en étions convenus, en effet, repartit Gareth en grimaçant devant l'acidité de la remarque. Mais certains événements sont survenus.

— Je comprends. Il faut dire qu'elle est appétissante.

— Tiens ta langue, Alex.

Il y eut un silence pendant lequel les deux hommes s'affrontèrent du regard, puis :

— Qui est-elle ? s'enquit le plus jeune.

— Arianna de Clerc. L'épouse de… de Neil.

— La fille de l'orfèvre ? s'exclama Alex.

— Sa petite-fille, plutôt, rectifia sèchement Gareth.

Encore une beauté blonde insatiable.

Le marin serra sa coupe entre ses doigts jusqu'à sentir le métal plier sous la pression. Il se remémorait les efforts de Ruarke et Gabrielle pour dissuader Gareth de commettre une nouvelle erreur en s'entichant d'une femme indigne de lui. Cette fois, cette tâche lui incombait, à lui, Alex, même s'il savait que son aîné ne l'écouterait pas plus volontiers que les ceux-ci en leur temps.

— J'aimerais la rencontrer avant de rejoindre mon navire.

— Tu n'en auras pas le temps si nous voulons être prêts à recevoir Harcourt comme il le mérite.

Gareth n'avait aucune envie de voir son débauché de frère tourner autour de la jeune femme.

Alex haussa les épaules, quoiqu'il sût pertinemment que, pour une telle chose, il trouverait toujours le temps.

— Arianna ?

Elle tourna le dos au créneau depuis lequel elle contemplait l'océan :

— Ah, vous êtes venu à sa place, dit-elle en reconnaissant le frère de son amant. Sans doute pour m'expliquer…

— Pour expliquer… ?

— La raison pour laquelle il m'a menti sur son nom.

— Je l'ignorais. En fait, son étalon a causé une grande

alarme dans les écuries, et, pendant qu'il essaie de le calmer, je suis venu voir si je pouvais…

— Amadouer la jument rétive ? suggéra la jeune femme, ravie de voir le nouveau venu perdre de sa superbe devant cette raillerie.

Retrouvant rapidement contenance, il alla s'appuyer avec nonchalance à la pierre du rempart et fixa son interlocutrice de ses grands yeux noirs, si semblables à ceux de son aîné qu'elle en eut le frisson.

Il ressemblait à celui-ci par la forme du nez également, et aussi par la façon qu'il avait de scruter son visage en penchant la tête légèrement sur le côté. La ressemblance s'arrêtait là, cependant, car si le chevalier offrait aux regards un corps puissant et compact, le marin au contraire avait plutôt l'air d'un chat madré.

— Ainsi, vous allez épouser mon frère ?

— Il n'en est plus question, évidemment.

— Ah, je vois. Vous pensez qu'il vous a menti délibérément pour vous attirer dans son lit. Eh bien, croyez-moi : ce n'est sûrement pas le cas. C'est bien dans ma manière, mais pas dans la sienne.

Si Arianna rougit devant cette allusion, elle ne baissa pas les yeux pour autant. Que son cœur et sa fierté aient été mis à mal, soit, mais elle refusait d'être humiliée en sus.

— Gareth Sommerville ne m'a pas demandée en mariage, affirma-t-elle d'une voix pleine de défi. C'est moi qui l'ai sollicité la première.

— Pourquoi cela ne me surprend-il pas ? railla Alex.

— Que voulez-vous dire ?

Il balaya la question d'un revers de la main.

— Vous le savez très bien. Combien voulez-vous pour disparaître à jamais de son existence ?

Ari accusa le coup.

— V… vous me proposez de l'argent pour le quitter ? balbutia-t-elle, assommée par l'insulte.

Se pouvait-il que sa mère ait subi la même avanie ?

— Ah ! Je savais que je vous trouverais ici, tonna Gareth en apparaissant au pied du rempart.

Arianna et Alex sursautèrent de concert et le regardèrent approcher avec appréhension. La fureur qui se lisait dans son regard incita même le marin à s'écarter prudemment de la jeune femme.

— Ce n'est pas ce que tu crois, dit-il en levant la main pour se protéger d'un coup éventuel.

— Ah non ? répliqua l'aîné en grinçant des dents.

— Voyons, Gareth, par le ciel, sois raisonnable. J'essayais simplement de t'aider…

— En séduisant la femme que j'aime ? Si tu cherches à me faire payer le fait de t'avoir enlevé Emilie, ne prends pas cette peine. Les blessures qu'elle m'a infligées sont plus profondes et plus douloureuses que tu ne penses et tu ne pourrais me faire plus de mal en te vengeant mille fois.

Emilie ?

Arianna fronça le sourcil.

— Cela me revient à présent, murmura-t-elle. C'est Alex que vous appeliez dans votre délire. C'est lui que vous ne vouliez pas occire. Etait-ce à propos d'Emilie que vous vous querelliez ? Qu'est-il advenu entre vous ?

— Allez m'attendre dans votre chambre, ordonna Gareth sans répondre. Je vous y rejoindrai très bientôt.

Elle voulut refuser, mais il darda sur elle un regard si douloureux qu'elle sentit ses jambes la trahir et s'enfuit sans demander son reste. Une fois rendue, elle arpenta la pièce, les nerfs à vif. Il fallait absolument qu'elle s'aguerrisse pour lui résister, pour l'oublier, lui et tous les rêves formés depuis leur rencontre. Elle devait retourner chez son grand-père et tenter de recoller les morceaux de sa vie en miettes.

La porte s'ouvrit si doucement qu'elle ne s'avisa qu'il se trouvait dans la pièce qu'en entendant le son de sa voix.

— Je suis navré de vous avoir menti. Mais nécessité fait loi, parfois, et il en allait de notre vie à tous.

— Pourquoi ? demanda-t-elle sans colère.

— J'ai entendu les hommes qui m'ont tendu une embuscade sur le chemin de Tyneham parler de leur intention de tuer un Sommerville, et quand j'ai appris l'implication de Harcourt dans cette affaire, j'ai compris que ma vie ne vaudrait pas cher s'ils venaient à savoir que je me trouvais ici seul, blessé et quasiment sans défense.

— Mais pourquoi vous hait-il à ce point ?

— Parce que je suis un Sommerville. Nos deux familles se font la guerre depuis trois cents ans. Nos ancêtres étaient cousins, et ont suivi Guillaume le Conquérant à travers la mer pour conquérir l'Angleterre. Au cours de la campagne, Guillaume les a chargés tous deux d'assiéger un château fort d'une importance stratégique extrême, en leur promettant une part égale du butin en cas de victoire. Ils ont eu tôt fait de prendre la forteresse, mais les ennuis ont commencé dès qu'il s'est agi de partager leurs prises, Sommerville étant tombé amoureux de la châtelaine !

Gareth marqua une pause, puis reprit d'un air songeur :

— C'est de cet homme-là que nous avons hérité la jalousie dont nous faisons preuve à l'égard de nos femmes. Quand Harcourt a voulu partager la belle, mon aïeul a préféré s'enfuir plutôt que de le contenter.

La ferveur avec laquelle il faisait ce récit donnait le frisson à la jeune femme. Il lui semblait impossible qu'il insiste pour l'épouser à présent. Aurait-elle le courage de se refuser à lui dans le cas contraire ?

— Cette femme n'a-t-elle pas eu voix au chapitre ?

— Non, répondit Gareth avec un sourire narquois.

Aucune. Elle aimait mon ancêtre et l'a mené dans le donjon de ce qui est aujourd'hui Ransford et s'est battue à ses côtés contre Harcourt jusqu'à ce que Guillaume vienne mettre un terme à la bataille et régler le différend. Sommerville s'est vu attribuer la femme et le titre de comte de Winchester, qui appartenait à la famille de celle-ci jusqu'alors. Harcourt, lui, a reçu une forte somme d'agent et le château de Winchester, auquel il a donné le nom de Harte Court.

— Et cela ne l'a pas satisfait ?

Gareth eut un rire amer.

— Pas du tout. Ils ont beau posséder deux fois plus de terres et de fortune que nous, ils ont toujours convoité le titre de comte. Mais ce sont des menteurs et des traîtres, et, au lieu de se battre ouvertement pour le conquérir, ils ourdissent complot après complot depuis des lustres dans l'espoir de nous mener à la ruine.

— Je comprends que vous vous soyez inquiété lorsque vous avez appris la dernière manigance de ce Harcourt. Mais ensuite, une fois que vous avez su que vous m'aimiez et que je partageais vos sentiments ?

— J'avais beau être sûr de votre amour, avoua-t-il avec une grimace navrée, je ne vous pensais pas capable de garder le secret.

Elle eut l'air si blessée qu'il ne put s'empêcher de la prendre dans ses bras pour la réconforter. Heureusement, elle parut accueillir cette étreinte sans déplaisir, s'appuyant sur lui comme si elle avait besoin de se soutenir, de sorte qu'il se détendit quelque peu. La plupart des femmes auraient crié, protesté, mais pas elle.

— Pardonnez-moi, ma mie, souffla-t-il.

En l'entendant lui parler ainsi, elle sentit des larmes lui monter aux yeux. Rien de tout cela n'avait d'importance, à présent. Quoi qu'il arrive, elle ne pouvait plus l'épouser.

— J'aurais aimé que vous me fassiez confiance.

— Je vous ai donné mon cœur, Arianna.

— Oh !

Il lui fallut un courage surhumain pour ne pas éclater en sanglots. La tête sur sa poitrine, elle le serra plus fort encore.

— Je vous aime, murmura-t-il à son oreille en s'enivrant de son parfum délicat. Je vous aime tant. Là-dessus, je ne vous ai pas menti, croyez-le bien. Et nous nous marierons dès que Harcourt aura été capturé.

Non. Cela ne se pouvait plus. Plus maintenant. Elle repensait à l'offre insultante d'Alex. Jamais les Sommerville ne l'accepteraient au sein de leur famille, tout comme celle de son père avait refusé d'accueillir Alys Marsden. Et encore, les de Clerc n'avaient ni la puissance ni la notoriété des Sommerville, et de loin.

Elle allait devoir trouver la force de le quitter pour toujours, et de rentrer chez elle. Parmi les siens.

— Vous êtes glacée, s'exclama Gareth en lui frottant le dos. Je vais chercher de quoi vous réchauffer.

Il allait falloir bien plus que du vin chaud pour faire fondre la glace qui avait envahi son cœur.

Quand Charles sortit de la maison des Marsden, il se rendit directement derrière le bâtiment, en prenant soin de ne pas faire crisser le gravier de l'allée, à l'endroit où l'attendait Walter, abrité sous un grand noyer aux branches basses.

— Que se passe-t-il ?

— Beaucoup de choses, grommela Walter. Je baguenaudais autour du château quand j'ai vu Elgen, le fermier, passer à toute allure devant moi. Il venait d'apercevoir un bateau près de La Pointe aux Herbes. Je suis sûr que c'est Hugh.

— Quand crois-tu qu'ils débarqueront ?

— La marée ne changera pas avant cette nuit. Il est possible qu'ils n'attendent pas le matin, mais je n'en jurerais pas.

— Il est de retour plus tôt que prévu, observa Charles. Qu'allons-nous faire ?

— Nous rendre à la plage, et attendre.

— Tu trembles, Walter. Est-il arrivé autre chose ?

— Non, mentit l'aîné, voulant s'éviter les plaintes et les pleurnicheries auxquelles son cadet ne maquerait pas de s'abandonner s'il lui révélait tout ce qu'il savait.

Le mercenaire n'était autre que Gareth Sommerville lui-même. Il ne savait pas encore comment il allait pouvoir tirer profit de cette information, mais, par Dieu, il n'y manquerait pas.

Il se vengerait de ces chiens. Bien sûr, il pouvait regretter que Ruarke et sa femme ne soient pas venus à la place de l'aîné, mais peut-être trouverait-il le moyen de les atteindre eux aussi.

13

— Là, un bateau ! souffla Farley.

Gareth suivit le regard du capitaine.

— Pensez-vous qu'il s'agisse de Harcourt ?

— Je ne suis pas marin, mais la forme de la voile est la même, et il arrive toujours entre dix heures et minuit.

— Il n'est jamais bon d'être trop prévisible, commenta Sommerville avec un sourire matois. Cela peut coûter cher.

Le veilleur de la tour venait juste d'annoncer dix heures.

Sur l'océan, un banc de brouillard propice stagnait à quelque distance, abritant pour l'instant le navire d'Alex. S'il se dissipait ou venait à dériver, il pourrait gêner leur plan.

— Ce serait une bénédiction si cette brume persistait jusqu'à ce qu'ils débarquent, marmonna Farley.

Gareth hocha la tête et regarda autour d'eux les hommes embusqués derrière les rochers, dûment chapitrés par le capitaine sur l'absolue nécessité de garder le silence. Les sons portaient loin sur l'eau et ils ne pouvaient prendre aucun risque. Tous portaient des vêtements de laine sombre par-dessus leur cotte de mailles, mais pas d'armures, jugées trop bruyantes et impossibles à masquer totalement.

— Ce doit être Harcourt, forcément, dit-il en voyant le bateau avancer de nouveau vers la côte.

— Quels sont vos ordres, m'lord ? demanda Farley.

Gareth observa le visage du soldat. Il lui savait gré de ne pas lui tenir rancœur de ses mensonges et espérait simplement que les choses se passent aussi bien avec Arianna quand il lui expliquerait qu'ils devaient quitter Tyneham pour aller vivre à Ransford.

Cela la bouleverserait sans doute, mais elle accepterait quand il lui promettrait de prendre avec eux William et Cicily, ainsi que Grizel et Sim. Ensuite, il n'y aurait plus qu'à la convaincre d'apprendre à se comporter comme une dame.

Ce qui risquait de n'être pas facile.

— M'lord ? insista Farley, tirant Gareth de sa rêverie.

— Nous les laisserons accoster et s'éloigner des chaloupes avant de refermer notre piège. Dites aux hommes d'attendre mon signal.

Son aisance dans le commandement l'étonnait.

Le capitaine opina et fit passer les ordres dans le plus grand silence. On n'entendait que de faibles murmures, et encore fallait-il tendre l'oreille.

Le bateau avançait avec une lenteur irritante, porté par une brise qui soulevait à peine quelques vaguelettes sur la mer. Les nerfs tendus comme la corde d'un arc, Gareth sentait une sueur glacée perler à son front.

Il avait beau ne pas pouvoir se passer de l'aide de son frère, que celui-ci se fût rué à son secours ne faisait que renforcer la culpabilité qui le rongeait.

N'ayant su qu'après son mariage avec Emilie que son cadet s'intéressait à celle-ci, il ne pouvait être accusé d'avoir voulu lui voler celle qu'il aimait. Mais le plan ourdi par cette traîtresse avec l'aide de ses parents avait été impitoyable et minutieusement exécuté, et elle l'avait couronné en jetant les deux frères l'un contre l'autre. Alex ne devait qu'à un miracle d'avoir eu la vie sauve.

Le bruit caractéristique d'une chaloupe s'échouant sur la grève le fit presque sursauter et, quand il risqua un œil par-dessus le rocher qui l'abritait, il vit un groupe d'hommes en armes sauter à terre depuis le premier bateau et agiter des torches en direction d'un deuxième, puis d'un troisième, qui les suivirent sur la plage. Leurs flambeaux faisaient luire leurs armures ; les casques qu'ils portaient dissimulaient leur visage.

Deux hommes, l'un ventru, l'autre mince, prirent le commandement, positionnant des guetteurs pour surveiller les environs. La richesse de leurs vêtements les désignait sans risque d'erreur : il devait s'agir de Hugh et de l'envoyé du roi. Ni l'un ni l'autre ne semblaient assez grands pour être le cousin de Harcourt. Celui-là devait d'ailleurs se cacher encore pour ne pas éveiller les soupçons de l'émissaire royal.

Qui pouvait bien être celui-ci ? se demanda Gareth, tout en tâchant de saisir les bribes de conversation portées par la brise de mer.

— Je ne vois toujours pas pourquoi nous ne pouvions pas débarquer plus au sud et nous procurer des montures, se plaignit le plus rond.

— J'ai déjà expliqué qu'il n'est pas aisé de trouver des chevaux dans ce trou perdu, répondit Hugh.

Faux, pensa Gareth.

Les marchands faisaient ça tous les jours.

— De toute façon, le brouillard semble se rapprocher de la côte, et nous n'aurions peut-être pas pu aborder dans la matinée, comme prévu, ajouta Hugh.

— Vous n'espérez tout de même pas, objecta l'autre en levant la tête vers la paroi lisse de la falaise, que je vais grimper ça dans le noir ?

— Assurément non, milord. Nous attendrons ici que mes hommes circonscrivent les coupables et nous les amènent.

Si l'autre grommela quelques mots inaudibles, il ne discuta pas le jugement de Hugh, ce qui ne laissait rien présager de bon pour les Sommerville, car un homme équitable les aurait au moins présumés innocents.

Gareth assura son épée dans sa main.

— Je préfère attendre sur le navire qu'ici sur cette plage, décréta l'envoyé du roi.

— Non, fit Hugh Harcourt. Il y a une grotte sèche tout près. Je peux vous assurer que vous y serez confortablement installé.

Sur un geste de leur chef, quelques hommes approchèrent, portant des coffres, des couvertures et une énorme peau d'ours.

— Nous pourrons y conduire nos interrogatoires sans craindre d'être dérangés, ajouta le conjuré avec un sourire gourmand.

Gareth sentit sa gorge se nouer. Les gens de Tyneham ne résisteraient pas longtemps à la question, si l'émissaire royal s'avisait de la leur faire appliquer. Il devenait urgent d'intervenir avant que les hommes de Harcourt ne partent pour la ville.

— Allons-y ! souffla-t-il à l'adresse de Farley.

Rabattant la visière de son casque pour cacher son visage, il s'élança sur la plage, suivi du capitaine et de ses soldats. Leur clameur résonnant contre la paroi de la falaise figea les intrus l'espace d'un instant, mais leur réaction ne se fit pas attendre longtemps. Abandonnant leurs fardeaux, ils tirèrent leurs armes.

Les torches grésillèrent en touchant le sable humide, plongeant la scène dans une obscurité dangereuse. L'adversaire accueillit l'attaque avec des cris de surprise, bientôt noyés par le fracas du combat.

Gareth se précipita droit sur l'émissaire ventru, conscient que, quoi qu'il arrive, celui-là au moins devait être préservé de toute blessure, et empêché de repartir avec Hugh si par malheur l'embuscade échouait. Il allait l'atteindre lorsque l'un des hommes de Harcourt se dressa sur son chemin, déterminé à en découdre.

L'arme levée, Sommerville ne fit qu'une bouchée de son adversaire, et quand il se retourna pour chercher sa proie du regard, il vit l'envoyé du roi entouré des soldats de Farley, qui le tiraient à l'abri. Leurs ordres étaient clairs : coûte que coûte, il fallait s'assurer de sa personne et l'emmener en lieu sûr, de force si nécessaire.

— M'lord, ils fuient ! s'écria Farley.

En effet, deux des chaloupes s'éloignaient déjà de la côte. Hugh se tenait à la proue de l'une d'elles, exhortant ses hommes à souquer ferme pour échapper à ceux du capitaine qui les poursuivaient sur les flots.

— Ne le laissez pas s'échapper, hurla Gareth, mais trop tard.

Le navire s'apprêtait à lever l'ancre. Déjà quelques marins détachaient la voile tandis que d'autres surveillaient la progression de leurs complices réfugiés dans les canots et qui ramaient à perdre haleine.

Le bateau d'Alex surgit soudain du brouillard, dans le dos des fuyards, fonçant droit sur eux. Quelques secondes avant le choc, la plupart se jetèrent à l'eau pour éviter d'être tués, mais les marins du Sommerville les recueillirent à l'aide de gaffes dont ils usaient avec une dextérité étonnante.

Un cri de victoire jaillit de la poitrine des hommes de Gareth, ôtant à leurs adversaires ce qui leur restait de volonté de se battre. Ils commencèrent à se rendre un à un, jusqu'au dernier.

Pendant ce temps, la première chaloupe venait de rejoindre le navire de Hugh. Sur la plage, Gareth jura entre ses dents en voyant son ennemi grimper à bord par l'échelle de coupée. Le Sommerville approchait, mais pas assez vite, et, gonflant ses voiles, le bateau bondit vers le large et disparut dans le brouillard.

La voix d'Alex rebondissant sur les flots parvint aux oreilles de son frère, martiale et presque joyeuse :

— Je… le… rattraperai. Personne… ne… peut… m'échapper… en… mer… !

— Que Dieu te garde ! lança Gareth en suivant des yeux le vaisseau jusqu'à ce qu'il disparaisse à son tour, avant de rejoindre Farley au milieu du carnage.

— Tudieu ! gronda le capitaine. Tout ce qu'il nous reste de cette expédition, c'est l'envoyé du roi.

— Et captif de ceux sur lesquels il venait enquêter, dit Sommerville avec une moue dépitée. Il va falloir bien du talent pour le convaincre de l'innocence de ma famille.

— Nous avons quelques prisonniers en état de répondre à nos questions, le rassura Farley en relevant sa visière pour s'éponger le front. Et nous avons aveuglé l'émissaire royal, comme vous l'aviez suggéré. Il ne saura pas en quelles mains il est tombé ; quant aux hommes qui l'escortent, ils ont ordre de n'ouvrir la bouche sous aucun prétexte.

— C'est tout ce que nous pouvons faire pour l'instant, approuva Gareth. Voyons un peu si l'un de ces brigands a des choses intéressantes à nous dire.

Il eut un haut-le-cœur en entendant les cris lamentables des deux premiers prisonniers interrogés par Farley. Ces méthodes barbares lui répugnaient, mais des vies autrement plus précieuses que celles de ces gueux dépendaient de leurs aveux.

Le troisième tomba à genoux devant le capitaine avant même qu'on le touche.

— Pourquoi m'ont-ils abandonné ? Je ne peux croire qu'ils aient mis la voile sans moi, geignit-il en se tordant les mains. Mon propre frère…

— Charles ? s'étrangla Gareth en s'approchant.

— G… Garvey ? cria l'apprenti en ouvrant de grands yeux.

— Est-il blessé ? s'enquit Sommerville auprès de Farley.

— Il n'a pas une égratignure, répondit le capitaine d'une voix pleine de mépris. Mes hommes l'ont tiré hors de l'eau alors qu'il nageait vers le navire de Harcourt.

— Ils ont fort bien fait. Ce gredin-là va m'aider à disculper ma famille. N'est-ce pas, mon joli ?

— Une famille ? Je croyais que vous n'en aviez point, répliqua Charles.

— Tiens ta langue, maraud ! menaça Farley. Et réponds aux questions de lord Gareth Sommerville.

L'apprenti resta bouche bée un instant, dévisageant Gareth comme s'il s'agissait d'un fantôme.

— Je… ce… ce n'est pas possible. Harcourt a dit que…

Gareth grogna de plaisir. Chaque parole de ce gredin resserrait un peu plus la corde autour du cou de Hugh.

— Attachez-le et mettez-lui un bâillon, ordonna-t-il. Et gardez l'œil sur lui. Nous allons emmener tout ce beau monde au château ; je pourrai les y interroger à loisir.

En privé.

Quelques minutes plus tard, alors que les prisonniers entamaient sous bonne escorte l'ascension du sentier qui suivait la falaise, le capitaine revint prendre ses ordres.

— Que faisons-nous à présent ?

Gareth réfléchit un instant, puis :

— Je vais prendre Charles avec moi et me rendre à Wilton, pour y attendre mon frère et mon père. Alexandre et moi sommes convenus de nous y retrouver si nous ne parvenons pas à mettre la main sur tous les conspirateurs, pour le cas où Hugh reviendrait à Tyneham. Rassemblez les marchands ; ils nous seront utiles si nous voulons savoir qui a fait circuler cette fausse monnaie. Si l'on en croit Charles Beck, Walter a fui avec Harcourt.

— Et lady Arianna et sa famille ?

— Ils viennent avec moi.

De gré ou de force.

— Etes-vous certain que l'homme que nous avons capturé est lord Robert Peverell ? demanda Gareth à Farley comme ils rejoignaient la pièce où les attendait le prisonnier.

— Oui, m'lord. Il crie son nom à qui veut l'entendre depuis qu'il est enfermé ici. Le connaissez-vous ? Est-ce une bonne chose qu'il soit à Tyneham ?

— Je le connais, en effet ; pour le reste, c'est une possibilité, répondit Gareth, évasif.

Avec un peu de chance, son père l'aurait fiancé à la fille de Robert. Comment s'appelait-elle, déjà ? Margory ! La timide Margory. Timide et pas très belle...

Damnation !

Des fiançailles arrangées entre les parents des jeunes gens équivalaient à un serment formel. Son père n'aurait pas signé le contrat de mariage sans l'avertir ; mais s'il y avait bien des noces en vue, peut-être le roi avait-il jugé qu'il faisait une faveur aux Sommerville en envoyant Peverell enquêter sur les accusations de Hugh.

Pour l'heure, mieux valait taire à l'émissaire du roi ses projets de mariage.

Les hurlements du prisonnier leur parvinrent alors

même qu'ils montaient l'escalier, malgré la distance et la porte close.

— Je suis ici sur ordre du roi, tonnait lord Robert. J'exige que l'on me donne une monture et une escorte pour rentrer à Londres !

En ouvrant la porte, Gareth manqua d'éclater de rire à la vue du gros homme attaché sur le lit comme un goret pour le marché.

— Lord Robert ! s'exclama-t-il en feignant l'étonnement et l'inquiétude pour le sort du malheureux. Que faites-vous ici ?

D'un geste, il ordonna au garde en faction de détacher le prisonnier.

— Qui parle ? jeta Peverell, aveuglé par la lumière du jour quand on lui enleva son bandeau. Gareth ?

La surprise le disputait aux soupçons sur son visage congestionné.

— Ah milord, imaginez ma stupéfaction quand mes hommes m'ont appris que vous vous trouviez parmi ces contrebandiers, repartit Gareth sans lui laisser le temps de formuler une accusation.

— Des c... contrebandiers ? bégaya l'autre en frottant ses poignets meurtris par les liens.

— Mon père vous aura sûrement parlé d'eux, milord. C'est une plaie dont nous n'arrivons pas à nous défaire. La laine qu'ils vendent secrètement affecte gravement les revenus de nos fermiers. Vous l'avez vu, n'est-ce pas ?

— Oui, grommela lord Robert, en glissant à bas du lit. Je suis ici par ordre du roi.

— Vraiment ? Sa Majesté s'intéresse donc à ces contrebandiers ? s'enquit Gareth, feignant l'ignorance.

— Evidemment non. Il m'a demandé de mener une enquête sur vous.

— Sur moi ? s'indigna Sommerville, en ouvrant de grands

yeux. Quel intérêt aurais-je donc à faire entrer clandestinement de la laine ici, contre mes propres intérêts ?

— Il s'agit bien de ça ! rétorqua impatiemment Peverell, balayant l'objection d'un revers de manche. Sa Majesté a… entendu dire… eh bien… ah tudieu ! Ce scélérat de Harcourt a proféré des accusations contre vous, voilà toute l'affaire.

— Des accusations ? Lesquelles, par saint Georges ?

L'émissaire du roi regarda son vis-à-vis, le garde en faction et le capitaine d'un air gêné, puis :

— Puis-je vous parler seul à seul ?

Gareth congédia les autres et remua les bûches dans la cheminée pour donner à la pièce une atmosphère plus accueillante.

— Je suis navré que vous ayez été si mal traité, milord, s'excusa-t-il en tendant au gros homme une coupe de vin. Nous n'avions aucune idée de qui vous pouviez être.

— Comment auriez-vous pu savoir ? répondit lord Robert en se laissant choir dans un fauteuil, les jambes levées devant le feu pour sécher ses bottes. Harcourt s'est présenté à la cour voici quelques jours, et nous a raconté une histoire compliquée de fausse monnaie qui, selon lui, circulerait dans cette région à l'instigation des Sommerville.

Peverell regarda Gareth agenouillé à ses pieds pour travailler le feu, une expression satisfaite sur le visage. Apparemment, il ne lui déplaisait pas que la hiérarchie soit respectée.

— Le roi ne peut croire une telle fable, dit Sommerville.

— Il préférerait penser du mal de lui-même plutôt que de votre père, qu'il révère, admit Sa Grâce. Et tout le monde sait bien qu'une haine féroce oppose vos deux familles. Non, rassurez-vous, il n'en a rien voulu croire, même si personne n'ignore que vous cherchez des moyens de gagner de l'argent.

Lord Robert sourit, amusé par cette phrase sibylline, puis :

— Sa Majesté n'a pu toutefois balayer l'accusation comme si de rien n'était, de peur de mettre en rage ceux qui jalousent l'amitié qu'il porte à lord Geoffrey.

— D'où votre présence ici, observa Gareth, prudent.

— J'ai offert d'enquêter pour lui, affirma Peverell, ses petits yeux rusés s'étrécissant jusqu'à n'être plus que deux fentes. Les liens qui uniront bientôt votre famille à la mienne ne sont pas encore de notoriété publique, aussi le jeune Harcourt a-t-il été contraint d'accepter que je m'en charge, bien qu'il eût sans doute préféré que la chose soit confiée à l'un de ses cousins Graham.

Lequel aurait jugé les Sommerville coupables sans même prendre la peine de vérifier les allégations de leur accusateur. Quoi qu'il en soit, si Gareth appréciait l'aide de lord Robert, il restait déterminé à épouser Arianna, et personne d'autre.

— Ainsi, votre fille et moi-même sommes fiancés, si je vous entends bien ?

— Le contrat n'est point encore signé, tempéra Peverell.

— En ce cas, nous vous avons une dette immense, milord, dit Gareth en cachant son soulagement.

— Je suis prêt à faire tout ce qu'il faudra pour blanchir la réputation du mari de ma fille et celle de sa famille, laissa tomber le père de Margory en insistant sur le mot mari, le visage soudain sévère. Vous n'aurez qu'à pendre les quelques marchands qui ont fait circuler ces fausses pièces, en même temps que l'orfèvre Marsden, qui les a faites. Tout cela avec mon appui. Ensuite, nous retournerons à Londres.

Robert marqua une pause avant d'asséner :

— A condition bien sûr que les contrats soient signés avant.

Maudit maître-chanteur !

— Malheureusement, milord, j'ai peu de mémoire et ne me souviens pas exactement de tout ce dont je suis supposé hériter, aussi ce document ne peut-il être rédigé. Sans compter que mon père ne voudra pas s'engager avant d'avoir vérifié la teneur de la dot de Margory. Il va nous falloir attendre d'être à Londres pour cela.

— Vous avez omis de me dire que vous étiez l'héritier d'un comté ? s'exclama Arianna, ébahie.

Après toutes les surprises de la nuit, elle pensait être devenue insensible, mais elle se trompait.

L'aveu de Gareth lui faisait l'effet d'une lame plantée dans sa chair.

— Je vous assure que je ne vous ai pas caché mon identité parce que j'aurais eu honte de vous, affirma Gareth depuis le seuil de la pièce, les bras croisés sur la poitrine.

— Vous devriez avoir honte de m'avoir menti en prétendant que vous m'aimiez, répliqua-t-elle, la gorge nouée par la douleur et la rage.

— Je disais la vérité, Arianna. Je vous aime. La plupart de vos semblables saisiraient l'occasion d'épouser un comte sans même réfléchir. Quand je suis parti de Ransford, des jeunes filles venues me supplier de les prendre pour femme prenaient le château d'assaut.

— Eh bien, rentrez chez vous et choisissez-en une, riposta Arianna.

Gareth, excédé, serra les poings.

— Je n'en ferai rien. C'est vous que je veux. Vous serez ma femme.

— Comment pouvez-vous prétendre m'aimer et vous montrer en même temps aussi indifférent à mes désirs ? Vous savez très bien que je ne quitterai pas Tyneham.

— La place d'une épouse est aux côtés de son mari. Et puis, ai-je jamais dit que votre famille ne pourrait nous accompagner ? Je ne sais pas comment ils se feront à Ransford, mais c'est l'affaire de Dieu, non la mienne. Cela dit, je crains qu'ils ne nous reprochent notre mariage et ne nous le fassent chèrement payer…

— Je ne peux vous suivre, dit-elle une nouvelle fois, en serrant ses bras autour d'elle pour combattre le froid qui la saisissait.

— Et moi je ne vous laisserai pas ici. Si Harcourt revient…

Rien que d'y penser lui donnait le frisson.

— J'ai des préparatifs à faire avant notre départ et n'ai pas le temps de discuter plus avant, reprit-il en se passant nerveusement la main dans les cheveux.

— Vous ne pouvez me forcer à vous suivre.

Il ignora délibérément cette remarque.

— Nous partons à l'aube. Vous et les vôtres, soyez prêts. Nous ferons étape à Ransford. Avec un peu de chance, nous apprendrons bientôt qu'Alex a capturé Harcourt. Nous n'aurons pas besoin de nous hâter pour rejoindre Wilton.

— Même s'il revient ici, Hugh ne s'inquiétera pas de moi quand il s'apercevra que vous n'êtes plus ici, s'obstina la jeune femme en relevant le menton d'un air de défi.

— M'avez-vous écouté quand je vous ai parlé de notre ancienne querelle ? gronda Gareth, à bout de patience. Après des siècles de rancœur, il est persuadé d'avoir enfin trouvé le moyen de nous abattre. Il n'aura de repos que lorsqu'il aura exterminé définitivement les Sommerville. Et non seulement nous, mais aussi tous ceux qui nous sont chers et tout ce à quoi nous tenons. S'il découvre ce que vous représentez pour moi…

— C'est de l'histoire ancienne, Gareth, soupira-t-elle. Je ne peux plus vous être quoi que ce soit, désormais.

Il la regarda avec une tristesse infinie, mais sa voix resta ferme :

— Vous êtes tout pour moi, Arianna, et vous le savez très bien.

14

— Regardez, c'est Ransford ! s'exclama Gareth.

Arianna sursauta sur la selle qu'elle partageait avec lui et leva les yeux. La première vision qu'elle eut du château dont il parlait si souvent et avec tant d'émotion lui donna le frisson.

Même en plein jour, il semblait menaçant, perché sur son piton rocheux surplombant le village comme un énorme oiseau de proie prêt à s'envoler pour aller dévorer tout ce qui bougeait sur la plaine.

— Monstrueux, laissa tomber la jeune femme avec mépris, oubliant sa promesse de ne plus jamais lui adresser la parole. Et laid, de surcroît.

— Ah, ma mie ! Quel bonheur de vous entendre, railla Gareth. Je croyais que vous aviez perdu votre langue. Gaby vous approuverait sur ce point. Il doit falloir être né ici pour apprécier pleinement cette forteresse autant que nous, les Sommerville. N'empêche, depuis des siècles, ses murs épais nous protègent des Harcourt.

Elle faisait de son mieux pour résister à la tentation de s'appuyer contre lui et de savourer la chaleur de son corps.

La veille, son grand-père avait accepté de la laisser partir, de même que Cicily ; et ce malgré les supplications d'Arianna.

Elle entendait encore la remarque sidérante de l'aïeul, une fois la décision prise :

— En tout cas, je suis rudement content qu'elle vous épouse.

Puis la sienne :

— Mais... je n'ai aucune intention de l'épouser !

Et enfin, celle de Gareth ;

— Arianna a un peu de mal à se faire à l'idée de devenir comtesse, mais elle m'aime et finira par entendre raison.

L'arrogance de cet homme n'avait pas de limites. Plusieurs heures plus tard, elle vibrait encore d'indignation au souvenir de cette insupportable assurance.

Pour couronner le tout, elle devait chevaucher avec lui !

— Vous n'avez aucune expérience des chevaux et ne savez pas monter !

Comment répondre à une affirmation aussi péremptoire ?

Vaincue, elle prenait son mal en patience en serrant les dents.

Lord Robert ne semblait pas apprécier du tout cette promiscuité, lui non plus, même si un seul regard de Gareth semblait avoir suffi à le convaincre de garder pour lui ses réflexions. Mais elle sentait peser sur elle le regard de cette boule de suif au souffle perpétuellement court. Si cet homme la haïssait à ce point alors qu'il ne la connaissait pas et n'avait aucun lien de parenté avec Gareth, comment diable le reste des Sommerville allaient-ils l'accueillir ?

— Je ne veux pas me quereller avec vous, ma mie, murmura ce dernier.

Elle se mordit la lèvre pour ne pas se retourner et enfouir son visage au creux de son épaule. Et pleurer tout son soûl.

— Enragez-vous toujours de n'avoir pu vous entretenir avec Charles avant notre départ ?

Arianna frémit en repensant à l'apprenti et aux marchands arrêtés avec lui. Elle les revoyait, enchaînés, bâillonnés, abandonnés de tous. Malgré son crime, elle n'avait pu s'empêcher d'éprouver de la pitié pour Charles, et le besoin de lui parler. Las, le regard de l'apprenti avait paru l'accuser, elle, d'avoir trahi leur amitié. La présence de Gareth à ses côtés à ce moment-là expliquait sans doute cette réaction. Depuis, ce souvenir la hantait.

— Non, répondit-elle sèchement. C'est d'avoir dû vous suivre que je suis courroucée.

— C'est la fatigue qui vous fait parler ainsi, ma mie. Dans quelques minutes, nous savourerons un repos bien mérité.

Arianna resta sans voix quand ils franchirent les portes du château pour pénétrer dans une immense cour intérieure entourée de hauts murs. Au pied de ceux-ci se dressaient des bâtiments de toutes sortes et de toutes tailles ; des hommes et des femmes par dizaines, sans doute des domestiques à en juger par leur mise, s'affairaient comme autant de fourmis. En passant près d'eux, nombre d'entre eux s'arrêtaient pour les saluer avant de reprendre leur marche laborieuse. Gareth ôta son casque pour mieux répondre à chacun d'un bon mot, un large sourire aux lèvres.

S'il y avait là un aspect de sa personnalité qu'elle ne connaissait pas, le bruit, la poussière et la pestilence qui émanaient de cette foule l'incommodaient trop pour qu'elle s'y attarde. Les yeux lui piquaient tant l'odeur était forte.

— Où diable sommes-nous ? demanda-t-elle, incrédule.

— A Ransford, répondit Gareth fièrement.

— Mais… c'est plus grand que le château et le village de Tyneham réunis !

Gareth rit de sa surprise.

— En effet. Cela ne me semble pas aussi vaste que cela, mais c'est l'habitude, sans doute. Je suis ici chez moi.

Ce n'est pas mon cas.

— Combien de temps devrons-nous rester ? s'enquit-elle en grimaçant.

Gareth fronça le sourcil, blessé et déçu par l'aversion évidente qu'elle éprouvait envers ce château dont il espérait qu'elle le dirigerait un jour prochain.

— Je n'ai pas encore pris de décision à ce sujet. Peut-être l'autre cour sera-t-elle plus à votre convenance... Elle est infiniment moins encombrée, le donjon et les autres tours sont bien entretenus, les jardins... je ne les ai pas vus depuis longtemps et ils ne sont pas aussi parfaits que celui de dame Cicily, mais...

Mais vous pourrez en prendre soin quand nous serons mari et femme...

Gareth se tut, remarquant soudain le regard sans aménité que lui lançait lord Peverell. L'arrivée de sa mère lui fournit l'occasion d'une diversion bienvenue.

Une femme au corps mince et souple s'avançait en effet vers eux, vêtue d'une robe d'un bleu éclatant. A mesure qu'elle approchait, Arianna remarqua que ses cheveux blonds commençaient à blanchir et que son visage avenant présentait de petites rides par endroits, sans doute causées par le souci d'avoir élevé trois garçons.

La splendeur de son surcot de soie et des bijoux qu'elle portait contrastait si violemment avec la poussière qui souillait la robe sans grâce d'Arianna que celle-ci aurait voulu se cacher, disparaître sous terre Gareth glissa souplement à bas de sa selle, tenant la jeune femme dans ses bras comme s'il se fût agi d'un simple fétu de paille. Elle se raidit, craignant qu'il ne la traîne devant sa mère pour la lui présenter, et fut presque déçue qu'il n'en fasse rien.

Il la lâcha comme on ferait d'un bagage inutile et, arrachant son gant avec ses dents, s'avança vers lady Sommerville, la main tendue.

Mortifiée, Arianna se retourna, cherchant Grizel des yeux.

— Gareth ! Dieu soit loué, s'exclama lady Catherine en se jetant dans les bras de son fils. Comment te portes-tu ?

— Fort bien, mère, répondit-il en la serrant contre lui. Je voudrais vous présenter quelqu'un.

Jetant un coup d'œil par-dessus son épaule, il se rendit compte qu'Arianna faisait mine de s'éloigner, aussi la héla-t-il d'une voix qui ne souffrait pas de réplique :

— Venez ici !

Elle obtempéra en traînant des pieds, mais sans se rebiffer pour autant, le visage fermé, visiblement épuisée. Il fallait souhaiter que cette étape lui rende un peu de son allant.

— Lady Catherine, murmura-t-elle en faisant ce qu'elle espérait être une révérence acceptable.

— Soyez la bienvenue, répondit la comtesse sans quitter son fils des yeux. Pardonnez-moi, mais je crains fort de n'être pas de très bonne compagnie aujourd'hui. Gareth, que s'est-il passé avec Harcourt ? Alex a-t-il pu te rejoindre à temps ?

Sommerville serra la main de la jeune femme pour s'excuser auprès d'elle, puis la relâcha pour prendre celle de sa mère.

— Entrons, proposa-t-il, je vous...

— Oui, comtesse, nous sommes arrivés à temps, intervint Peverell en tendant les rênes de son cheval à un écuyer et en s'inclinant devant la maîtresse des lieux.

— Lord Robert ? s'étonna celle-ci. Que diable faites-vous ici ?

— Attendons d'être seuls pour parler, repartit l'envoyé du roi avec des airs de conspirateur, guidant avec tout le talent d'un homme de cour aguerri la mère et le fils vers la porte, en jetant par-dessus son épaule un regard triomphant à l'adresse d'Arianna.

Sa victoire fut de courte durée, cependant, car Gareth s'arrêta en haut des marches et se tourna vers la jeune femme.

— Entrez, Ari, venez vous réchauffer à l'intérieur pendant que lord Robert et moi informons ma mère de ce qui s'est passé à Tyneham, lança-t-il avant de s'effacer devant lady Catherine, sans attendre de réponse.

Partagée entre la frustration de se voir ainsi traitée et la peur que lui inspirait ce château gigantesque, Arianna resta pétrifiée. Ce fut Grizel qui la tira de sa prostration en lui touchant le bras et en lui caressant affectueusement la joue.

— Oh, Grizel ! s'écria la jeune femme. J'aimerais tant être ailleurs. Cet endroit m'épouvante et Gareth s'est montré cruel en insistant comme il l'a fait. D'ailleurs, il n'est que de voir la manière dont nous avons été traitées. Il est évident que ni lord Robert ni lady Catherine ne veulent de nous ici.

Grizel secoua la tête avec véhémence.

— Peut-être suis-je trop prompte à juger, admit Arianna. Mais que dire de la façon dont il en use avec moi ? Il me parle comme à une servante. D'ailleurs, pourquoi le défends-tu, toi qui ne peux souffrir les hommes ?

La muette regarda les soldats qui les entouraient, puis Gareth, et fit comprendre à sa jeune maîtresse que celui-là constituait une exception notable.

— C'est vrai, tu as raison. Ah Seigneur ! Que faut-il que je fasse ? Je l'aime, mais j'ai peur. Même si sa famille m'acceptait en son sein, je n'ai pas l'étoffe d'une comtesse. J'étais à peine digne d'être l'épouse d'un chevalier sans le sou.

Grizel exprima véhémentement son désaccord.

— Je n'ai été la maîtresse de Tyneham que pendant deux jours, et j'ai détesté ça.

Nouvelles protestations.

— Certes, je n'ai pas détesté chaque minute. J'ai apprécié de pouvoir aider les gens, en particulier Mary et ses enfants. Mais il ne suffit pas de porter secours à une famille de vilains pour être capable de diriger un château comme celui-ci. Je n'ose même pas penser à toutes les responsabilités que cela doit impliquer.

Grizel lui fit comprendre qu'elle l'aiderait volontiers.

— Je sais bien que tu le ferais, commenta Arianna avec un sourire ému, effondrée à l'idée de s'atteler à une telle tâche avec une muette pour seul soutien. Hélas, personne ici ne souhaite notre présence, ajouta-t-elle d'une voix lamentable.

Ce à quoi la servante répondit en posant la main sur son cœur.

— Peut-être m'aime-t-il, comme tu le penses, mais avec le temps il en viendra à me reprocher ma naissance, comme mon père l'a fait avec maman.

L'écho d'une musique vint empiéter sur la fin de sa phrase. D'un bond, Arianna se retourna pour voir d'où venaient ces accents mélodieux. Elle aperçut d'abord Sim en grande conversation avec un homme portant les couleurs des Sommerville, puis, derrière ceux-ci, franchissant les portes du château, une petite troupe d'où émanait le son d'un luth.

— Que crois-tu qu'il se passe ? demanda la jeune femme à Grizel, qui regardait la scène sans comprendre.

— Ce sont les musiciens qui arrivent, répondit l'homme chargé par Gareth de veiller sur elle. Mais je crains que milady Catherine ne soit guère d'humeur à les écouter tant que cette histoire avec les Harcourt ne sera pas réglée.

— C'est sûrement vrai, dit Arianna, et pourtant cela semble être tout à fait ce qu'il faut pour insuffler un peu de vie dans cet endroit sinistre. Qu'en dis-tu, Grizel ?

Celle-ci secoua la tête en désignant le donjon de son doigt tendu.

— Elle a raison, approuva l'escorte. Lord Gareth veut que vous le suiviez à l'intérieur.

Visiblement, tout ce que disait ce dernier avait valeur de loi en ces lieux, songea la jeune femme, furieusement tentée de passer outre.

— Si j'en juge par ce que je vois à l'extérieur, et que le reste est à l'avenant, il doit faire aussi sombre là-dedans que dans les grottes de la falaise de Tyneham. Je préfère marcher au soleil.

Grizel connaissait assez sa maîtresse pour ne pas se fier à cette apparente nonchalance. Leur ange gardien, lui, se borna à hausser les épaules avant de franchir la porte du donjon.

Les saltimbanques offraient un spectacle autrement divertissant que ce qu'elle imaginait se passer à l'intérieur.

— En vérité, c'est la chose la plus amusante que j'aie vue depuis longtemps, dit Arianna à l'adresse de sa fidèle Grizel en regardant une jeune femme grimper souplement à un mât puis marcher sur une corde tendue entre ce dernier et l'un des créneaux du rempart. Cela semble si facile à faire…

— C'est pourtant fort dangereux, intervint une voix grave, tout près.

Arianna quitta la funambule des yeux l'espace d'un instant, pour découvrir un nain vêtu de couleurs criardes qui la regardait fixement.

— Je n'en doute pas, répondit-elle poliment, en s'efforçant de ne pas en faire autant. Pourtant, j'aimerais essayer…

— Cela peut s'arranger, dit le nain d'une voix douce. Bien

sûr, il nous faudra baisser la corde, mais nous y parviendrons. Il suffira pour cela d'une petite… contribution.

— Vous comprenez maintenant pourquoi je dois gagner du temps, conclut Gareth en se penchant à l'une des fenêtres de la chambre haute, profitant de ce que Peverell était sorti s'enquérir de ses malles après avoir fait, en se donnant le beau rôle, le récit de la capture de Charles Beck.

Lady Catherine se leva, les mains croisées sur la poitrine, ses beaux yeux violets assombris par l'inquiétude.

— Non, dit-elle. Si j'ai bien compris ce qu'a dit Robert, il n'acceptera de blanchir ton père que si tu épouses sa fille. Puisque celle-ci semble être également le choix de Geoffrey, pourquoi ne l'épouses-tu pas ? Elle est douce et pas trop laide, quoiqu'elle ressemble fort à son géniteur.

Gareth fit la grimace, atterré par la perspective d'être uni pour la vie à Margory. Il pouvait se mordre les doigts d'avoir réclamé une épouse sans beauté.

— Qu'elle soit belle ou non n'est pas la question, mère. J'ai rencontré une autre femme, et je l'aime.

— Elle est la veuve de sir Neil, Gareth, répliqua sèchement lady Catherine.

— Le mariage n'a pas été consommé.

— Et la fille d'un orfèvre…

— La petite-fille d'un orfèvre, mère, corrigea-t-il en s'exhortant au calme. Son père était chevalier.

L'attitude de sa mère blessait profondément Gareth. Elle confirmait les propos d'Arianna concernant la réception glaciale à laquelle elle s'attendait de la part de sa famille, et sa crainte que les Sommerville ne fassent de leur mariage un véritable enfer.

Il n'avait pas l'intention de souffrir que quiconque détruise l'amour de sa vie, bien sûr, mais constater que la prédiction de la jeune femme se réalisait lui laissait un goût amer.

D'un pas décidé, il s'avança vers la desserte et se servit une coupe de vin, qu'il vida d'un trait.

— Qu'importe tout cela ? lança-t-il, à bout de nerfs. Ses parents sont morts tous deux, et de toute façon c'est elle que j'épouse, et non eux.

Catherine accusa le coup, incrédule. Voilà que son fils aîné, le sage, le calme Gareth se mettait à crier devant elle, et à cause d'une roturière, par-dessus le marché ! Il lui fallut se retenir pour ne pas répondre sur le même ton. Elle se força à respirer profondément avant de répliquer :

— Ce qui importe, mon fils, c'est le salut de notre famille et rien d'autre. Toi qui étais convenu d'accepter le choix de ton père, dans le but de fournir aux Sommerville les héritiers dont ils ont besoin, n'es-tu point disposé à prendre Margory pour femme afin de sauver la vie de notre chef et peut-être celle des nôtres par la même occasion ?

Il aurait voulu crier que non, mais la voix de la raison et du devoir se faisait plus impérieuse en lui à chaque seconde.

— Si nous en arrivons à cette extrémité, vous savez très bien que je ferai ce qu'il faudra pour protéger ma famille, mère, repartit-il, le cœur déchiré. Mais je différerai la signature du contrat de mariage le plus longtemps possible. Si Alex capture Hugh Harcourt et que nous parvenons à lui arracher des aveux, ce sacrifice ne sera plus nécessaire.

— La patience n'est pas le fort de Robert Peverell, Gareth, et comme sa femme se plaint sans cesse de s'être mariée en dessous de son rang, il a soif de reconnaissance. S'il parvient à établir un lien du sang avec nous, il gagnera sur les deux tableaux : sa fille deviendra comtesse et, en tant que ton beau-père, il sera sûrement admis dans l'entourage du roi.

— Je sais tout cela, mais je lui ai dit que je ne pouvais rien signer en l'absence de mon père. J'ai l'intention de me séparer de lui ici et de chevaucher jusqu'à Wilton avec Ari pour attendre le retour d'Alex.

— A ce propos, je suis heureuse, dit Catherine en lui caressant gentiment le bras, que ton frère et toi ayez enfin oublié votre querelle.

Gareth tourna la tête pour éviter le regard de sa mère.

— Allons chercher Ari, dit-il, ignorant la remarque. J'aimerais que vous fassiez mieux connaissance avec elle. Elle est intelligente et pleine de vie et je suis certain que vous finirez par l'apprécier autant que moi.

— Je veux bien lui parler, évidemment, consentit la maîtresse des lieux en écartant nettement tout débat sur un éventuel mariage. Ne serait-ce que pour lui exprimer mes condoléances pour la mort de son père. Mais comme je te l'ai dit, j'ai peur de ne pas être une hôtesse bien agréable quand notre famille est confrontée à une telle menace.

Certain que sa mère saurait se montrer aimable, il envoya l'une des femmes de chambre chercher Ari dans la grande salle.

La fille revint bientôt. Seule.

— Je n'ai trouvé personne, milord.

Une seconde plus tard, Gareth dévalait l'escalier, sa mère sur les talons. Quand il constata par lui-même que la servante disait vrai, il sentit un frisson glacé lui parcourir l'échine. L'instant d'après, des cris et des éclats de rire provenant de la cour le firent tressaillir.

— Que se passe-t-il ici ? s'exclama-t-il. Que signifient ces hurlements ?

— Ce sont sûrement ces saltimbanques qui sont arrivés hier. Je n'avais pas le goût d'écouter leurs chansons et leurs récits, mais n'ai pas voulu les renvoyer le ventre vide, aussi les ai-je autorisés à divertir les soldats et les domestiques dans la grande cour. Crois-tu que ton Arianna s'y sera rendue pour assister au spectacle ?

Au ton qu'elle employait pour dire cela, on sentait qu'elle désapprouvait ce genre de manquement à la bienséance.

— Je parierais n'importe quoi que c'est exactement ce qu'elle a fait !

Il la trouva dans la cour en effet, et quand il la vit marcher sur une corde tendue à plusieurs pieds au-dessus du sol, il cria son nom à pleins poumons en se ruant à travers la foule.

Son cri fit sursauter Arianna, qui perdit l'équilibre et battit follement l'air de ses bras, en vain. Une clameur terrifiée monta de la foule comme son corps basculait dans le vide.

Le sang glacé par son hurlement, Gareth arriva à l'ultime seconde pour la rattraper dans ses bras.

— Etes-vous blessée ? s'enquit-il d'une voix blanche, en la serrant frénétiquement contre lui.

— Non, Dieu merci, mais c'est de votre faute si je suis tombée. Je me débrouillais fort bien jusqu'à votre arrivée.

Il hésita un instant, scrutant le visage de la jeune femme d'un œil sceptique.

— Ah, Ari, j'ai eu si peur de ne plus jamais revoir votre sourire ! s'exclama-t-il en éclatant de rire.

La force de ses bras, sa chaleur et sa joie communicative eurent raison des défenses de l'apprentie funambule. Elle ne pouvait l'épouser, mais il aurait fallu qu'elle soit folle pour gaspiller les quelques jours qu'il leur restait à vivre ensemble en vaine bouderie.

— Je suis ici, vivante, et je souris en effet, mais je ne crois pas que vous devriez m'embrasser pour autant, et encore moins ici et maintenant.

— Ainsi, vous lisez encore dans mes pensées ? s'esclaffa Gareth en la serrant de plus belle contre lui.

Un cercle de visages familiers s'était formé autour d'eux, réalisa-t-il soudain, au premier rang duquel figuraient celui de sa mère et ceux de domestiques et de soldats qu'il connaissait depuis sa plus tendre enfance. Tous le regardaient comme s'il allait se transformer en crapaud, mais lui ne ressentait aucune gêne, seulement un bonheur si intense qu'il en riait à perdre haleine sans pouvoir s'arrêter.

— Je crois que vous devriez me reposer à terre, risqua timidement Arianna.

— Bonne idée, marmonna lady Catherine, abasourdie de voir son fils dans un tel état.

Voyez comme nous sommes bien ensemble, mère, aurait voulu lui dire Gareth. Mais la présence de lord Robert, qui venait de les rejoindre, l'incita à se taire. A contrecœur, il reposa la jeune femme sur le sol.

— Enfant, je voulais devenir acrobate, dit-il à son oreille.

— Alors, je ne m'étonne plus de l'agilité incroyable avec laquelle vous avez échappé au sanglier, l'autre jour, répondit-elle, ajoutant, sans laisser à son sauveur le temps de dire un mot : Les saltimbanques peuvent-ils passer la nuit ici, s'il vous plaît ? Ils disent les chemins peu sûrs et craignent pour leur vie.

— Ari, je...

— Je vous en prie. Vous avez dit manquer de bras. Ces gens sont prêts à travailler.

Gareth considéra la troupe disparate qui l'observait, chacun arborant un costume plus invraisemblable que l'autre.

— Je ne sais à quoi ils pourront bien nous servir, mais je suppose que nous pouvons...

— Oh merci ! exulta la jeune femme.

L'espace d'un instant, Gareth craignit qu'elle ne l'embrasse, mais elle se contint.

— J'espère que ce sera votre dernière tentative de marcher sur une corde, lança-t-il d'un ton bourru.

— Pourquoi ? Est-ce trop peu distingué à votre goût ?

— C'est surtout trop dangereux, répliqua-t-il en lui caressant doucement le nez.

Lady Catherine s'éclarcit la voix.

— Rentrons !

Sa remarque parut redonner vie à la cour d'un seul coup. Chacun reprit ses occupations comme si de rien n'était, y compris lord Robert, qui ne manquait pas une occasion de prononcer des perfidies à l'adresse de la jeune femme :

— Jamais ma Margory n'irait se commettre avec ces gueux, déclara-t-il, n'est-il pas vrai, Catherine ? A-t-on idée de se mêler à des saltimbanques !

Qu'ils aillent au diable, lui et sa fille sans défauts, songea Arianna.

— Vous la connaissez mieux que moi, répondit la mère de Gareth en passant devant la jeune femme d'un air pincé.

Elle me hait. Je le savais.

Elle sentait sa bonne humeur l'abandonner rapidement et suivit les autres dans le donjon avec une réticence certaine ; elle eût aimé retourner auprès de Grizel, mais Gareth la tenait fermement par le bras.

Quand ses yeux se furent habitués à la pénombre, elle s'aperçut que les murs devaient leur noirceur à la suie qui les recouvrait. Du plafond pendaient les bannières arrachées à l'ennemi par les ancêtres de Geoffrey et de ses fils. La salle paraissait d'autant plus grande et froide que la plupart des tables qui en composaient le mobilier venaient d'être démontées pour faire de la place. Tout au fond, quelques fauteuils faisaient face à la cheminée vide.

Ce fut là que lady Catherine les guida. Elle fit signe

aux hommes de s'asseoir et leur servit elle-même à boire. Arianna, quant à elle, prit place comme elle put sur une chaise à haut dossier.

Le vin ne valait pas celui que Cicily servait à Tyneham et les gâteaux sentaient plus le mildiou que les épices. Pendant un moment, personne ne parla. La tension devenait presque palpable.

— Est-ce votre femme de chambre ? demanda la mère de Gareth en désignant Grizel du menton.

Arianna se sentit un peu gênée de voir la muette plantée là, à quelques pas, mal à l'aise elle aussi.

— Oui, répondit la jeune femme. C'est Grizel.

— Les cuisines sont derrière cette porte, dit gentiment lady Catherine à cette dernière. Allez demander au cuisinier de vous donner à manger.

— Non, répondit Arianna. Je vais avec elle.

Elle posa sa coupe et son gâteau sur la desserte et entraîna Grizel à sa suite.

— Mais… vous ne pouvez manger à l'office ! protesta la maîtresse des lieux.

— Elle ne peut pas y aller seule, lança Arianna par-dessus son épaule, en courant presque tant elle avait hâte de quitter cette pièce étouffante.

Elle espérait toutefois que Gareth tenterait de la retenir ou s'élancerait derrière elle, mais elle atteignit les cuisines sans qu'il ait esquissé un geste.

— Seigneur ! s'exclama-t-elle en reprenant difficilement son souffle. Jamais je n'ai été aussi embarrassée de ma vie.

Grizel lui fit signe de retourner dans la grande salle, mais elle secoua la tête avec véhémence.

— Pas pour tout l'or du monde !

*
* *

— Quelle étrange fille, laissa tomber lady Catherine quand Arianna eut disparu.

Gareth serra l'accoudoir de son fauteuil à se faire mal, luttant contre lui-même pour ne pas courir derrière sa bien-aimée.

Que lui aurait-il dit, d'ailleurs ? Il aurait sans doute crié, et ruiné ainsi l'armistice qu'ils respectaient tous deux à grand-peine depuis quelques heures. Chaque minute passée derrière les remparts de Ransford semblait vouée à éloigner Arianna de lui un peu plus que la précédente.

— Cette servante est muette, et elle a une peur affreuse des hommes, car elle a été violée dans sa jeunesse.

Sa mère parut éprouver quelque compassion à l'égard de la malheureuse, mais lord Robert gloussa grossièrement, visiblement peu ému par la chose.

— Je conviens que cette Arianna ferait une maîtresse agréable, grommela-t-il, mais enfin…

Gareth se leva d'un bond, renversant sa coupe sur le sol jonché de roseaux moisis. Le sang battait à ses tempes si fort qu'il n'entendit même pas sa mère l'exhorter à se ressaisir, ni ne sentit son bras serrer celui qu'il venait de lever sur l'abject Peverell pour lui faire rentrer ses insultes dans la gorge.

— Gareth ! hurla lady Catherine dans un sursaut. Lord Robert ne pensait pas à mal…

— C'est vrai… je…, balbutia le goujat, les yeux hors de la tête.

Il y eut un silence lourd, pendant lequel Gareth réalisa qu'il venait presque, encore une fois, de perdre le contrôle de lui-même, comme lors de cette scène atroce avec Alex, quelques années plus tôt.

— Arianna n'est pas ma maîtresse, déclara-t-il d'une voix menaçante.

— Je… j'ai cru que…, bégaya Robert, pâle comme un linge.

— Ne parlez plus d'elle à l'avenir, asséna Sommerville en reposant avec fracas sa coupe sur la table. Nous partons pour Wilton.

— A cette heure ? objecta sa mère. Mais il est six heures déjà, et avec la charrette qui porte les prisonniers…

— Raison de plus pour ne pas perdre une seconde.

— Je pars avec vous, dit lord Peverell d'un ton plein de suspicion et de défiance.

— Qu'est-ce donc qui vous a pris si longtemps ? tonna Hugh en se levant d'un bond du rocher sur lequel il attendait ses complices en les voyant entrer dans la petite clairière.

Walter jeta un sac sur le sol avant de s'accroupir devant le feu que Hugh venait de raviver.

— Tyneham grouille des hommes de Farley. Dieu qu'il fait froid ici !

— C'est bien le moment de parler du temps qu'il fait, s'impatienta le chef. As-tu trouvé des chevaux ?

— Ils sont attachés au milieu du bois. Ne m'as-tu pas entendu arriver ?

— Non. J'étais trop occupé à réfléchir à ce que nous devons faire maintenant.

— C'est vrai, railla Walter, tu es un stratège de premier ordre, c'est bien connu. Regarde où tes plans nous ont conduits ! Nous nous cachons dans les bois comme des voleurs de poules et mon frère et les autres sont prisonniers de Gareth Sommerville. Charles, Reece, George et Bentwood, tous, jusqu'au dernier.

— Assez ! Laisse-moi réfléchir, répliqua Hugh en

se rasseyant sur son rocher. Ces quatre-là n'ont pas plus de tripes à eux tous qu'un putois. Je parie qu'ils diront à Gareth tout ce qu'il aura envie d'entendre. Ce qui pourrait bien nous arranger.

Harcourt eut un rire sardonique, au grand étonnement de Walter.

— Comment ça ?

— Les marchands ne connaissent de notre plan que la part qu'ils y ont prise : ils ont bien écoulé les fausses pièces, mais en croyant que Gareth Sommerville les leur fournissait.

Décidément, son idée de faire passer Parlan pour l'aîné des Sommerville confinait au génie.

— Et Charles ? Nous ne pouvons pas les laisser le pendre.

Mort, il ne risquait pas de dénoncer les vrais coupables…

Hugh pensa brièvement à la réaction de Jesse quand elle apprendrait que son frère allait faire face au gibet pour trahison. Non, il préférerait se donner la mort plutôt que de voir le chagrin embuer les beaux yeux de la jeune femme, ou la satisfaction illuminer ceux de son propre père.

— C'est précisément parce que nous avons encore du travail à accomplir que j'ai demandé à mon… au capitaine de nous débarquer sur la côte après que nous avons échappé au navire d'Alex.

— Et que ferons-nous s'il revient, justement ?

— Il arrivera trop tard, répondit Hugh, confiant. J'ai donné l'ordre au capitaine de se laisser poursuivre un bon moment, et de l'entraîner aussi loin au nord que possible. A présent, dis-moi : as-tu appris où Gareth comptait se rendre ?

— Non. Ceux que j'ai interrogés l'ignoraient.

— Hmm. Et l'orfèvre et sa famille ?

— Réfugiés au château.

— Bien. Demain, j'entrerai dans Tyneham ; je me fais fort d'y apprendre la destination de Gareth. Trouve-moi un otage. De préférence cette donzelle dont Charles est si épris ; dès qu'il s'agit de femmes, les Sommerville ont le cœur si tendre qu'ils en deviennent ridicules. Nous échangerons cette fille contre ton frère.

Walter eut un sourire carnassier.

— C'est une excellente idée. Pardonne-moi d'avoir douté de ton talent, tout à l'heure.

— J'accepte tes excuses, dit Harcourt, grand seigneur. Tu verras bientôt que j'ai l'intention de gagner cette bataille, quoi que je doive faire pour y parvenir.

15

Arianna se réveilla en entendant quelqu'un raviver le feu dans la cheminée. Vivement, elle se retourna dans son lit, chaque muscle de son corps lui arrachant une plainte.

— Ah ! Vous voilà enfin éveillée, commenta en français de cour une voix de femme enjouée.

L'inconnue était d'une beauté fascinante : son corps délié se mouvait avec grâce, sans effort apparent ; de lourdes nattes noires plaquées sur ses tempes encadraient son visage à la pâleur raffinée ; ses yeux semblaient deux améthystes.

Elle s'effaça en souriant pour laisser place à un ballet de servantes portant des seaux d'eau chaude, des vêtements propres et des victuailles.

— Que… ? s'étrangla Arianna en s'asseyant dans le lit, le drap tiré sur sa poitrine à peine voilée par la fine chemise qu'elle portait pour dormir.

— Ne vous souvenez-vous pas de moi ?

— Non. Je ne me rappelle même pas m'être mise au lit.

— Mon nom est Gaby, répondit l'apparition avec un beau sourire qui creusait deux fossettes charmantes dans ses joues d'albâtre.

Lady Gabrielle ?

— Mais où sont vos soies, vos pierreries ? s'étonna

Arianna en considérant les atours simples de la belle-sœur de Gareth.

— Dans mes coffres, répondit celle-ci en ordonnant du geste aux soubrettes de remplir la baignoire de bois qu'elles venaient d'installer devant la cheminée. Ce sont des ornements dont je n'ai que faire pour vaquer à mes tâches quotidiennes.

— Que vous feriez bien de nous laisser remplir, intervint l'une des femmes en secouant la tête, ses grandes nattes dansant sur son ventre proéminent.

— Ce n'est point moi qui suis enceinte de mon premier enfant, répliqua doucement Gabrielle.

— En effet, admit l'autre, mais vous travailliez exactement aussi dur quand vous l'étiez.

Elle couvait la maîtresse des lieux d'un regard si affectueux que l'acidité de la remarque s'en trouvait fort édulcorée.

— Cette créature impudente, expliqua Gaby, est mon amie Felise, l'épouse du capitaine de Ruarke, William de Lacy.

— Milady, salua Arianna en inclinant la tête.

— Felise suffira, repartit la jeune femme en souriant. A présent, montez dans cette baignoire avant que l'eau ne refroidisse. Et profitez-en bien, car Dieu sait quelle tâche Gaby vous assignera quand vous en sortirez.

— J'aimerais vous aider, mais je n'ai aucun talent domestique, s'excusa Arianna, qui hésitait à quitter l'abri de son lit.

— Allons, mesdames, laissez-nous, dit Gabrielle. Je m'occuperai de notre invitée. Vous reviendrez plus tard, pour nettoyer les lieux.

Sagement, elles obéirent, emportant avec elles les seaux vides et les vêtements poussiéreux d'Arianna.

Le sourire de celle-ci, un peu crispé au début, se transforma jusqu'à exprimer un pur bonheur quand elle se glissa dans l'eau brûlante.

— Seigneur, souffla-t-elle, chaque muscle de mon corps me fait mal.

— Voilà bien les hommes, commenta Gaby. Ils croient que parce qu'ils sont capables de rester en selle toute la journée, le reste de l'humanité peut en faire autant.

— Savez-vous où est Grizel, ma femme de chambre ?

— La dernière fois que je l'ai vue, elle abaissait des cercles de pâte en cuisine, pour couvrir des tourtes. N'ayez aucune inquiétude, Gareth a pris soin de m'informer de son état et de sa peur des hommes ; elle ne court aucun danger de ce point de vue. Ma cuisinière est une femme admirable. Elle a pris votre Grizel sous son aile.

— Elle aime cuisiner, en effet.

— En ce cas, elle sera doublement bienvenue, car nous adorons manger !

Et moi ? Le serai-je aussi ?

Arianna observait Gabrielle discrètement, consciente que, malgré son visage impassible, celle-ci semblait préoccupée.

— Qu'y a-t-il ? demanda-t-elle soudain.

La femme de Ruarke tressaillit, déconcertée par la question, mais répondit avec franchise :

— Gareth a dit qu'il voulait vous épouser.

— Je lui ai déjà fait savoir que je m'y opposais.

— Vraiment ?

— Oui. Cela ne l'a pas ébranlé une seconde, d'ailleurs. Pour tout dire, il en a ri. Il est persuadé que je finirai par me faire à cette idée.

Gabrielle ouvrit de grands yeux.

— Gareth a ri ? Quand vous êtes arrivés hier soir, il pestait comme jamais. Je ne me souviens pas de l'avoir déjà vu dans une telle rage.

Arianna resta silencieuse, savourant le parfum de fleurs qu'exhalait l'eau chaude.

— Pourquoi ne voulez-vous pas l'épouser ? s'enquit la châtelaine après un moment.

Il lui fallut attendre la réponse quelques minutes. Une fois sortie du bain et séchée, la jeune orfèvre consentit à s'expliquer :

— Ce n'est pas que je ne l'aime point, déclara-t-elle, un peu surprise de parler si ouvertement avec une quasi-étrangère, mais soulagée tout de même de trouver quelqu'un à qui ouvrir son cœur. J'avais envie, follement envie de devenir sa femme tant que je le croyais pauvre et sans terres, mais quand j'ai appris qu'il devait hériter d'un comté, j'ai… j'ai compris que ce ne serait pas possible.

— Pourquoi donc ? N'importe quelle femme serait ravie à l'idée de devenir comtesse.

Gaby ne semblait pas comprendre ce qui pouvait motiver un tel refus.

— Pas moi, répondit Arianna en frissonnant.

La froideur d'Alex et de lady Catherine, leur haine palpable la hantaient.

— Oh, pardonnez-moi ! s'exclama la maîtresse des lieux. Je manque à tous mes devoirs en vous laissant ainsi prendre froid pour satisfaire égoïstement ma curiosité.

— Ce n'est rien, la rassura Arianna. Je souffre de la même maladie. En tout cas, c'est ce que dit ma grand-tante.

Elle prit la chemise que Gaby lui tendait, et la trouva étonnamment douce.

— Ceci ne m'appartient pas, remarqua-t-elle.

— En effet. Vos affaires sentent le cheval et sont affreusement fripées. Je vous prêterai certaines des miennes en attendant qu'elles soient lavées et repassées. Nous sommes de la même taille. Non, ne protestez pas, vous ne pouvez aller nue, de toute façon.

Aimable façon de lui dire que ses atours n'étaient pas assez convenables pour être portés à Wilton, pensa Arianna. N'empêche, elle appréciait de porter des vêtements propres.

Pendant qu'elle mangeait, Gaby revint à la charge :

— Pourquoi ne voulez-vous pas épouser Gareth ?

— Parce que je ne pourrai jamais être à la hauteur de ce dont il a besoin. Je n'ai pas l'étoffe d'une châtelaine. Et puis…

Elle hésitait à critiquer Ransford, mais se jeta à l'eau malgré tout :

— Et puis je ne veux pas habiter là-bas. Le château est…

— Sombre et crasseux, coupa la femme de Ruarke avec un sourire. Eh bien, si vous pensez que Ransford est en triste état, vous auriez dû voir celui de Wilton quand j'y suis arrivée. L'intendant de l'époque, ce rustre de Walter Beck, l'avait laissé tomber en ruine. Il ne faisait que dilapider la fortune de mon mari pour son propre plaisir, voilà la vérité.

— Walter… Beck ? s'exclama Arianna, médusée. Celui qui est impliqué dans ce complot contre votre famille ?

— Lui-même. J'aurais dû écouter Ruarke et le laisser pendre ce gredin, mais je n'ai pas voulu qu'il ait du sang sur les mains.

Gabrielle but une gorgée de bière avant de poursuivre :

— J'ai grandi en France, voyez-vous. Dans le Sud. Les mœurs y sont fort différentes de celles d'ici. J'ai cherché à rendre Wilton semblable aux demeures de mon enfance, et cela m'a pris des mois de travail. Je crois avoir réussi, car je me sens dans ces murs comme chez moi.

— Vos efforts y sont sensibles, en effet.

— Vous pourriez en faire autant à Ransford. Cela dit,

m'est avis que votre prétendu manque de talent et l'état du château ne suffisent pas à expliquer votre refus.

— C'est vrai, admit Arianna. Lord Alex n'a pas apprécié d'apprendre que Gareth voulait m'épouser, vous pouvez m'en croire. Il m'a même proposé de l'argent pour que j'oublie son frère.

— Encore une fois, voilà bien les hommes ! soupira Gaby en fronçant le sourcil. Ils sont toujours persuadés de pouvoir soumettre la réalité à leurs désirs. Mon Ruarke croit qu'il lui suffit de hurler pour se sortir de toutes les situations. Alex, lui, est plus charmeur et compte sur sa séduction pour s'en tirer. Concernant Gareth... disons que, jusqu'à hier soir, je pensais qu'il savait se montrer patient ; mais son attitude m'a fait douter du bien-fondé de mes impressions. Il bouillait de rage.

— C'est parce que lord Peverell a laissé croire que j'étais sa maîtresse.

A juste titre ?

Il ne faisait aucun doute que la châtelaine de Wilton se posait cette question, mais sa bonne éducation l'empêchait d'aller plus loin. Ari lui enviait sa capacité à rester impassible en toute circonstance.

— Personnellement, je n'ai jamais apprécié cet homme, avoua Gabrielle. Il me fait irrésistiblement penser à un porc. Un porc imbu de sa personne, de surcroît, et convaincu que le monde tourne autour de lui. Quant à Gareth, il faut comprendre que nous sommes sa famille, et que nous n'avons pas envie de voir une nouvelle fois le malheur s'abattre sur lui.

— Faites-vous allusion à Emilie en disant cela ?

— Oui, répondit Gabrielle, les yeux soudain perdus dans le vague, comme si ce nom évoquait un passé douloureux.

— Qui est-elle ?

La jeune châtelaine se mordit la lèvre, indécise pour la première fois depuis le début de leur conversation.

— Elle était la femme de Gareth, repartit-elle, réagissant à la stupéfaction de son hôtesse en précisant immédiatement : Elle a quitté ce monde depuis un peu plus de trois mois.

— Un mensonge de plus..., murmura Arianna, ébranlée par cette révélation.

— Ne vous a-t-il pas dit avoir été marié ?

— Non. Il a refusé de parler d'Emilie avec moi. Ne pensez-vous pas qu'il aurait dû m'informer de tout cela ?

— La plupart des hommes évitent autant que possible d'évoquer les questions difficiles et déplaisantes, comme si en niant leur existence ils pouvaient les faire disparaître, dit Gaby en pressant les mains de sa nouvelle amie. Mais Gareth a de bonnes raisons de ne pas vouloir raviver cette plaie. Emilie était une femme superficielle et cruelle, et si j'avais su quels drames elle allait provoquer, j'aurais tout fait, vous m'entendez, tout fait pour l'empêcher d'épouser mon beau-frère. Je crois que j'aurais pu aller jusqu'au meurtre. A cause d'elle, deux êtres qui me sont chers ont failli s'entretuer.

Arianna scruta le visage de son hôtesse, tâchant de lire au-delà des mots.

— Cela a à voir avec Alex, n'est-ce pas ? C'est lui et Gareth qui ont...

— Comment pouvez-vous savoir cela s'il ne vous a rien dit ?

— En venant à Tyneham, il est tombé dans une embuscade et a été blessé. Ce sont mon grand-père et ma grand-tante qui l'ont soigné chez nous, et, une nuit, il s'est mis à crier. La fièvre le faisait délirer.

Elle tremblait à l'évocation de ce terrible souvenir.

— Je l'ai entendu appeler Alex, et lui hurler de prendre

son épée pour lui éviter de commettre un meurtre. Sur le coup, je n'ai pas compris de quoi il parlait, mais…

— Emilie s'est ingéniée à les monter l'un contre l'autre. Elle y prenait plaisir, je n'en doute pas une seconde.

Gaby marqua une pause, puis :

— Je ne puis en dire plus, reprit-elle. C'est à Gareth lui-même de vous raconter la suite, s'il le veut bien.

Arianna ravala ses questions, opinant à contrecœur devant cette sage décision.

— Assez parlé de choses navrantes, décréta alors Gabrielle d'un ton enjoué. J'ai beaucoup apprécié notre conversation, mais j'ai des obligations à remplir ; si vous avez fini votre repas, je peux vous faire visiter Wilton.

— J'en serais ravie. Gareth m'a dit que vous fabriquiez vos propres tapisseries.

— Vraiment ? Je ne pensais pas qu'il s'intéressait à cela.

— Il les trouve très utiles.

— Ah, les hommes !

— Vous dites souvent cela…

— C'est qu'ils ne pensent absolument pas comme nous, les femmes. Ne croyez-vous pas, milady ?

— Je vous en prie, appelez-moi Ari. Mais pour répondre à votre question, si, en effet, je le crois. En tout cas, Gareth et moi ne voyons pas souvent les choses de la même façon. Cela dit… il est noble, et moi roturière.

Gabrielle lança à la nouvelle venue un regard douloureux.

— Nous sommes ce que nous nous faisons, Ari, affirma-t-elle d'une voix calme et douce. Moi aussi, autrefois, je croyais n'être pas digne d'entrer dans la noble famille des Sommerville. Ruarke a su me convaincre de ce que nous ne valons que ce que valent nos actes, et que cela n'a rien à voir avec le sang qui coule dans nos veines.

— Facile à dire quand on est née dans la noblesse.

— Mais regardez-vous, objecta Gabrielle. Nombre de dames de la cour vous envieraient votre grâce naturelle ; vous êtes instruite, et capable de vous exprimer aussi bien en anglais qu'en français. Savez-vous aussi lire et écrire ?

— Oui, répondit fièrement la petite-fille de l'orfèvre.

— Ce sont des talents rares chez une roturière…

— Mais indispensables. Un marchand doit pouvoir converser avec tous ses clients quels qu'ils soient, et ne pas risquer d'être grugé par un clerc indélicat.

— Ainsi, vous tenez les registres de votre aïeul ?

— Non. Je suis… orfèvre.

— Vous plaisantez ?

Arianna la regardait, la main sur la bouche.

Trop tard.

— Les femmes ont-elles le droit d'appartenir à cette corporation ? Non ? Ah, quel dommage pour vous de ne pouvoir exercer cet art en plein jour. Savez-vous dessiner et graver à la fois ?

— Oui, bien sûr. Nous préparons la gravure en dessinant sur du vélin, car une fois le métal gravé aucun repentir n'est possible.

— C'est parfait ! Je vais avoir besoin de vos services, déclara Gaby en prenant la main de la jeune femme pour l'entraîner hors de la chambre. Je sais que Felise vous a prévenue que j'allais vous mettre au travail, mais…

— Ce n'est rien ; je déteste ne rien faire, dit Arianna en s'efforçant de suivre sa tourbillonnante hôtesse.

Celle-ci marqua le pas dans l'escalier, puis, avec une moue pensive :

— Je vous aime bien, Arianna de Clerc, lança-t-elle.

— Moi aussi, lady Gabrielle.

*
* *

— Magnifique ! s'exclama la maîtresse des lieux en se penchant au-dessus de l'épaule de sa nouvelle amie. C'est exactement ce que je voulais.

Le dessin représentait Gabrielle et ses enfants assis dans un champ de fleurs, au premier plan ; Ruarke, juché sur son cheval, les dominait ; derrière lui, le château de Wilton se dressait, imposant.

— Enchantée que cela vous plaise, répondit l'artiste. J'avais peur de ne pouvoir dessiner Cat.

Autant Philippa, la dernière-née, posait sans difficulté, bien calée sur le bras de sa nourrice, autant Catherine, du haut de ses deux ans, ne tenait pas en place.

— Elle a le tempérament de son père, commenta la mère avec une pointe de fierté.

— Et l'obstination de sa mère ! intervint Ruarke, assis devant la cheminée en compagnie de Gareth et de lord Robert, en partant d'un grand rire.

— L'un de vos chevaux n'a-t-il pas besoin d'aller courir, ou l'un de vos hommes de dérouiller son estoc, mon époux ? suggéra Gaby.

— Avec ce temps ? se récria le maître des lieux en désignant du bras la pluie qui cinglait le verre épais de la fenêtre. Il m'est arrivé de combattre dans de telles conditions, mais il n'est pas question que je sorte là-dessous de mon propre gré.

— C'est sûrement à cette tempête que nous devons le retard de Geoffrey, maugréa Peverell.

Les deux frères lancèrent un regard mauvais à celui-ci, ce dont Ari ne les blâma point, car il se montrait parfaitement exécrable depuis le début de l'après-midi, faisant sans cesse des remarques déplaisantes sur les enfants agités et les filles de marchands incapables de rester à leur place — à telle enseigne qu'elle avait plusieurs fois manqué de quitter la pièce. Elle ne devait qu'aux regards insistants de Gareth de s'y trouver encore.

— Permettez que je vous prépare une coupe de vin chaud, lord Robert, offrit alors Gabrielle, d'une voix doucereuse qui surprit tout leur petit cercle sauf l'intéressé.

Quand il eut accepté, elle ouvrit son coffret à épices et prit une pincée de cannelle et deux clous de girofle qu'elle laissa tomber dans un hanap d'argent ; puis, en se tournant légèrement sur le côté, elle dénoua un petit sachet de toile qu'elle venait de tirer de son gousset et fit tomber un peu d'une poudre blanche qu'elle noya prestement dans le vin rouge. Une cuillerée de miel noir vint compléter l'ensemble, après quoi elle tendit la coupe à Ruarke pour qu'il y plonge le tisonnier qu'il gardait au chaud au milieu des braises.

Une odeur suave se répandit dans la pièce alors que grésillait l'acier rougi.

— Quelqu'un d'autre en veut-il ? proposa le maître des lieux.

Gaby lui lança un regard courroucé, mais si fugacement qu'Arianna crut presque avoir rêvé. Le visage de Ruarke se tendit sans l'ombre d'un doute, et la jeune femme l'entendit souffler aussi bas que possible à l'adresse de son épouse un : « Je vous ai mise en garde là-dessus ! » qui la fit frissonner.

Du diable si elle comprenait ce qui se passait.

Lord Robert avala son vin chaud d'une seule lampée et, presque aussitôt, se mit à bâiller à se décrocher la mâchoire, sous le regard nerveux de Ruarke. Gaby, elle, souriait doucement, tandis que Gareth toussait d'un air gêné.

— Ah, cela m'a réchauffé, commenta Peverell en faisant claquer sa langue, et en bâillant de plus belle. Par saint Georges, je me sens comme une fatigue, tout à coup…

M'est avis que je devrais aller me reposer un peu avant le dîner.

Il se leva péniblement, ce qui incita Gabrielle à faire signe à deux soubrettes de l'aider à monter dans sa chambre.

A peine la porte se fut-elle refermée sur le trio que Ruarke bondit de son fauteuil.

— Peste ! éructa-t-il, vous ne pouvez continuer à droguer les gens de la sorte à votre guise.

— C'était cela ou bien j'allais lui planter un couteau dans le cœur, rétorqua la châtelaine en relevant le menton. Je ne tolère pas une telle grossièreté sous mon toit. Il a insulté nos enfants et Ari, que vous faut-il de plus ?

— Félicitations, Gaby, approuva Gareth en prenant sa belle-sœur par l'épaule pour la serrer contre lui. Jésus ! J'ai cru m'étouffer en me retenant de rire quand j'ai compris ce que vous complotiez.

— Vous avez drogué le vin de lord Robert ? fit Arianna, incrédule.

— Exactement, dit le chevalier en la prenant dans ses bras et en tourbillonnant avec elle en riant follement. Ah, mille fois merci, ma chèrc belle-sœur ! Je mourais d'envie de faire ça depuis des heures.

Ça et bien d'autres choses encore, visiblement.

Arianna frissonna, consciente qu'elle aurait dû résister et pourtant incapable de s'arracher à son étreinte. Son cœur battait la chamade. Elle avait terriblement envie qu'il l'embrasse à perdre haleine, et il le savait. Son sourire carnassier lui donnait la chair de poule.

Le lit de corde plia quand il s'assit auprès d'elle dans la clarté ambrée des flammes qui dansaient dans la cheminée.

— Nous ne devrions pas être ici, souffla Arianna.

— Au contraire, ma mie, répliqua Gareth en lui caressant

tendrement la joue du bout du doigt, puis la ligne tendre du cou, laissant une trace brûlante sur sa chair frémissante. Je vous aime trop pour rester longtemps loin de vous.

Arianna se sentit la gorge nouée, tout à coup, et la bouche sèche. Elle voulait lui dire son amour elle aussi, mais les mots ne venaient pas.

— Seigneur, comme vous m'avez manqué ! dit encore le chevalier. Vous êtes le soleil de mes jours…

Sa phrase s'acheva en un baiser impérieux, désespéré. L'espace d'un instant, elle hésita, déchirée entre le bon sens qui lui criait de fuir, et le désir qui la jetait contre lui.

Elle ne se souvenait pas d'avoir ôté ses vêtements, mais, quand elle se glissa contre son corps brûlant, elle se rendit compte qu'elle devait être restée nue assez longtemps pour se sentir glacée.

— Oh Gareth, murmura-t-elle en tremblant, j'ai eu si peur, j'ai été tellement seule.

— Là, là, dit-il en la caressant, comme on fait d'une jument apeurée. Bientôt nous serons ensemble pour toujours.

Pour toujours ?

Elle n'aurait pas juré que le mot fût approprié, car Dieu seul savait encore ce que leur réservait l'avenir. Pour l'heure, ils avaient la nuit devant eux. Au matin, elle regretterait peut-être d'avoir cédé au désir qui fouaillait sa chair ; en attendant, elle avait besoin de son amour pour ne pas sombrer.

Etant moins connu que les autres à Tyneham, Hugh se borna à porter une capuche pour entrer dans le château à l'heure du dîner, et gagna directement les cuisines pour y glaner quelques informations. Walter prétendait qu'il n'y avait pas de meilleur endroit pour ce faire, et quand bien même Hugh détestait admettre qu'il avait raison, il en était convenu.

Une fois à l'office, il écouta les conversations ; pas un instant il ne fut question des Marsden. En désespoir de cause, il prit le premier couloir qui s'ouvrait devant lui et atteignit bientôt la grande salle.

Il la trouva déserte, à l'exception de quelques soldats qui jouaient aux dés devant l'âtre. Il allait rebrousser chemin, désappointé, quand une voix hostile résonna derrière lui :

— Que faites-vous ici ?

Hugh se retourna pour se retrouver face à face avec un visage familier. Il n'oublierait pas de sitôt l'homme qui dirigeait l'embuscade sur la plage aux côtés de Gareth. Farley. Prudent, il ne répondit rien.

— Eh bien ? gronda le capitaine.

— Dame Cicily m'a envoyé voir si vous aviez des nouvelles d'Arianna, glapit Harcourt, en faisant de son mieux pour parler comme un gueux.

— J'ai déjà dit à Marsden qu'un message pourrait prendre deux ou trois jours pour nous parvenir de Wilton, répondit Farley, que cette insistance surprenait.

Wilton.

— Très bien, m'lord, fit Hugh en cachant son excitation, avant de vider les lieux sans demander son reste.

Sortir du château fut un jeu d'enfant ; il enrageait, toutefois, en atteignant le bois où l'attendaient ses complices.

— Comment ce chien de Sommerville a-t-il osé me faire ça ? s'emporta-t-il, donnant des coups de pied dans les feuilles mortes et les brindilles qui jonchaient le sol de leur campement de fortune.

Walter sortit de sa cachette et rangea dans sa botte le couteau qu'il tenait à la main.

— As-tu appris quelque chose ?

Harcourt s'affala sur une couverture et saisit une outre de vin.

— Oui. Ce damné Sommerville est parti à Wilton.

— A Wilton ? répéta Walter Beck, abasourdi.

— Autant dire sur la Lune.

— Non, objecta le frère de Charles, une lueur de triomphe dans l'œil. C'est une excellente nouvelle, au contraire.

— Ne dis pas de bêtises, Walt, gronda le chef. Cet endroit est la forteresse de Ruarke Sommerville. Pour l'en déloger, il nous faudrait des forces que nous n'avons pas. Et le soleil brillera en pleine nuit avant que mon père vénéré ne me prête une armée pour assiéger Wilton.

— Nous n'aurons pas besoin de ça, s'esclaffa Walter en se frottant les mains d'un air gourmand. N'oublie pas que j'étais intendant là-bas avant que Ruarke et sa chienne de femme ne m'en chassent. Mais je ne suis pas parti sans rien. J'ai encore une clé de la poterne…

16

En ouvrant les yeux, Arianna remarqua d'abord qu'elle était seule dans le lit. Il devait être tard, et apparemment Grizel n'était pas venue la réveiller.

Elle se félicita du tact de Gareth : sa décision de quitter leur couche avant que le château ne s'éveille leur éviterait sans doute bien des questions gênantes — à tout le moins des regards inquisiteurs, voire franchement désapprobateurs.

Rapidement, elle se glissa hors du lit, passa les vêtements prêtés par Gabrielle la veille et se brossa sommairement les cheveux avant de se diriger vers l'escalier en colimaçon qui menait à la grande salle.

En entrant dans celle-ci, elle vit ses craintes confirmées : un jeune homme semblait avoir acculé Grizel dans un coin.

— Bas les pattes ! cria la jeune femme en s'interposant entre le godelureau et la servante, forçant le premier à reculer de trois pas.

— Que signifie ? Oh, pardonnez-moi, lady Arianna, dit-il en s'inclinant devant l'intruse. Je ne faisais que…

— Laissez Grizel tranquille. Elle est…

L'intéressée saisit sa maîtresse par le bras pour la forcer à lui faire face et lui fit signe que tout allait bien. Elle avait les joues un peu rouges et une lueur étrange pétillait dans ses yeux.

— Qui est cet homme ? Pourquoi te parlait-il, et de quoi ?

— Je suis Philippe, l'écuyer de lord Ruarke, dit le garçon.

— Philippe ! appela alors le maître des lieux depuis le seuil de la grande salle. Suis-moi ! Les chevaux piaffent.

Avant de partir, le jeune homme pressa doucement le bras de Grizel pour lui demander s'il pourrait la revoir plus tard, à quoi elle répondit en opinant du chef, le fixant de ses grands yeux sombres.

— N'as-tu pas peur de lui ? demanda Arianna, stupéfaite, quand il eut suivi son maître au-dehors.

La muette secoua la tête avec véhémence, faisant danser ses nattes. Mais il en fallait plus que cela pour convaincre la jeune orfèvre. Elle n'avait elle-même qu'une confiance limitée dans la gent masculine. Pourquoi un écuyer se serait-il intéressé à une femme de chambre réduite au silence sinon pour la mettre dans son lit ?

— A-t-il essayé de te…

Grizel secoua la tête derechef.

— Il ne le fera pas, intervint Gabrielle, qui venait de surgir de l'escalier. Non seulement Ruarke a interdit à ses hommes d'importuner les servantes, de passage ou non, mais ce garçon a subi des violences lui-même avant de venir ici et il est resté très sensible. Quand j'ai épousé mon mari, je ne parlais pas le normand ; Philippe nous a servi d'interprète. Je crois que j'ai dû plus d'une fois le mettre dans des situations embarrassantes avant d'apprendre enfin à me quereller avec Ruarke dans sa langue.

Malgré ses craintes pour Grizel, Arianna ne put s'empêcher de rire à cette évocation.

— Vous avez eu bien du courage de venir habiter une terre dont vous ignoriez le parler.

— Le courage n'a eu aucune part là-dedans. C'est

plutôt parce que Ruarke a refusé obstinément de m'abandonner !

— Pour ça, les Sommerville sont plus têtus que des ânes, et d'une arrogance insigne.

Elle entendait encore Gareth lui jurer qu'elle l'épouserait de gré ou de force.

Comment le convaincre que cela les détruirait tous deux ?

— Fiers, plutôt, tempéra Gaby. Terriblement fiers. C'est d'ailleurs ce qui nous rend si difficile, à nous autres pauvres femmes, la tâche de les apprivoiser.

— Pauvres femmes ? Je ne crois pas, objecta Arianna. Vous semblez réussir fort bien dans cette entreprise, et pourtant lord Ruarke a l'air assez fort pour effrayer jusqu'aux plus intrépides d'entre nous.

Gaby avait beau n'être que de quelques années plus âgée qu'elle, elle semblait posséder autant d'expérience que dame Cicily.

Son sourire s'effaça soudain, toutefois.

— Mon père, et croyez qu'il m'en coûte chaque fois d'admettre que je suis la fille d'un tel rustre, était un homme si grossier que Ruarke semble un saint en comparaison. J'ai appris très tôt à penser par moi-même, et, comme les femmes et les hommes n'appréhendent jamais les choses de la même façon, nous nous opposons, mon époux et moi, très souvent. Sur presque tout, en fait.

— Mais vous vous aimez, cependant.

— Beaucoup, mais l'un n'empêche pas l'autre, j'en ai peur.

Arianna soupira.

— C'est vrai. Gareth et moi sommes aussi différents qu'on peut l'être. Il est calme et pragmatique, alors que je parle toujours trop et agis le plus souvent sans réfléchir aux conséquences.

— Vous le faites également rire, ce qui est un exploit, observa Gaby. Et, d'après ce que j'ai vu depuis votre arrivée, vous êtes extrêmement amoureux l'un de l'autre.

La survenue inopinée de l'une des femmes de chambre épargna à Arianna la douleur de dire que cela n'avait plus aucune importance.

— Pouvez-vous venir, milady ? demanda la soubrette.

Il fallut une seconde à Arianna pour s'aviser que la fille s'adressait à elle, quand bien même tout le monde à Wilton lui donnait du « milady » à profusion, excepté bien sûr lord Peverell.

— Qu'y a-t-il ?

— Nous avons disposé les écheveaux de laine pour que vous puissiez choisir la couleur des arbres.

— Entendu, dit Arianna avant de proposer à Grizel de les accompagner pour voir son œuvre.

Une fois dans la chambre haute, les trois femmes s'arrêtèrent devant le cadre sur lequel était tendue la tapisserie. Subjuguée, la muette admira la finesse du dessin, suivant du bout du doigt les contours du château, qui occupait presque tout l'arrière-plan.

— Tu as raison, dit sa maîtresse. Il y a une douceur dans ce tableau que l'on ressent presque instantanément.

Grizel effleura le visage poupin de la petite Catherine, puis celui du nouveau-né, s'attardant sur celui-ci d'un air songeur. Doucement, elle tourna la tête vers Arianna puis, baissant les yeux sur son ventre, désigna celui-ci du menton.

Arianna mit quelques instants à comprendre la question.

Un enfant !

Seigneur Jésus ! Se pouvait-il qu'elle fût enceinte ? Des vagues de froid et de chaleur la submergèrent tour à tour.

Comment pouvait-elle ne pas avoir songé un instant à une telle éventualité ?

— C'est parfait, commenta Gaby en hochant la tête devant les écheveaux choisis par la jeune femme pour broder les arbres. Felise va préparer une aiguille pour vous et vous montrer les différents points que vous pouvez utiliser.

— Non, dit Arianna. Je n'ai jamais fait cela et ne voudrais abîmer ce dessin pour rien au monde. De toute façon, je suis trop agitée pour rester assise bien longtemps. Je pense que je ferais mieux d'aller marcher un peu dans le jardin.

— Allons donc. Broder n'est pas si difficile. Vous êtes habile de vos mains, sans quoi vous ne seriez pas orfèvre. Il ne vous faudra que quelques jours tout au plus pour maîtriser cet art.

A la vérité, elle avait follement envie de faire quelque chose de ses dix doigts, n'ayant pas touché le moindre outil depuis deux semaines. Mais elle savait travailler le métal, et non le fil et la laine. En fait, elle aurait donné cher pour être de retour à Tyneham et pouvoir s'atteler à la réalisation d'une statue de Gareth en bronze.

Elle ne se plaignait nullement de l'accueil reçu à Wilton, autant d'ailleurs pour elle-même que pour ses domestiques. Grizel semblait s'adapter à merveille. Sans parler du jeune écuyer qui s'intéressait à elle sincèrement.

Sim de son côté se faisait tranquillement une place aux écuries, où l'on appréciait son habileté avec les chevaux, malgré ses déficiences physiques.

Ils devaient tous deux d'avoir été si bien acceptés à l'influence de Gabrielle, dont le propre page avait une jambe plus courte que l'autre et dont l'intendant était presque invalide, quoique son esprit fût aussi agile que celui d'un jeune homme. Dans les écuries, une vraie ménagerie d'animaux sauvages blessés ou malades recouvrait la santé grâce aux soins attentifs qu'elle lui prodiguait avec l'aide de Felise, et, désormais, de Sim.

Gareth avait bien raison de faire constamment l'éloge de sa belle-sœur : il ne devait pas y avoir deux femmes comme elle dans tout le royaume. Las, l'admiration qu'éprouvait Arianna à son égard ne faisait que renforcer le sentiment de sa propre incapacité à l'égaler un jour. Décidément, elle n'avait pas l'étoffe d'une lady.

— J'aimerais fort que père arrive, grommela Ruarke en quittant les écuries en compagnie de Gareth, au retour d'une chevauchée vivifiante.

— Je pense qu'il arrivera aujourd'hui, répondit son frère. Il s'est vraisemblablement réfugié dans le château le plus proche pour éviter la tempête et aura repris la route une fois celle-ci passée.

— Et Alex ?

— Je ne suis pas marin ; mais s'il a dû essuyer ce grain en mer, il se pourrait qu'il ait perdu la trace de Harcourt, ou même pire que ça.

— Alex sait prévoir les tempêtes, c'en est presque effrayant, objecta Ruarke. Il aura senti venir celle-là comme les autres et se sera mis à l'abri dans un port.

Il y eut un silence, puis, comme ils franchissaient la cour en direction du donjon :

— Je trouve ton Arianna charmante.

Gareth se rappela avoir dit à celle-ci, leurs corps comblés gisant côté à côte sur le lit, que Ruarke et Gaby l'aimaient déjà.

— J'en suis ravi.

Comment lui faire comprendre que ses qualités de cœur et sa gentillesse naturelle compensaient amplement son inexpérience en matière domestique ?

— Que comptes-tu faire si tu ne peux l'épouser ?

Gareth inspira profondément avant de répondre d'un ton lugubre :

— Me tuer...

— Gaby avait raison. Tu dois être très amoureux.

Sa voix résonnait si fort que plusieurs serviteurs occupés à tendre un grand lé de tissu sur la table seigneuriale tournèrent la tête vers eux.

— Ah, j'ai oublié de te dire que nous rendons la justice aujourd'hui. Je ferais bien d'aller me changer si je veux siéger dignement, sans quoi les vilains se sentiront insultés. Fais-en autant, c'est un conseil, et viens assister à la séance avec Ari.

— Entendu, fit Gareth, ravi de cette occasion de prouver à la jeune femme que les Sommerville croyaient en l'équité.

Arianna aperçut Gareth qui venait droit sur elle.

— Que se passe-t-il ? lança-t-elle avec anxiété.

— Je ne savais pas où vous étiez, répondit-il en s'arrêtant si près qu'il la touchait presque.

— J'étais ici.

— Y serez-vous toujours ?

— Dans ce jardin ? s'esclaffa la jeune femme comme pour nier la tension qui montait en elle.

— Non. Ici, près de moi. Je ne supporterais pas de ne plus vous avoir à mes côtés.

Il lui prit le bras avec douceur, sa main brûlante caressant la peau glacée, sans pour autant dissiper le froid qu'elle ressentait à l'intérieur.

— Qu'est-ce donc qui vous préoccupe, ma mie ?

Aussi fort que fût son désir de se jeter dans ses bras pour y trouver encore, comme la nuit précédente, le réconfort de la chair, elle savait que ce répit ne serait, au mieux, que temporaire.

— Rien qui ne fasse souci à tous en ce château. J'ai hâte de voir cette affaire s'achever.

Elle mentait, bien sûr, mais il fit mine de la croire.

— Dites-m'en plus, Ari. L'inquiétude seule ne peut avoir tant assombri votre regard.

— J'aimerais savoir… à propos d'Emilie, murmura-t-elle, décidée à oublier son appréhension un instant.

Gareth poussa un long soupir avant de répondre :

— Elle était ma femme.

— Et elle est morte il y a quatre mois.

— Trois mois, trois semaines et deux jours, pour être précis.

Pour une fois, elle n'arrivait pas à lire dans ses pensées.

— L'aimiez-vous ?

— J'ignorais le sens de ce mot avant de vous rencontrer, Arianna, souffla-t-il avec l'accent de la sincérité, en scrutant son regard, étonné de n'y voir aucune colère.

Comment pouvait-il avoir si vite oublié qu'elle ne connaissait ni la haine, ni la rancœur ? Presque honteux, il la guida vers un banc installé au milieu des roses. Ils y seraient mieux pour parler.

— Pour elle, je représentais un titre, une aisance que ses parents l'exhortaient à briguer depuis son enfance. J'ignorais qu'elle connaissait Alex avant de me rencontrer, et qu'elle l'avait séduit, le croyant l'héritier des Sommerville. Quand elle a compris son erreur, elle a vite reporté son attention sur moi, et, fol que j'étais, je lui ai demandé sa main deux jours seulement après l'avoir rencontrée. Ce n'est qu'en rentrant à Ransford pour présenter le contrat de mariage à mon père que je me suis rendu compte qu'Alex l'aimait, ou croyait l'aimer, lui aussi.

— Et vous vous êtes battus à cause d'elle ?

— Tels deux chiens se disputant un os. Nous avions perdu tout bon sens, toute raison. Comme nous étions fiancés, Alex ne pouvait plus rien faire sinon menacer de quitter Ransford à jamais.

— L'a-t-il fait ?

Gareth eut un rire plein d'amertume.

— Gaby l'a drogué et l'a fait porter jusqu'au château pour le mariage. Plus tard, j'ai appris qu'après le banquet, Emilie lui avait parlé, lui jurant, quelques heures à peine après être devenue ma femme, qu'elle l'aimait lui, et ne m'avait épousé que par intérêt. Elle lui a même proposé de le rejoindre en secret.

— Cela a dû être épouvantable pour vous…

— Pour tous les trois, laissa lugubrement tomber Gareth.

— Et vous vous êtes battus de nouveau, n'est-il pas vrai ?

Arianna gardait intact le souvenir des nuits passées à le veiller pendant sa fièvre, et de ses cris pitoyables.

— Oui, confirma-t-il, une expression si douloureuse sur le visage qu'elle ne pouvait le supporter. Nous n'avions plus dormi ensemble depuis des mois, six ou sept, je ne sais plus, lorsqu'une nuit, elle est venue dans ma chambre en prétendant s'être languie de moi. Elle qui me repoussait sans cesse, et me faisait honte de mon désir, voilà qu'elle venait m'aguicher soudain… Après deux ans de vie commune, je n'avais plus la naïveté des premiers jours, et je l'ai éconduite sans ménagement. Elle a insisté néanmoins et…

Les mâchoires serrées, il hésita un instant.

Il s'en voulait encore d'avoir cédé cette nuit-là.

Arianna éprouvait finalement assez peu de jalousie : si elle avait été mariée avec lui, Emilie n'avait jamais été sa femme.

— Et ensuite, que s'est-il passé ? demanda-t-elle pour lui éviter d'avoir à revivre ces heures pénibles.

Gareth la regarda, subjugué, et prit son délicat visage entre ses mains.

— Ah, ma mie, comme vous savez être généreuse…

— Si je le pouvais, repartit-elle en lui embrassant le poignet, je ferais en sorte de chasser la douleur de votre cœur.

— Ce n'est plus de la douleur que j'éprouve quand je parle d'elle, corrigea-t-il. Mon amour pour vous a cautérisé cette plaie. Las, pour oublier que j'ai failli occire mon propre frère, il faudra sûrement des années et des années.

— Vous parlez d'Alex, c'est bien ça ?

— Oui. Deux semaines après… m'avoir rejoint dans ma chambre, Emilie m'a annoncé être enceinte. Oui, vous avez bien entendu. Après seulement quinze jours, elle affirmait déjà qu'elle portait mon enfant. C'est ce qu'elle a voulu me faire croire en tout cas. Mais je l'ai sommée de dire la vérité…

Ari porta machinalement la main à son ventre. Il y avait un peu plus de deux semaines que… Non, elle ne voulait pas penser à cela pour l'instant.

— A-t-elle avoué qui était le père ?

— Elle a prétendu que c'était Alex. Je ne voulais pas le croire, au début, mais elle vivait à Londres depuis six mois, et mon frère se rendait parfois à la capitale. La chose était plausible. Elle m'a juré avoir été séduite par lui contre sa volonté.

— Aussi avez-vous cherché votre frère pour lui faire payer sa trahison…

— Oui. Je l'ai trouvé sur son navire, sur les quais du port.

Sa voix se faisait plus grave, plus sombre à mesure qu'il parlait.

— Il a démenti les accusations d'Emilie avec véhémence, m'a juré ne l'avoir plus touchée depuis l'annonce de notre mariage. Mais l'orgueil et la colère m'aveuglaient. Il ne voulait pas se battre. J'ai levé mon arme sur lui et l'ai fait glisser sur son cou. La lame s'en est trouvée toute dégoûtante de sang. Du sang de mon frère, Arianna !

— Oh, Gareth ! s'exclama-t-elle, le prenant dans ses bras avec une tendresse infinie. Vous ne l'avez pas tué, c'est l'essentiel.

— Non, dit-il en secouant la tête comme pour chasser une vision de cauchemar. J'ai jeté mon épée et me suis enfui avant de commettre l'irréparable.

— Il ne vous en tient pas rigueur, puisqu'il est venu à votre secours à Tyneham.

— A ma grande honte.

— Pourquoi dites-vous cela ? fit-elle, sidérée de voir deux larmes perler au coin des yeux de cet homme au visage d'ordinaire de marbre. Vous ne l'avez pas tué. Vous en étiez incapable.

— J'ai essayé, pourtant.

— Tout comme il a sûrement souhaité votre mort en apprenant votre mariage prochain avec Emilie. Gaby m'a parlé de la fierté des Sommerville, de leur caractère passionné. Il me semble même qu'elle a dit quelque chose comme « celui qui touche à l'une de leurs femmes ne pourra s'en vanter longtemps ».

— C'est vrai, admit Gareth, à qui cette citation arracha un maigre sourire. Il reste que j'ai failli tuer mon propre frère à cause des mensonges d'une femme.

— Encore une fois, Gareth, vous ne l'avez pas fait. Vous n'êtes pas un assassin. Avez-vous finalement découvert l'identité du père de cet enfant ?

— Non. Des rumeurs faisaient état de l'inconduite d'Emilie, à la cour, mais je n'ai jamais pu savoir précisément de qui il s'agissait. Quand je suis rentré à Ransford, je l'ai trouvée agonisante, empoisonnée par une potion qu'elle venait de prendre pour… se débarrasser de son fardeau.

— C'est atroce. Comme vous avez dû souffrir…

— Cela appartient au passé. Je ne veux plus en parler. Je préfère cent fois être dans vos bras, là-haut, dans notre chambre.

— Gareth Sommerville, vous êtes un débauché, protesta mollement la jeune femme en partant d'un rire frais.

— En ce cas vous l'êtes aussi, répliqua-t-il sur le même ton, puis, redevenant sérieux d'un coup : Ne pouvez-vous oublier un instant vos peurs sans fondement et me promettre de m'épouser quand toute cette affaire sera finie ?

— Non, je… je ne le puis.

— Nous nous aimons, Ari, plaida-t-il. Votre modeste naissance ne peut rien changer à cela.

— Ce n'est pas ce que pensera votre père.

Gareth haussa les épaules.

— Rien n'est moins sûr. Mais si d'aventure il est déçu de prime abord, cela ne durera pas. Dès qu'il vous connaîtra un peu, toutes ses objections tomberont, je vous le promets.

— Et s'il vous déshérite ?

Cette question le fit éclater de rire, malgré le sérieux de leur échange.

— Me déshériter ? Vous plaisantez. Jamais mon père ne fera pareille chose.

— Le mien pensait la même chose, répliqua Arianna, bien décidée cette fois à ne plus rien cacher de la vérité, quelque douloureuse qu'elle puisse être. Il a épousé ma mère sans demander la bénédiction du baron de Clerc, son père. Quand il est arrivé dans la demeure familiale, quelques mois plus tard, ce dernier est entré dans une rage folle. Non seulement il l'a déshérité, mais il les a chassés tous deux sans même leur faire donner un bol de soupe.

Ils ont bien manqué mourir de faim et de froid en rentrant à Tyneham.

— Vous m'en voyez désolé, mais cela ne change rien au fait que votre aïeul était baron. Vous n'avez aucune raison de vous sentir inférieure à…

— Ah non, vraiment ? explosa Arianna. Cet homme a détruit la vie de mes parents. Ma mère a passé la sienne à se reprocher d'avoir fait perdre à son époux la position que lui assurait sa naissance. Leur amour n'y a pas survécu et maman l'a pleuré amèrement, chaque nuit, jusqu'à sa mort.

Cela expliquait qu'elle ne pleure jamais…

— Jamais mon père ne me déshéritera, insista Gareth sans la convaincre.

— La cour va siéger, annonça alors Ruarke depuis la porte de la grande salle.

Les deux jeunes gens étaient assis sur un banc dans le fond de la pièce, qui bruissait des conversations agitées des villageois venus, qui pour plaider une affaire, qui pour témoigner en faveur d'un ami, ou simplement pour assister à la séance.

En dépit des tentures sur les murs fraîchement nettoyés et des roseaux frais tressés disposés sur le sol, ce grouillement de corps crasseux exhalait un fumet pour le moins déplaisant. Arianna refusa néanmoins de quitter l'endroit comme le lui suggérait son amant, se bornant à bien tenir devant son nez l'orange piquée de girofle censée les protéger des miasmes.

— Que vous êtes obstinée ! dit-il affectueusement, en lui volant un baiser.

— Gareth ! Lord Robert nous fusille du regard.

A quoi l'aîné des Sommerville répondit en lançant à celui-ci un regard plein de mépris.

— Est-il habituel de voir la maîtresse des lieux siéger aux côtés de son époux ? demanda Arianna en avisant Gabrielle, qui venait de prendre place sous le dais.

— Non. C'est le choix du seigneur. En l'occurrence, comme en beaucoup d'autres matières, Ruarke partage ses devoirs et ses privilèges avec Gaby.

— Cela ne me surprend point.

— C'est une femme extraordinaire.

Assurément.

— Emilie ne s'intéressait absolument pas aux affaires des domaines, ajouta le chevalier, hormis pour en dépenser sans compter les bénéfices. C'est encore entre vous une différence insigne, car je sais que vous ne risquez pas de me ruiner, ma mie. Vous ne vous intéressez que très peu aux vêtements et aux bijoux.

— Qu'en savez-vous ? rétorqua la jeune femme, si vivement que plusieurs têtes se tournèrent de leur côté.

— Tout doux, ma mie, murmura Gareth, gêné. Je voulais simplement dire que vous étiez habituée à de plus simples atours, et...

— Parce que je suis une roturière ? insista-t-elle en élevant la voix de nouveau.

— Bien sûr que non. Ne vous ai-je point dit cent fois que vous étiez belle ? Seigneur ! N'en parlons plus, s'il vous plaît. Le sujet est trop épineux.

— Fort bien, acquiesça sèchement Arianna, vexée, quand bien même Gareth ne disait rien là d'extravagant.

Elle n'avait pas la classe d'une lady, ni l'habitude des belles choses, voilà la vérité !

Le chevalier s'éclaircit la voix.

— Ransford est plus étendu que Wilton, et nous possédons plusieurs châteaux dans nos autres fiefs, quelques villes et villages, un moulin, un octroi et deux marchés.

— Je suis consciente de ce que l'héritier d'un grand

domaine doit avoir d'obligations, commenta-t-elle, plus roide qu'un piquet.

— Depuis ma plus tendre enfance, poursuivit Gareth en soupirant, j'ai passé ma vie à apprendre à devenir comte. Vous aurez beaucoup à faire, croyez-m'en. Emilie ne s'est jamais occupé de rien à Ransford, hormis d'elle-même. La nourriture, les jardins, la propreté, tout là-bas a grandement besoin d'être amélioré.

Il parlait de ses gens avec tant de fierté et d'amour qu'Arianna en était émue. Malgré l'exemple tragique de ses parents, elle avait presque envie de céder et d'accepter le défi que constituait la reprise en main de Ransford, sans parler d'en faire un château aussi bien tenu et agréable que Wilton. Mais le comte et la comtesse l'accepteraient-ils ?

Dans le cas contraire, Gareth se verrait obligé de choisir entre sa famille, son héritage et son amour.

L'intendant se leva pour donner lecture de l'acte suivant. Un murmure agita le public lorsqu'une femme s'avança devant son seigneur et son épouse. Le meunier, mort quelques jours plus tôt, la laissait veuve avec un enfant en bas âge et elle venait plaider auprès de Ruarke dans l'espoir de conserver le moulin.

A peine l'acte eut-il été lu qu'un gaillard s'avança à son tour :

— Je suis Edgar, époux de la nièce du défunt, déclara-t-il d'une voix tonitruante. Je suis ici pour faire valoir mes droits sur ce moulin.

Ruarke et Gaby échangèrent un regard. Arianna aurait été bien en peine de deviner ce qu'ils pensaient.

— Es-tu meunier toi-même ? s'enquit le premier.

— Non, Votre Grâce. Je suis fermier, comme mon père.

— As-tu des frères ?

— Trois.

Ruarke hocha la tête ; Gabrielle fronça le sourcil.

— A la mort du père d'Edgar, la ferme sera répartie entre ses quatre fils, expliqua Gareth à Arianna qui l'interrogeait du regard. Il n'est pas certain qu'elle puisse permettre à quatre familles de vivre, aussi cet homme préférerait-il devenir meunier pour se bâtir une vie plus prospère.

— Votre frère va-t-il accéder à sa requête ?

— Je le suppose, car une femme ne peut faire tourner seule un moulin. C'est un travail très prenant, et qui requiert de la force.

— Sans doute, mais que va-t-il advenir de cette pauvre veuve et de sa fille ? s'enquit Arianna, à qui la chose rappelait furieusement le cas de Mary.

Gareth haussa les épaules avec une moue dubitative. Le sang de la jeune femme ne fit qu'un tour.

— On ne peut pas la jeter à la rue sans rien ! s'insurgea-t-elle en bondissant sur ses pieds, sous le regard médusé de l'assistance. Elle va mourir de faim avec son enfant.

— Ari, asseyez-vous ! ordonna Gareth en la tirant par la manche. Cette décision ne nous appartient pas.

— Gaby, je vous en prie, supplia la jeune femme en se dégageant.

— Pour l'amour du ciel ! souffla Gareth en la saisissant fermement pour la jeter en travers de ses genoux.

Elle se débattit avec vigueur.

— Lâchez-moi ! Je ne laisserai pas une autre famille être traitée comme Mary l'a été par ce damné comte de Winchester !

La foule émit une sorte de soupir sidéré au moment où une voix grave tonnait dans la grande salle :

— Que se passe-t-il ici ?

Ari se retourna et vit s'approcher un homme massif et grisonnant qui ressemblait de façon étonnante à Gareth et la toisait avec une expression de colère. Son instinct lui criait de se calmer, mais son indignation la rendait sourde.

— Et peut-on savoir qui vous êtes ? demanda-t-elle effrontément.

L'homme leva son beau visage couvert de poussière, un sourire mauvais sur les lèvres.

— Le comte de Winchester, répondit-il.

— Seigneur Jésus ! exhala la jeune femme, consternée.

La première stupeur passée, l'assistante cria sa joie de voir son suzerain revenu de son voyage, en lançant en l'air leurs chapeaux de toutes les couleurs. Gareth garda un bras autour de la taille d'Arianna, par prudence, comme s'il s'attendait à la voir sauter à la gorge de son père d'un instant à l'autre.

En fait, elle aurait voulu disparaître entre les dalles du sol…

— Père, lança Gareth avec une célérité bienvenue, j'aimerais vous présenter Arianna de Clerc, qui nous vient de Tyneham.

— Vraiment ? fit Geoffrey Sommerville en plissant les paupières. J'avoue que je ne m'attendais pas à voir l'épouse de sir Neil ici avec toi.

Il parlait d'une voix glaciale, comme Alex l'autre jour, en considérant la jeune femme des pieds à la tête avec une insistance gênante.

Gareth la sentit frissonner, et n'eut de cesse de lui épargner une humiliation par trop pénible.

— Des choses graves sont advenues, père, déclara-t-il. Il me faut vous en informer en privé.

Lord Peverell traversa alors la foule en jouant des coudes pour venir se planter entre l'aîné des fils Sommerville et son père.

— Geoffrey ! Vous voici enfin, Dieu soit loué, s'écria-t-il en lançant à Arianna un regard triomphant.

— Robert ! Je ne pensais pas vous trouver céans, mais cela m'économisera un voyage. Dès que mon aîné m'aura entretenu de ce qui s'est passé, nous pourrons nous pencher tous deux sur la promesse de fiançailles que j'ai fait établir entre Gareth et Margory.

17

— Ainsi vous êtes fiancé ? s'exclama Arianna.

— Aucun contrat n'a été signé, se défendit Gareth, qui s'efforçait de paraître calme et serein malgré sa pleine conscience de la menace que représentait Peverell et du risque qu'il prenait en voulant défier celui-ci.

Elle le regardait par-dessus leurs draps froissés, témoins silencieux de leurs serments d'amour de la nuit, et ses yeux semblaient immenses, gonflés de larmes retenues à grand-peine.

— Je comprends à présent pourquoi lord Robert a tant insisté pour venir avec nous jusqu'ici.

Il aurait volontiers envoyé au diable ce dernier, sa fille et tous les Harcourt.

— Il entend m'obliger à épouser Margory, grâce à l'autorité dont il jouit.

— Comment cela ?

— Nous avons déjà évoqué ce qui se passerait si Charles et les marchands arrivaient à conter leur fable devant le roi, expliqua Gareth en se passant la main dans les cheveux d'un air préoccupé. Eh bien, il les déclarera coupables et les fera pendre haut et court sur-le-champ dès que le contrat sera signé entre mon père et lui. Voilà son idée.

Arianna se laissa retomber sur le lit en poussant un gémissement lamentable. C'était donc ça. Le destin et sa famille semblaient déjà avoir choisi pour Gareth, et bientôt il épouserait cette fille. Elle en avait les larmes aux yeux. Elle qui se croyait forte et prétendait avoir scellé son cœur à jamais, pourquoi souffrait-elle autant ?

— Vous savez que c'est vous que j'aime, dit-il en s'agenouillant sur le lit pour lui prendre les mains.

Elle hocha la tête sans ouvrir les yeux.

— Et c'est vous que j'épouserai, ajouta-t-il d'un ton résolu.

Comment ? Il avait des devoirs envers sa famille, et d'abord celui de lui donner des héritiers mâles.

— Alex va retrouver Harcourt, j'en suis persuadé, dit encore Gareth en serrant plus fort les mains de la jeune femme. Je lui arracherai des aveux qui convaincront jusqu'aux pires détracteurs de mon père. Ensuite, nous pourrons vivre heureux tous les deux à Ransford. Nous y élèverons des chevaux de bataille et des petits Sommerville joufflus et rieurs.

Les lèvres d'Arianna tremblaient si fort qu'elle dut se mordre jusqu'au sang pour se calmer.

— Ne retenez pas vos larmes, ma mie, murmura le chevalier en lui embrassant le bout des doigts. Dieu sait qu'elles sont justifiées.

En entrant dans la pièce où Ruarke faisait habituellement ses comptes, Gareth fut frappé par l'atmosphère pesante qui y régnait. Appuyé au manteau de la cheminée, son père semblait songeur ; son frère marchait de long en large devant l'âtre.

— Où est lord Robert ? demanda-t-il.

— Sans doute occupé à soigner son amour-propre après la rebuffade que tu lui as infligée en quittant la grande salle avec ta…

— Avec la femme que j'aime.

— Tu parles d'amour, mon fils ? s'exclama Geoffrey, visiblement aussi sceptique qu'Alex ou lady Catherine. Cette fille n'est pas pour toi. Certes, lady Margory n'a pas un minois aussi avenant que celui de…

Le père marqua une pause, alerté par les poings serrés de son fils aîné, qui ne présageaient jamais rien de bon.

— Que celui de lady Arianna, conclut-il prudemment. Mais elle est gentille, et correspond exactement au genre de femme que tu m'as décrit avant mon départ.

— Quand je vous ai fait cette description, père, je ne connaissais pas encore Ari. Peut-être ses quartiers de noblesse ne sont-ils pas aussi nombreux que ceux de la fille de lord Robert, mais c'est elle que j'aime. Vous devriez être le premier à me comprendre. N'avez-vous pas enlevé mère quand son père vous a interdit de vous marier ?

— Sans doute, admit lord Sommerville. Mais elle était mon premier amour.

— Et alors ? Que voulez-vous dire ? s'enquit Gareth, ses yeux jetant des éclairs.

— Ils ont peur, intervint Ruarke, que tu commettes une nouvelle erreur.

— Seigneur ! Je ne suis plus un enfant, qu'il faille encore me tenir par la main, explosa Gareth. Et de toute façon Ari est l'exact opposé d'Emilie.

— C'est vrai, approuva Ruarke. Jamais Emilie ne t'a sauvé la vie dans une grotte, ni n'a brûlé ta nourriture, et encore moins essayé de jouer les funambules !

Geoffrey ouvrit de grands yeux.

— Que dis-tu ?

— Vous m'avez entendu, père. Elle est aussi orfèvre, et si talentueuse que Gaby en est malade de jalousie. Je crains que bientôt elle ne me demande de lui installer un établi et une forge dans la chambre haute. Et vous devriez voir le dessin qu'elle a réalisé pour une tapisserie sur laquelle mon épouse travaille. Il est superbe.

— Merci, Ruarke, marmonna Gareth, inquiet de voir son père plus incrédule que jamais. Tu éviteras de m'aider à l'avenir. Ça vaudra mieux.

— Ce que je sais, observa lord Sommerville d'un ton bourru, c'est qu'elle a perturbé la cour de justice de ton frère, a manqué de provoquer une rixe et a insulté son seigneur.

— Je dois admettre qu'elle n'a pas très bonne opinion de la manière dont nous traitons nos vassaux, concéda Gareth en racontant l'épisode de l'arrivée de Mary à Tyneham.

Le père se montra intéressé par l'anecdote, ce qui rassura quelque peu le fils.

Toute lueur d'espoir était bonne à prendre…

— Je n'ai certainement pas ordonné que l'on jette cette femme à la rue, affirma le comte. Les gens qui ont usurpé cette ferme ne sont peut-être même pas des nôtres. Il se pourrait qu'ils soient des renégats d'un autre district en quête d'expédients et qu'ils aient profité de la faiblesse de cette femme.

— C'est ce que j'ai pensé, dit Gareth, mais je n'avais pas le loisir d'enquêter…

— J'entends, dit Geoffrey en soupirant. Prions le ciel que nous puissions bientôt le faire. Tu sais bien, mon fils, que je ne te forcerai pas à épouser Margory si ton cœur appartient sincèrement à une autre, mais que ferons-nous contre la prétention de Harcourt de nous faire juger pour trahison ? D'après ce que m'a dit Ruarke, lord Robert est le seul qui puisse nous éviter le gibet.

— Si nous pouvions mettre la main sur Hugh, repartit Gareth avec une rage froide, nous n'aurions pas besoin de l'aide exorbitante de ce porc.

*
* *

Arianna accepta de s'installer sous le dais ce soir-là, et s'assit timidement sur le bord de la chaise que Gareth venait de tirer pour elle. Le froissement du surcot de brocart de soie prêté par Gabrielle évoquait pour elle l'état de ses nerfs à vif.

— Prenez un peu de vin, ma chérie, offrit le chevalier en s'asseyant à sa droite. Cela vous détendra.

— Il n'y en a pas assez dans toute la Bourgogne pour cela, murmura-t-elle en laissant toutefois le page remplir sa coupe avant de porter celle-ci à ses lèvres. En tout cas, celui-ci est bien meilleur que le vinaigre que nous a servi votre mère à Ransford.

— Je ne manquerai pas de faire part de vos commentaires à mon épouse, déclara lord Geoffrey en prenant place à côté d'elle.

Les serviteurs n'avaient pas plus tôt porté les plateaux de victuailles sur les tables qu'un écuyer s'avança vers Ruarke.

— Gareth, suis-moi, lança celui-ci à son aîné après un bref conciliabule avec le garçon. On nous réclame dans les écuries. Gray Lady est près de mettre bas et les choses semblent mal engagées.

— Mais… nous devions discuter du contrat, protesta lord Robert. Vos palefreniers ne peuvent-ils se charger de la chose ?

Gareth serra la main d'Arianna puis se leva.

— Non. Je préfère le faire moi-même.

— Permettez-moi de venir avec vous, risqua Arianna.

Il hésita un instant, comprenant à quel point elle devait appréhender de se retrouver seule avec son père et lord Robert ; il secoua néanmoins la tête.

— Une mise bas est un spectacle éprouvant, ma mie, et je veux vous l'épargner.

Sur ces mots, il s'éloigna à grands pas, suivi de Ruarke, qui eut juste le temps d'embrasser sa femme sur le front.

— Pardonnez l'impolitesse de mes fils, Robert, s'excusa lord Geoffrey en jetant un regard noir à ceux-ci.

— Les chevaux de bataille sont très importants pour Ruarke et Gareth, milord, intervint Gaby. Je crains que la future épouse de ce dernier ne doive se résigner à manger et à dormir seule quand l'un d'eux sera malade, blessé ou en gésine.

La remarque pouvait s'appliquer à Margory, mais c'était à sa nouvelle amie qu'elle la destinait.

— Ma fille a appris à rester à sa place, affirma lord Robert en décochant à Arianna un regard qui voulait dire : ce n'est pas le cas de tout le monde. Cela dit, je me demande bien pourquoi vos fils s'intéressent à ces choses vulgaires. Ces tâches déplaisantes devraient être laissées aux soins de vos serfs et des vilains du village, qui, eux, sont faits pour les remplir.

Geoffrey se raidit, agacé par ces remarques.

— Je ne partage pas cette façon de penser, comme vous le savez. Et Gareth a depuis toujours été très impliqué dans tous les aspects de la vie des domaines.

Peverell balaya l'objection d'un revers de sa main ornée de lourdes bagues.

— Je dois… m'isoler un moment, dit-il avec une moue entendue. Pourquoi ne jetterions-nous pas un coup d'œil à ce fameux contrat dès mon retour ?

Arianna sentit son ventre se contracter affreusement, à telle enseigne qu'elle n'entendit même pas la réponse de lord Sommerville, ni ne prêta attention au départ de Peverell. La perspective de ne plus jamais revoir Gareth, ni le toucher, le voir sourire ou l'entendre rire, s'il se mariait avec Margory, lui semblait déjà une torture, mais la simple idée qu'il serait amené à faire avec une autre ce qu'ils faisaient dans la folie de leurs nuits la rendait malade.

— Je dois aller voir ce qu'a fait Grizel de ces herbes que je lui ai données, annonça-t-elle en se levant de table.

— Que pensez-vous d'elle ? s'enquit lord Geoffrey auprès de sa bru quand elle se fut éloignée — ou plutôt, enfuie.

— Beaucoup de bien, milord. Elle n'est peut-être pas de très haute naissance, mais elle mérite le titre de lady bien plus que nombre de femmes qui le portent à bon droit sans toutefois s'en montrer dignes. Elle est douce, bonne et intelligente. Et croyez bien que Ruarke n'a pas menti en décrivant ses talents d'orfèvre. Plus important encore, elle a réussi à faire rire Gareth de nouveau. Il est plus ouvert, plus sûr de lui que jamais. Il ne redevient sombre que lorsqu'on parle de le séparer d'elle. Dans ces moments-là, il est proprement effrayant.

Gaby savait pertinemment que les réticences de son beau-père vis-à-vis d'Arianna devaient tout à son inquiétude pour son fils, et aussi pour sa famille, car les Sommerville étaient réellement confrontés à une menace terrible. Au fond, lord Geoffrey avait un cœur en or.

— Et puis, milord, réfléchissez, insista-t-elle. Il fallait sûrement qu'elle fasse preuve de qualités particulières pour que sir Neil accepte de l'épouser, indépendamment de la promesse faite à son père.

— Sans doute, concéda lord Sommerville. En tout cas, vous plaidez sa cause comme le ferait une amie.

— C'est que je l'aime déjà beaucoup. Ransford n'est pas très loin d'ici et je serais contente d'y avoir une amie, en effet, et même une sœur. Felise va bientôt suivre William à Tyneham, où il doit remplacer sir Neil, et je vais me retrouver un peu seule ici. Voudriez-vous me suivre dans la chambre haute, pendant que les soubrettes débarrassent tout ceci ? Je veux vous montrer la tapisserie qu'Arianna a dessinée pour moi.

Geoffrey soupira en s'extrayant de son fauteuil, mais offrit tout de même son bras à Gabrielle.

— J'aimerais voir mon Gareth aussi heureusement marié que je le suis moi-même, ou que Ruarke. J'avoue avoir eu des doutes quand il m'a demandé de lui trouver une épouse, car les mariages arrangés dans le seul but d'obtenir de la fortune ou des terres ne sont pas pour nous, les Sommerville. Mais enfin…

— Il reste à régler le problème des Harcourt avant qu'il puisse songer à se marier, remarqua sombrement la jeune femme.

— Pour ça, le connaissant, je ne doute pas un instant qu'il fera passer l'intérêt de sa famille avant son propre bonheur.

— Vous auriez dû m'appeler plus tôt, s'exclama Gareth en s'agenouillant auprès de la jument épuisée, indifférent à la sanie qui imprégnait ses braies et l'ourlet de son surcot de soie. Depuis combien de temps est-elle en travail ?

— Quatre heures seulement, milord, murmura le palefrenier en chef, très pâle.

— Sortez, tous ! ordonna le chevalier.

Les hommes le regardèrent, incrédules, les mains sur les hanches.

— Vous avez entendu mon frère, tonna Ruarke, aussitôt obéi par la petite troupe.

Quand ils furent seuls, Gareth dit d'un ton désespéré :

— Le poulain se présente mal et reste coincé.

— Les mouvements de la jument ne finiront-ils pas par l'expulser ? demanda le cadet.

— J'en doute. Et ses sabots risquent de lacérer le

conduit, ce qui nous les fera perdre tous les deux sans rémission. Il faut trouver une corde et le tirer au-dehors de toute urgence.

Appelé à l'aide, Sim trouva rapidement une corde, que Gareth attacha aux pattes du poulain. Sans résultat. Or il fallait sauver cette jument, la plus belle de toutes celles qu'il possédait, et sur laquelle reposait l'élevage qu'il projetait de bâtir.

— C'est sans espoir, milord, souffla le garçon après trois nouvelles tentatives infructueuses. Je n'ai pas assez de force, à cause de mon bras.

— Tudieu ! jura Gareth. Je préfère mettre fin à ses souffrances plutôt que de la voir mourir à petit feu.

Il sursauta en entendant une voix familière s'enquérir :

— Que se passe-t-il ici ?

— Ari ? se récria-t-il en voyant la jeune femme se pencher sur l'animal pour lui caresser la tête. Que diable faites-vous ici ?

— Je m'inquiétais pour cette bête. Elle est à l'agonie, n'est-ce pas ?

— Oui, répondit le chevalier, résigné. Le poulain est coincé et nous n'arrivons pas à le dégager. Il n'y a plus rien à faire.

— Permettez que j'essaye. Mes mains sont petites et agiles, mais également fortes d'avoir manié le marteau depuis tout ce temps. Je vous en prie.

Elle réalisait que ce qui faisait trembler Gareth n'avait rien à voir avec la perte financière que la mort de Gray Lady signifiait. En fait, il ne pouvait tout simplement pas supporter de voir souffrir cet animal.

Elle non plus, aussi, déterminée à faire tout ce qu'elle pouvait pour sauver la jument, arracha-t-elle d'un coup sec la manche droite de son surcot, dont la fragile couture céda sans difficulté.

— Que diable… ? s'exclamèrent les deux frères, sidérés par ce geste incongru.

Elle ignora la question, déjà concentrée sur la tâche qui l'attendait, et, prenant des mains de Sim la corde gluante, contourna l'animal pour se mettre en position derrière sa croupe.

— Maintenant, dites-moi ce que je dois faire.

Quand Gareth lui prit la main, Arianna tressaillit, croyant qu'il voulait lui arracher la corde.

— Vous n'avez pas besoin de faire cela, murmura-t-il avec une tristesse qui faisait peine à voir.

— Il le faut, répliqua-t-elle, inflexible. Je ne veux pas assister aux souffrances de cette bête sans tout tenter pour les lui épargner, et je ne pourrais pas supporter de vous voir contraint de l'abattre.

— Parfois, je suis presque content que vous lisiez dans mes pensées, ma mie, s'extasia Gareth en lui donnant un baiser sur le menton.

Seigneur ! Il l'aimait vraiment à en perdre la raison.

— Il faut attacher les deux pattes arrière du poulain, c'est le plus important. Il n'est pas très facile de distinguer l'avant de l'arrière dans cette position, malheureusement. Et une erreur ne ferait qu'aggraver les choses.

— Entendu.

Arianna mesurait à quel point ce n'était pas aussi simple qu'elle le croyait jusque-là. Les contractions puissantes du corps de la jument ne lui facilitaient pas la tâche, bien au contraire, et, malgré ses efforts, elle échouait à trouver les sabots du poulain. Elle qui se félicitait de n'avoir pas été malade en quittant la salle à manger craignait maintenant de vomir.

— Laissez…, dit Gareth, effaré de la voir se mordre les lèvres jusqu'au sang inutilement.

— Non, s'obstina-t-elle. Je… Oui, attendez !

Elle venait de sentir quelque chose de dur et tranchant sous ses doigts.

— Les sabots ! Je les sens ! La corde, il faut que je…

Le souffle court, elle s'efforçait d'attacher les pattes du poulain, qui se dérobaient sans cesse.

— Il me faut un point d'appui.

On eût dit que Gareth lisait dans ses pensées à son tour, car, avant même qu'elle finisse sa phrase, il la prit par la taille en lui lançant :

— Servez-vous de ma force pour économiser la vôtre.

— Fort bien.

Appuyée contre sa poitrine puissante, elle fournit un dernier effort, le corps arqué comme si elle allait accoucher elle-même.

D'un coup, elle sentit la corde glisser autour des canons gluants et se refermer sur eux.

— C'est fait ! s'écria-t-elle triomphalement.

Gareth la tira fermement en arrière.

— Comment vous sentez-vous, ma mie ? s'inquiéta-t-il.

— Occupez-vous d'eux, souffla-t-elle en lui signifiant d'un geste qu'elle se remettrait et qu'il avait mieux à faire.

Il lui dédia un sourire plein d'admiration et de gratitude avant de se retourner vers la jument. Pendant quelques instants, la manœuvre parut avoir échoué : le poulain restait coincé. En désespoir de cause, Gareth pesa plus lourdement sur la corde, décidé à abandonner après un autre échec. Il y eut un silence, seulement perturbé par le souffle saccadé de la jument, puis, sans prévenir, le poulain sembla basculer dans le ventre de sa mère et le petit animal en sortit vivement, expulsé sur la paille au milieu des glaires et du sang, apparemment vivant.

— Vous avez réussi ! s'exclama Ruarke, aux anges, comme son frère s'effondrait aux côtés de sa jument préférée, épuisé mais heureux.

— Et maintenant, que faisons-nous ? demanda Sim.

Le cheval se relevait déjà, considérant son nouveau-né d'un œil curieux, tandis que Gareth détachait la corde.

Ari regarda, fascinée, la jument lécher son poulain avec précaution et l'inspecter des pattes à la tête avec une minutie dont elle n'aurait jamais cru un animal capable. Elle se demandait sincèrement si les femmes faisaient preuve envers leurs nouveau-nés d'un désir aussi profond de les protéger. Elle voulut en parler à Gareth, mais, quand elle se tourna vers lui, elle le vit regarder son ventre avec une intensité qui la fit se sentir presque mal à l'aise.

A moins que, plus prosaïquement, elle n'ait eu à ce moment-là ce qu'il est convenu d'appeler une nausée…

Pourquoi réalisait-il seulement maintenant qu'il n'y avait rien d'impossible à ce qu'elle fût enceinte de ses œuvres ?

— Venez, dit-il doucement en lui prenant la main, rentrons.

Il fallait qu'ils parlent, tous les deux. Il voulait qu'elle sache que, quoi qu'il arrive, quelque décision qu'il doive prendre pour défendre sa famille, il veillerait sur elle et leur enfant jusqu'à la fin de ses jours.

— Alors ? les héla lord Geoffrey en entrant dans l'écurie, Gabrielle à son bras. Comment cela s'est-il passé ?

— Nous aurions perdu Gray Lady et son poulain sans l'intervention d'Arianna, répondit Ruarke de sa voix rocailleuse.

— Ari ! s'écria la femme de ce dernier en découvrant sa nouvelle amie toute souillée de sang. Que vous est-il arrivé ? Sim ! Cours chercher de l'eau et des linges !

Gaby s'occupa de la jeune femme et, rassuré, Gareth raconta toute l'histoire à son père :

— Le poulain ne pouvait sortir, car il se présentait mal. J'ai bien cru les perdre tous les deux, mais Arianna est parvenue à attacher les pattes arrière du nouveau-né. La suite n'a pas été sans mal, mais, après quelques minutes d'efforts, les choses ont repris un cours normal.

— Je suis content de cette bonne nouvelle, commenta le comte, d'un ton qui démentait néanmoins ses paroles.

— Que s'est-il passé ? s'enquit Gareth, soudain alarmé.

Il avait peur de connaître la réponse.

— Un messager est arrivé il y a cinq minutes, répondit Geoffrey. De la part d'Alex.

— Il n'a pas réussi à capturer Harcourt ?

Gareth jura entre ses dents en voyant son père hocher la tête.

— Il l'a perdu pendant la tempête, celle-là même qui m'a retardé. Il m'a envoyé cette missive depuis le port de Balkeney, où il se réapprovisionne avant de se remettre à poursuivre le bateau de ce chien. Il s'agit de la *Salamandre*, que tu dois connaître, je pense. Le capitaine s'appelle Parlan Graham.

— Vous prononcez ce nom comme si vous le connaissiez, père, s'étonna Gareth.

— Graham est le cousin écossais de Hugh Harcourt. C'est un bâtard, dans les deux sens du terme. Alex a des raisons de penser qu'il file vers Edimbourg, pour s'y cacher parmi les siens.

— Le cousin de Harcourt..., répéta Gareth, son esprit battant la campagne. Hugh a appelé l'homme au masque son cousin, quand nous étions dans la grotte. Vous en souvenez-vous, ma mie ? demanda-t-il en soulevant la jeune femme de sa litière de paille.

— Oui, parfaitement.

— Si ce Parlan est grand et blond, c'est sûrement lui que Hugh veut faire passer pour moi.

— Il est blond, en effet, confirma Geoffrey.

Arianna fronça le sourcil, considérant d'un air perplexe les traits ciselés de son amant.

— Personne ne pourrait vous prendre l'un pour l'autre en vous voyant côte à côte.

Elle parut réfléchir, puis :

— J'ai trouvé ! Je vais faire un portrait de vous deux.

— Et nous le montrerons aux marchands de Tyneham, s'enthousiasma Gareth. Mais sera-ce suffisant pour convaincre la cour de notre innocence ?

Il posait la question à son père, qui ne semblait pas convaincu.

Arianna frissonna comme Geoffrey haussait les épaules.

— Tonnerre ! Vous tremblez, ma mie. Vous avez sûrement pris froid, s'écria Gareth en la prenant dans ses bras pour la réchauffer.

Elle avait une mine épouvantable. Ses joues pâles, ses joues creuses, ses vêtements souillés, tout en elle donnait une impression pitoyable.

— Laissez-moi vous accompagner jusqu'à votre chambre, offrit Gaby.

— Non, dit Gareth. Je l'y mènerai moi-même. Je lui dois bien ça après qu'elle a sauvé Gray Lady et son poulain.

Il y avait une autre raison à cet empressement, et tous le savaient.

Geoffrey dansait d'un pied sur l'autre, peu désireux d'élargir le fossé entre son fils et lui en le contrariant. Arianna vint à sa rescousse.

— Il vaut mieux que Gaby vienne avec moi, observa-t-elle à regret.

*
* *

— Comment se rend-on au donjon ? demanda Hugh.

— En passant sous le château, répondit Walter en désignant du menton l'énorme tour qui se dressait au milieu de la cour.

Harcourt émit un grognement. Si on voyait des lumières danser devant les plus hautes fenêtres, le reste du château était plongé dans la pénombre.

— Allons-y.

— Non, pas encore.

— Pourquoi ce délai ? As-tu oublié où ils sont ?

— Sûrement pas. Cette chienne de Gabrielle m'y a fait enfermer pendant un mois avant que Ruarke ne revienne. Mais nous aurons de meilleures chances de pénétrer à l'intérieur si nous attendons que tout le monde soit endormi.

— Le plus tôt sera le mieux, dit Hugh, qui n'appréciait guère de se trouver dans la forteresse de son ennemi.

— Bien sûr. Je suis partisan de récupérer Charles et de nous enfuir aussitôt, mais avant cela il nous faut des otages.

— Des otages ? Dans quel but ?

— Ils ne faut pas compter qu'ils nous laissent tranquillement délivrer Charles.

— Je m'attendais à une escarmouche, bien évidemment, repartit sèchement Harcourt, un peu agacé. Où veux-tu en venir ?

— Je ne crains pas Ruarke, malgré sa réputation, et je pense que nous pouvons nous débarrasser de certains effectifs inutiles, dit Walter. Mais nous ne sommes que deux pour mener cet assaut.

— En effet. Et cela risque de durer longtemps encore.

— C'est pourquoi nous allons entrer en catimini. Peut-être prendrons-nous la femme de Ruarke. J'ai un vieux compte à régler avec elle. Mais… que vois-je ?

Deux femmes traversaient la cour une torche à la main, et, à la lueur de celle-ci, il vit luire sombrement une mèche de cheveux noirs.

— Lady Gabrielle, murmura-t-il. Et la bien-aimée de Charles. J'ai comme l'impression que la chance a finalement tourné en notre faveur, Hugh.

18

Un peu plus tard dans la journée, enfin lavée, séchée et vêtue d'une vieille robe de chambre bleue, Arianna savourait la chaleur du feu qui pétillait dans la cheminée, tout en dessinant. Gabrielle lui coiffait les cheveux ; Grizel étant absente, elle n'avait pas vraiment d'aùtre choix, et puis la femme de Ruarke avait beaucoup insisté pour le faire, malgré ses protestations, en guise de remerciement.

— Vous n'avez pas idée de ce que représentent ces chevaux gris pour Gareth. Après la mort d'Emilie, ils ont été comme un radeau pour un naufragé. Il ne s'en serait pas remis sans eux. Savez-vous que, bien entraînées, ces bêtes peuvent se vendre à des prix faramineux et générer un revenu très important ? Ah Seigneur, je prie tous les jours pour que cette affaire soit enfin terminée et que Gareth puisse vous épouser.

Ces mots firent frémir Arianna, à tel point qu'elle en tacha son esquisse. Elle vit là comme un présage de ce qu'elle risquait de devenir dans la vie de Gareth.

— Lady Margory… comment est-elle ?

— Elle est beaucoup plus recommandable qu'Emilie, pour sûr, repartit Gaby sans hésiter, mais beaucoup trop timide et terne pour un homme tel que Gareth. Il a besoin d'une femme qui puisse partager ses rêves, ses peurs, sa vie.

Sa vie de comte. Arianna en frissonnait.

— Vous êtes transie. Je vais nous faire du vin chaud, déclara Gabrielle.

La jeune femme voulut protester, mais Gaby avait déjà le tisonnier en main. Quand elle en eut enfoui la pointe dans les braises rougeoyantes, elle se releva d'un coup.

— Sapristi, jura-t-elle. J'ai oublié mon coffret à épices dans la chambre haute.

— Qu'à cela ne tienne, dit Arianna. Le mien est ici, je crois.

En effet, il se trouvait sur la malle qui l'accompagnait depuis Tyneham, Grizel ayant offert de le remplir avec des épices fraîches.

Les deux femmes conversèrent longuement, mais Gaby ne parvint pas à convaincre son amie.

— Je ne suis pas ni ne serai jamais une lady. Gareth sera libre de sauver les Sommerville si je m'en vais d'ici.

— Seigneur ! Et Ruarke me dit obstinée, soupira la femme de ce dernier. J'ai besoin de ce vin chaud. Si j'arrive à vous faire boire, peut-être m'écouterez-vous.

La porte craqua sur ses gonds sans prévenir et un visage lubrique apparut dans l'entrebâillement.

— Eh bien, eh bien, qui donc avons-nous là ? lança Walter de sa voix traînante en s'avançant vers elles, une longue dague effilée à la main. Ferme la porte, Hugh, ajouta-t-il par-dessus son épaule, et décidons de ce qu'il convient de faire de ces charmantes personnes…

— Je ne renoncerai pas à Ari, gronda Gareth, plus déterminé que jamais. C'est au-dessus de mes forces.

Ruarke hocha la tête, compréhensif.

— Je dirais la même chose si l'on voulait m'arracher à Gaby. Toutefois…

— Je n'aurai peut-être pas le choix, c'est cela ? suggéra

Gareth en fusillant du regard à travers la pièce l'homme qu'il considérait désormais comme son ennemi juré.

— Si votre fils ne signe pas la promesse de mariage, je partirai demain pour Londres, avec les prisonniers, répéta lord Robert à l'adresse de Geoffrey.

— Ai-je fait mine de vous en empêcher ? répondit ce dernier sans élever la voix.

— Ne faites pas la bête, mon cher, rétorqua sèchement Peverell. Certaines personnes puissantes à la cour verraient là l'occasion rêvée d'être enfin débarrassées de vous.

Le comte eut beau hausser les épaules, l'inquiétude se lisait dans son regard.

— Le roi est mon ami, affirma-t-il. Il écoutera ma version des faits avant de prendre la moindre décision.

— Vous avez eu longtemps l'oreille du roi, c'est vrai, concéda lord Robert, mais ceux qui s'opposent à la guerre qu'il mène contre les Français voudront profiter de cette occasion pour suspendre les prêts en argent et en hommes qu'ils font trop souvent à leur goût et dont Edward a besoin pour poursuivre sa campagne. Ne vous faites pas trop d'illusions : Sa Majesté pourrait bien ne pas avoir les moyens de vous sauver, cette fois. Moi, je le puis, songez-y.

Ayant dit, il fixa Gareth d'un air de défi. Le message était clair.

Celui-ci serra les poings à se faire mal. Il avait l'impression que sa vie avec Arianna glissait entre ses doigts comme du sable sec.

— N'oubliez pas que vous avez promis d'épouser Margory, à Tyneham, lui rappela Peverell.

Jamais je n'épouserai une autre qu'Arianna de Clerc.

Il voulut crier à la face de ce pourceau qu'il n'en ferait jamais rien, mais il n'arrivait même pas à s'en convaincre lui-même.

— J'honorerai ma promesse, mais à ma manière, dit-il aussi calmement qu'il le put.

— Que voulez-vous dire ? grommela Robert.

Que je ne m'y résoudrai qu'acculé sans rémission.

Geoffrey vint se placer à côté de son fils.

— Tu dois faire ce que te dicte ton cœur, dit-il, les larmes aux yeux, en pressant virilement l'épaule de son aîné.

Ce geste était censé rassurer Gareth, mais la confiance que lui témoignait son père l'émut si fort qu'il sentit ses jambes mollir. Comment pouvait-il agir selon son cœur quand celui-ci était déchiré entre sa famille et son amour pour Arianna ?

— Eh bien ? fit Robert.

Gareth pinça les lèvres en regardant celui qui venait de l'enfermer, et sa famille avec lui, dans un dilemme insoluble. A l'évidence, ce goret abject n'avait aucun scrupule à abuser de l'autorité qu'il tenait du roi. Il se moquait même sans doute éperdument de ce que les Sommerville soient ou non coupables, du moment que son laideron de fille devenait comtesse.

Maudit soit ce titre !

Sans lui, les Harcourt n'auraient pas comploté contre sa famille, et Gareth n'aurait pas été privé de la vie qu'il aspirait à mener. Ni de la seule femme qu'il puisse vraiment aimer.

Arianna de Clerc.

— Je signerai ce damné contrat demain, se força-t-il à dire, ignorant le chapelet de jurons dont Ruarke salua cette décision.

— Nous pendrons les faux-monnayeurs à l'aube, en ce cas, déclara lord Robert, satisfait, ensuite de quoi je retournerai à Londres informer le roi que justice a été faite. Allons, buvons pour célébrer l'événement.

Le bruit du vin coulant dans la coupe de Peverell sembla

à Gareth plus sinistre que l'eût été celui de la terre frappant le cercueil d'un enterré vivant.

Debout devant la fenêtre, les yeux perdus dans le vague, il pensait à Arianna, qui dormait dans sa chambre. Quand il aurait retrouvé un peu son calme — s'il y parvenait —, il irait l'y rejoindre et la prendrait dans ses bras pour oublier pendant quelques heures encore la décision abjecte à laquelle il venait d'être contraint.

Elle ne regretterait pas d'avoir perdu le titre de comtesse ou le château, car il était clair qu'elle ne se souciait ni de l'une ni de l'autre, mais pouvait-il lui demander de perdre sa réputation en devenant sa maîtresse et en venant vivre avec lui à Ransford ? Elle ne pourrait même pas compter sur son nom pour la protéger des médisances, ni pour épargner le surnom de bâtard à l'enfant qu'elle portait peut-être déjà dans son ventre.

— Ainsi nous nous retrouvons, lady Gabrielle, railla Walter en s'approchant de l'épouse de Ruarke pour lui glisser sous le menton la lame de son couteau.

— J'aurais dû laisser mon époux vous pendre, répondit-elle d'une voix glaciale.

— C'est ma foi vrai, vous auriez dû, se moqua Beck en la déshabillant des yeux.

Ari contemplait la scène, muette d'horreur, les yeux rivés sur son amie impuissante. Le peu qu'elle savait de cet homme lui donnait à penser qu'il ne fallait pas le défier.

— J'ai accepté de la prendre en otage, intervint Hugh Harcourt, mais il n'est pas question de la maltraiter.

— Quelle différence cela fait-il pour toi ?

— Elle a sauvé la vie de ma sœur, il y a quelques années de cela. Je ne veux pas l'en remercier en lui faisant du mal.

— Vous êtes Hugh Harcourt ? devina Gaby.

Quand il hocha la tête, elle sembla se détendre un peu.

— Comment se porte-t-elle ? J'ai souvent pensé à elle au cours des années. A-t-elle totalement recouvré la mémoire ? A-t-elle…

— Ceci n'est pas une visite de politesse, coupa sèchement Walter.

— Elle va mieux, répondit Hugh, ignorant délibérément la remarque de son complice. Lady Gabrielle va nous accompagner, et nous aider à délivrer Charles.

— Pas question.

— Assez ! tonna Harcourt. C'est moi qui commande et…

— Nous ne sortirons pas d'ici tant que je n'aurai pas réglé mes comptes avec milady, éructa Walter avec une expression qui fit se figer le sang dans les veines d'Arianna.

Les yeux exorbités, elle vit les deux hommes s'affronter du regard, et pria le ciel qu'ils en viennent aux mains.

S'ils se battaient, peut-être auraient-elles l'occasion de s'enfuir…

Las, la tension retomba soudain. Hugh, impressionné sans doute par la férocité du regard de Walter, rendait les armes.

— Je vais m'assurer que personne ne vient, laissa-t-il tomber en sortant à grands pas sonores et rageurs. Fais vite.

— Je serai bref, ne t'inquiète pas, répondit Walter. Je suis aussi impatient de délivrer Charles que de me venger de cette donzelle à la peau blanche comme un lys.

Il regardait sa proie avec gourmandise, un sourire faux sur les lèvres.

Gabrielle choisit ce moment précis pour se saisir du manche du tisonnier planté au milieu des braises. L'instant d'après, elle le tenait à hauteur du visage de son agresseur, menaçant de défigurer celui-ci de sa pointe rougeoyante.

— Lâchez votre couteau, ordonna-t-elle.

Un peu de sang coulait sur la peau délicate de son cou de cygne à l'endroit que la lame de Walter venait d'effleurer, mais son bras semblait assuré et son regard ne laissait planer aucun doute sur sa détermination.

Instinctivement, Arianna s'avança vers la jeune femme, mais, sans attendre qu'elle y parvienne, Beck feignit de porter un coup de dague sur sa droite. Gaby esquiva la lame effilée d'un geste souple, prête à répondre à cette attaque ; le poing de Walter l'attendait de l'autre côté et la frappa violemment à la tempe. Le bruit que fit sa tête en heurtant la dalle de la cheminée fut comme un coup de poignard pour Arianna.

Affolée, elle se jeta à genoux auprès de la malheureuse. Une étoile de sang, horrible, souillait sa peau de neige. Les larmes aux yeux, la jeune orfèvre tenta d'endiguer l'hémorragie en appliquant fortement sur la plaie l'ourlet de sa robe.

Beck la repoussa sans ménagement puis, pressant deux doigts sur le cou de la jeune femme évanouie, s'assura qu'elle vivait.

— Prenons Arianna en otage, décréta Hugh.

— Non, dit l'autre. Nous resterons ici jusqu'à ce qu'elle se réveille.

Harcourt voulut protester, mais son complice balaya ses arguments avec mépris. Pendant qu'ils s'affrontaient, Ari tentait vainement d'arrêter le flot de sang.

— Tu n'as qu'à prendre cette femme avec toi, cracha Walter. Nous verrons bien si tu trouves le passage qui mène au donjon. Pour moi, je ne bougerai pas d'ici. En attendant qu'elle revienne à elle, j'ai envie d'un peu de vin chaud. Toi ! Viens ici, tu vas me le préparer.

Le cœur dans la gorge, Arianna sentit le regard de leur ravisseur passer sur elle comme une caresse atroce. Pour l'instant, s'exhorta-t-elle à penser, Gaby profitait d'un répit, mais dès qu'elle recouvrerait ses esprits, elles courraient toutes deux un danger mortel. Leurs jeunes vies ne vaudraient pas bien cher face au caprice de ce porc assoiffé de vengeance. Si seulement elle avait un moyen de prévenir Gareth ou Ruarke. Ou les deux à la fois.

Elle pensa brièvement jeter quelque chose par la fenêtre et appeler à l'aide, mais elles seraient mortes avant que les secours n'arrivent, à moins que Walter ne décide d'emmener Gaby dans sa fuite. Après tout, il lui importait peu qu'elle se vide de son sang, puisque, apparemment, il ne prévoyait pas qu'elle sorte vivante de ses griffes.

— Je n'ai jamais compris ce que Charlie pouvait trouver à une maigriotte comme toi, dit Walter, mais tu feras l'affaire pour me servir à boire.

— Je voudrais d'abord panser la plaie de lady Gabrielle, objecta la jeune femme, puisant un peu de courage dans l'inquiétude mortelle qu'elle éprouvait pour sa nouvelle amie.

— Quand tu m'auras préparé mon breuvage, je te laisserai peut-être le faire.

Arianna prit les coupes en serrant les dents pour ne pas hurler sa frustration et s'approcha du coffre à épices. Elle avait beau ne pas connaître grand-chose à l'art de mélanger les aromates, elle faisait confiance à son nez pour la guider.

En ouvrant le premier petit tiroir, elle trouva un sachet de toile contenant une poudre blanche. Se pouvait-il qu'il s'agisse de la même substance utilisée par Gaby pour droguer lord Robert ?

Prudemment, elle se déplaça un peu pour masquer son geste et versa une bonne quantité de poudre dans les deux coupes, qu'elle noya sous la poudre de cannelle, la girofle et le miel. Il ne restait plus qu'à ajouter le vin et à y plonger le tisonnier brûlant.

Malheureusement, Hugh refusa la boisson fumante d'un signe de tête. Walter en revanche attendit à peine que le liquide refroidisse avant de le boire d'une seule lampée, sans se soucier de la rigole poisseuse et rouge qui courait sur son menton et son cou.

— Ah ! Voilà qui fait du bien au gosier, commenta-t-il en faisant claquer sa langue. Tu peux t'occuper d'elle à présent.

Arianna l'observait du coin de l'œil, surprise que la poudre n'ait pas encore fait effet.

La porte du bureau de Ruarke s'ouvrit à la volée sur Grizel. Hors d'haleine, elle fouilla la pièce des yeux, s'arrêtant sur Gareth. Dans son regard se lisait une terreur indicible.

Quelque chose d'horrible devait avoir eu lieu, pensa-t-il. Et il s'agissait d'Arianna, il le savait.

— Que s'est-il passé ? s'écria-t-il en se ruant sur la muette.

La pauvre fille ouvrit la bouche, mais rien n'en sortit qu'un vagissement.

— Que signifie cette intrusion ? s'exclama lord Robert, visiblement outré par l'audace de cette domestique.

Un regard de Gareth suffit à le faire taire.

— Qu'y a-t-il ?

La fille forma le nom d'Ari avec ses lèvres, et autre chose encore que le chevalier ne put déchiffrer.

— De l'eau ? Que veux-tu dire ?

Elle secoua la tête avec véhémence. Quand Gareth réalisa son erreur, ce fut comme un coup de poing en plein visage.

Elle parlait de Walter ! La similitude avec le mot anglais désignant l'eau l'avait mené sur une fausse piste.

— Beck ? Walter Beck est ici ? demanda-t-il, ajoutant aussitôt, en voyant la soubrette hocher la tête : Comment ce chien a-t-il réussi à tromper la vigilance de mes hommes ? Hugh Harcourt est-il avec lui ? Où les as-tu vus ? Sont-ils avec Arianna ?

Grizel hochait la tête à chaque nouvelle question. Le visage de Gareth se décomposait à mesure des réponses.

— Il me semble entendre des voix en dessous, dit Hugh en baissant la voix.

Arianna se raidit, revigorée par l'espoir.

— Il faut partir, maugréa Walter en jetant sa coupe, avant de se lever péniblement.

Une expression étonnée passa sur son visage quand il s'aperçut qu'il tanguait dangereusement.

— Que diable… ?

Arianna le regardait, bouche bée, suppliant le ciel d'exaucer sa prière.

— Walter ? Allons-nous-en, vite, souffla Hugh, inquiet.

— Je… je ne peux p… pas, bégaya l'autre.

Ses yeux roulèrent dans leurs orbites au moment où il s'effondrait à côté de Gabrielle.

— Par l'enfer ! s'exclama Harcourt en s'avançant sur lui pour lui donner du pied dans les côtes. Lève-toi, bougre de maraud !

Walter ne réagit même pas à ces coups.

— Debout, toi ! ordonna Hugh en agitant son épée sous le nez d'Arianna. Tu viens avec moi.

Elle qui croyait cet homme moins inhumain que l'autre en était pour ses frais. La soif du sang se lisait dans ses yeux aussi sûrement que dans ceux de son complice terrassé par la poudre blanche.

La tour, construite comme une forteresse, offrait de nombreux escaliers. Etroits et abrupts, ils ne permettaient le passage que d'un seul homme à la fois, ralentissant les assaillants en cas d'attaque tout en permettant aux défenseurs d'attendre tranquillement chacun d'eux entre les étages pour lui régler son compte.

Aujourd'hui cependant, les rôles se voyaient inversés et Gareth n'avait aucune idée de ce qui les attendait en haut des marches. Il s'en moquait, car Ari était en danger, et il avançait l'épée au clair sans se soucier du danger. Arrivé sur le palier, il regarda la porte de la chambre de la jeune femme. Se trouvait-elle encore à l'intérieur ? Et si oui, dans quel état ?

La prudence lui criait d'attendre, mais chaque seconde qui passait augmentait le péril, aussi n'écouta-t-il que ce que lui dictait son cœur.

— J'entre, annonça-t-il en se tournant vers Ruarke.

— Je te suis, souffla celui-ci.

Gareth mit la main sur la poignée et souleva le pêne d'un coup.

La première chose qu'il vit en entrant dans la pièce, ce fut Walter allongé sur le sol tel un épouvantail abattu par le vent, et Gabrielle gisant à son côté.

Ruarke poussa un juron en dépassant son frère et s'agenouilla auprès de sa femme.

— Gaby ! Ah Seigneur ! Elle est morte ! hurla-t-il.

Gareth s'agenouilla à son tour auprès de sa belle-sœur et posa deux doigts sur la chair blanche de son cou.

— Non ! s'écria-t-il. Elle est vivante. Envoie chercher Felise, vite.

Rassuré sur le sort de la maîtresse des lieux, il fouilla la pièce des yeux, dans le fol espoir que la présence d'Ari lui ait échappé.

— Walter aussi est vivant ! annonça Ruarke. Il est inconscient, mais il n'a pas une marque sur tout le corps.

— Veille à ce qu'on l'attache solidement et qu'on l'enferme dans le donjon, dit Gareth. Hugh a dû enlever Arianna, car elle n'aurait sûrement pas abandonné Gaby.

William de Lacy apparut, portant un écu et une épée.

— Aucune trace d'eux en bas, affirma-t-il en se tournant vers son chef pour prendre ses ordres.

— Tout cela est de ma faute, murmura Ruarke, le visage bouleversé, comme absent.

Gareth regarda son frère, décontenancé par sa réaction. La peur et la culpabilité ne semblaient pas faire partie de la panoplie de ses émotions.

— Que faisons-nous ? s'enquit William en se tournant vers lui en désespoir de cause.

Sans hésiter, Gareth prit les choses en main.

— Nous ne les avons pas croisés en montant, c'est donc que... Qu'y a-t-il là-haut ?

— La chambre haute du donjon, répondit le capitaine. Elle est encombrée de poutres et d'outils, car milord a décidé de la réparer. Des pierres lancées par une catapulte l'ont endommagée et il y a deux trous béants dans les murs.

— Peut-on la quitter autrement qu'en empruntant l'escalier ?

— Non. A moins que... oui ! L'échafaudage des maçons est en place. Mais je crois qu'ils emportent les échelles avec eux quand ils s'en vont, pour éviter que des enfants n'y montent.

— Parfait. Il est pris au piège.

*
* *

Terrifiée, tremblant de peur, Arianna priait le ciel que Gareth ne vienne pas la délivrer.

Un bruit de pas montait par le puits obscur qui donnait sur leur cachette. Le cœur dans la gorge, elle cherchait désespérément à percer les ténèbres. Soudain, une silhouette apparut, ou plutôt un visage et des cheveux clairs, ainsi que l'éclat effrayant d'une lame nue.

Gareth. Elle le savait. C'était Gareth.

— Attention ! cria-t-elle. A droite…

Il s'écarta juste à temps pour éviter le coup mortel qui s'abattait sur lui, même s'il n'échappa pas entièrement à la morsure de l'acier. Arianna faillit s'évanouir en entendant son cri de douleur.

Une tache écarlate s'étendant sur la poitrine, Gareth recula en titubant, mais se reprit presque aussitôt, plongeant en avant pour éviter l'assaut suivant.

La manœuvre s'avéra inutile, car Hugh venait de rompre le combat, traînant Arianna derrière lui par les cheveux.

— Vous me le paierez, lui dit-il à l'oreille. Plus un pas, Sommerville !

Gareth s'arrêta net. Il percevait vaguement, derrière lui, les voix de son père et d'autres hommes, qui devaient monter prudemment l'escalier. Il sentait sa tunique s'imbiber d'un liquide chaud et poisseux, signe évident d'une blessure profonde. Si les choses duraient encore longtemps, il risquait la mort, mais, pour l'heure, il ne songeait qu'à sauver Arianna.

— Et maintenant, Harcourt ? lança-t-il d'une voix altérée par l'angoisse, tanguant un peu à mesure que ses forces l'abandonnaient en même temps que son sang.

Hugh appuya la lame de sa dague sur le cou de marbre de la jeune femme.

— Posez vos armes à terre et quittez ce donjon, ordonna le ravisseur. Tous, sauf Gareth.

— Relâche-la et je te donnerai un sauf-conduit, répondit ce dernier.

— Me crois-tu assez naïf pour me fier à un Sommerville ? rétorqua Harcourt avec une grimace de mépris, ajoutant, en voyant arriver Geoffrey et son capitaine : Je vous ai dit de quitter cette tour, sans quoi…

Gareth crut presque voir le sang perler sous l'acier effilé. Avec un juron, il lança un regard à son père et à William en laissant tomber son estoc ; ils ne pouvaient rien faire sans mettre en péril la vie de la jeune femme.

— Et maintenant ? reprit-il quand tous eurent repris l'escalier.

— Je pars avec la fille, répondit Hugh. Tu diras à tes hommes de nous préparer deux chevaux et de lever le pont-levis après notre passage.

Gareth secoua la tête pour chasser l'étourdissement qui le prenait à chaque mouvement un peu ample. Il fallait qu'il reste conscient, coûte que coûte.

— Délivre-la et prends-moi à sa place, offrit-il.

— Non, Gareth, il vous saignera à mort ! cria Arianna, effarée.

— Cela vaut mieux que de risquer votre vie, répliqua-t-il en foudroyant de ses yeux pleins de haine le brigand qui la retenait prisonnière.

— Voilà qui ne manque pas de sel, Sommerville, railla Harcourt. Pour un peu, tu me ferais croire que le sort de cette donzelle t'importe vraiment.

— Mon offre tient toujours, se contenta de répondre Gareth d'une voix blanche.

Hugh releva le menton comme un loup humant l'air, les yeux luisant dans la pénombre.

Etait-il fou ? Ou bien fallait-il seulement voir là la peur

qui saisissait l'animal acculé ? En tout cas, la plus grande prudence semblait de mise, car, s'il ne voit pas d'issue, un fauve est encore plus dangereux qu'à l'ordinaire.

— Tu n'irais pas loin avec cette blessure, cracha Hugh, arrachant un cri à la jeune femme que le sort de son amant inquiétait au-delà de tout.

Malgré sa peur, elle tremblait plus encore de voir Gareth si mal en point qu'on aurait pu croire que le vent qui soufflait à travers les murs défoncés allait le jeter à terre.

— Je tiendrai assez longtemps pour m'assurer de ta fuite, affirma-t-il d'une voix étonnamment égale en la circonstance.

Il attendait, elle le sentait. Il suffirait que Hugh relâche son attention une fraction de seconde…

— Je te donnerai même une rançon, si cela peut te convaincre…

— Une rançon ? répéta Hugh, avec un sourire sinistre. Entendu : je veux tout, tu m'entends ? Tout ce que les Sommerville possèdent ici-bas. Et le titre. Important, ça, le titre. C'est la seule chose que mon père ait convoitée sans jamais l'obtenir. Il sera vert de jalousie quand il verra que j'ai réussi là où il n'a fait qu'échouer depuis si longtemps.

Il n'y avait aucun moyen de raisonner un homme aussi aveuglé par une obsession.

Arianna lisait la détermination de Gareth dans son regard, aussi observait-elle son ravisseur avec attention, quoique du coin de l'œil. Il ne mesurait qu'un pouce ou deux de plus qu'elle et se découpait nettement sur le ciel qu'on apercevait par le trou béant qui s'ouvrait dans le mur. Il ne s'intéressait clairement qu'à Gareth.

Discrètement, elle adressa un sourire à son amant pour le prévenir de sa décision d'agir bientôt. Il fronça le sourcil, intrigué, à peine pour ne pas alarmer Harcourt, mais suffisamment pour qu'elle remarque son inquiétude. Plus que jamais, elle se félicitait de lire dans ses pensées. En tout cas, il savait à quoi s'attendre.

— Maintenant ! cria-t-elle en donnant de toutes ses forces un coup de poing dans le ventre de Hugh.

Il encaissa le coup en se pliant en deux, lâchant les cheveux de la prisonnière sous l'effet de la douleur. Elle s'enfuyait quand il l'agrippa par le bras et la secoua furieusement en l'insultant, au point qu'elle se mordit la lèvre jusqu'au sang. A travers ses larmes, elle vit au moins que les choses prenaient une autre tournure : Gareth avait une épée à la main.

D'instinct, celui-ci se tassa sur lui-même, pour offrir aussi peu de prise que possible aux coups de l'adversaire mais aussi à cause de la douleur qui lacérait son corps meurtri.

— Tu me tueras peut-être, Harcourt, lança-t-il d'une voix pleine de défi. Mais tu ne sortiras pas vivant d'ici, j'en fais le serment.

D'un coup, Hugh comprit la situation en voyant les hommes rassemblés derrière Gareth.

— Laisse-la aller et rends-toi. Je te livrerai au roi sain et sauf.

— Pour affronter sa justice et voir mon père me ridiculiser devant tout le royaume ? Jamais ! Je préfère mourir l'épée à la main que devoir subir encore son mépris. Je sais manier une épée, même si contre vous tous je n'ai aucune chance de survivre. Au moins mourrai-je en combattant.

— Personne ici ne lèvera son arme contre toi, assura Gareth. Pose ton épée, Harcourt…

— Tu refuses de te battre contre moi ? J'y compte bien pourtant, cria Hugh en poussant Arianna, sous le regard horrifié de Gareth, par le trou béant du mur.

Le cri de la malheureuse fut noyé par le hurlement de fureur de son amant. L'épée haute, il chargea.

Son ennemi se protégea sans conviction, évitant de porter des attaques et se contentant de parer comme il pouvait les assauts qu'il recevait. Il perdait rapidement des forces, d'autant que son adversaire ne ménageait pas sa peine. Les coups pleuvaient sans discontinuer. Bientôt, Gareth vit l'ouverture qu'il attendait depuis le début : l'acier battit contre l'acier et, glissant sa lame sous le pommeau de celle de Hugh, il lui arracha des mains l'arme encore vibrante.

Harcourt le regarda, un sourire triomphant aux lèvres, les bras le long du corps, la gorge offerte au coup de grâce qu'il semblait attendre avec impatience.

Chancelant, aveuglé par la haine et le désespoir, Gareth appuya la pointe de son estoc sur la base du cou de son ennemi, rassemblant ses ultimes forces pour l'y plonger et faire taire le cri d'horreur d'Arianna qui résonnait encore à ses oreilles.

Un éclair de lucidité arrêta son bras au dernier instant. En tuant cet homme sans qu'il soit jugé, c'étaient les siens qu'il exposait à la vengeance de Hugh Harcourt.

Il ne pouvait venger Arianna sans les condamner. Tous.

Lentement, il laissa son bras retomber le long de son corps.

Hugh lui cria quelque chose, mais il n'entendait plus rien. Un brouillard noir venait de l'envelopper en même temps que ses jambes se dérobaient sous lui.

19

Quand Gareth ouvrit les yeux, la pâle lumière du petit matin frangeait l'horizon d'une ligne grise et, à sa grande surprise, son père le veillait, depuis des heures apparemment. Il avait la bouche sèche, la langue gonflée.

— Père ? parvint-il à dire.

Geoffrey s'ébroua, l'air hagard, les traits tirés, les cheveux en bataille.

— Gareth, murmura-t-il, les yeux humides, mais visiblement soulagé. Comment te sens-tu ?

— Comme si Apollon venait de me désarçonner et de me piétiner. Ma poitrine me fait affreusement souffrir... Heureusement, j'ai encore l'esprit clair. Combien de temps ai-je dormi ainsi ?

— Deux jours. Puis-je te faire mander quelque chose ?

Arianna.

Il grimaça, comme si une lame brûlante venait derechef d'entailler sa chair. Il devait à tout prix éviter de penser à elle, pour l'instant du moins, sous peine de devenir fou.

— A boire, se força-t-il à répondre.

Si le vin coupé ne parvint pas à le débarrasser du goût de cendres qu'il avait dans la bouche, il lui délia néanmoins la langue et réchauffa un peu son corps.

— Je... je n'ai pas tué Hugh, père, n'est-ce pas ?

— Non, il est vivant. Et il a confessé ses crimes à l'évêque de Londres.

Devant l'air surpris de Gareth, le comte jugea bon de lui fournir quelques explications :

— Il a presque perdu la raison quand tu l'as épargné, et, craignant qu'il n'attente à ses jours pour nous priver de notre victoire, j'ai fait quérir le prélat, que je savais en visite chez son frère, à Rawlings. Nous avions fait une partie du chemin ensemble et je savais qu'il ne lui faudrait que quelques heures pour être ici.

Gareth se sentit soulagé. Au moins tout cela n'aurait-il pas été vain.

— L'évêque est un homme respecté. Nos ennemis eux-mêmes n'oseront pas l'accuser de s'être montré partial envers nous. Vous avez fort bien fait, père.

— Surtout, répondit Geoffrey, la mâchoire serrée, que Hugh a essayé de se pendre dans sa cellule une heure à peine après que monseigneur l'a quitté.

— Seigneur Jésus ! Que va penser Edmund Harcourt de cette sorte de justice immanente ?

— Rien, car heureusement l'évêque était encore là quand les gardes ont découvert la chose et sont venus m'en prévenir. Le prisonnier a survécu, mais sa gorge est si abîmée qu'il peut à peine parler. Monseigneur s'est proposé pour expliquer ce qui s'est passé aussi bien au roi qu'à Edmund. Le père et le fils ne s'aiment guère, mais je ne doute pas que le premier n'ajoute cet épisode à la longue liste des griefs qu'il a contre nous.

— Leur mort à tous deux ne suffirait pas à me venger de celle d'Arianna, souffla Gareth d'une voix tremblante de haine.

— Seigneur ! s'exclama lord Geoffrey en se frappant le front. Je suis là à te parler des Harcourt alors que tu crois encore ta bien-aimée morte. Je dois avoir perdu la raison ! Rassure-toi, mon fils, elle est vivante. Elle a fait une chute terrible, mais n'a été que légèrement blessée, miraculeusement. Malgré nos protestations, elle a obstinément refusé de quitter ton chevet. Il a fallu que Gaby la convainque que tu allais mieux pour qu'elle accepte d'aller prendre un peu de repos.

Gareth sentit un vertige le saisir à ces mots.

Vivante ! Ari était vivante !

— Par saint Georges, Gareth, ne t'agite pas de la sorte, s'alarma le comte. Tu vas finir par défaire tout le travail de ta belle-sœur !

— Je veux voir Arianna.

— Je te répète qu'elle est saine et sauve, hormis quelques égratignures.

— Je la connais, père, elle fait toujours passer le bien-être des autres avant le sien. Elle fera une comtesse magnifique si elle apprend à tenir sa langue.

Gareth ferma les yeux. Il demeurait terriblement agité. Quelque chose clochait, quelque chose qui le tarabustait sans qu'il puisse dire ce dont il s'agissait.

— Pendant un moment, reprit-il, alors que je la croyais morte, j'ai éprouvé une soif de vengeance terrifiante. L'envie de tuer Hugh m'étouffait, mais… mais j'ai pensé qu'avec lui notre seule chance de laver notre nom de la calomnie mourrait aussi, et je… je n'ai pas pu le faire. Pas même pour venger Arianna !

— Il n'y a aucune honte à ne pas tuer, mon fils, répondit Geoffrey d'une voix frémissante d'émotion.

— C'est vrai. Mais plus que ça encore, j'ai compris que si je ne pouvais pas tuer l'assassin de la femme que j'aimais, je n'aurais pas pu tuer Alex à cause d'Emilie non plus.

— Je me réjouis de te voir retrouver la paix, Gareth. Maintenant, repose-toi.

— Qu'y a-t-il, père ? s'enquit le blessé en perdant d'un coup son sourire. Vous me cachez quelque chose. Il s'agit d'Ari, n'est-ce pas ? Que s'est-il passé ?

Geoffrey se passa la main dans les cheveux d'un air gêné.

— Je ne sais pas comment te le dire, mon fils. Elle… elle est partie.

— Partie ? répéta stupidement Gareth, le cœur pétrifié.

— Elle a repris la route pour Tyneham ce matin. Gaby a essayé de la retenir, mais…

— Tyneham ? Pourquoi, au nom du ciel ? Plus rien ne s'oppose à ce que nous soyons ensemble à présent, à moins que…

Il plissa les yeux.

— Robert l'a-t-il menacée ?

— Je ne crois pas. Il n'a quasiment parlé à personne depuis qu'il a compris que son chantage n'avait plus de prise sur nous. Il doit partir pour Londres aujourd'hui avec les prisonniers, pour présenter ceux-ci devant la justice du roi ; Ruarke l'accompagnera. Felise et William escortent Arianna. Tu n'as donc rien à craindre pour sa sécurité.

Quelques heures après qu'ils eurent quitté Wilton, le ciel s'assombrit soudain et un vent glacé se remit à souffler.

Installée dans la voiture avec les servantes de Felise, Arianna s'enveloppa de son manteau en maudissant l'imprévisibilité du temps en cette fin de printemps. On se serait cru en plein hiver.

Gareth lui manquait atrocement. Elle s'emmitoufla davantage. Elle s'en remettrait, forcément.

Il faudrait bien.

Brusquement, le son d'une trompe résonna derrière elle, suivi presque aussitôt d'un ordre lancé par William :

— Arrêtez-vous !

La terre tremblait déjà tandis qu'approchait une double colonne de cavaliers, précédée de bannières flottant fièrement au vent sur lesquelles la jeune femme reconnut le lion d'or sur fond rouge, emblème des Sommerville.

Impossible, songea-t-elle. Ce ne pouvait être Gareth.

— Lady Arianna ? appela une voix grave.

Les hommes de son escorte s'écartèrent pour laisser passer un homme en armure juché sur un alezan splendide, sa visière baissée dissimulant ses traits. Son impressionnante carrure rappelait Gareth, mais elle savait qu'il ne pouvait s'agir de lui.

— Milord Geoffrey ? s'exclama-t-elle, affolée, quand elle se fut rendue à l'évidence. Que se passe-t-il ?

D'un bond, elle sauta à terre, sans se soucier de ce que la voiture, déséquilibrée, menaçait sérieusement de se renverser, au milieu des cris affolés des servantes.

— Rassurez-vous, mon fils ne va pas plus mal, répondit le comte un peu sèchement. Je veux vous parler en privé.

Que lui voulait-il ? Inconsciemment, elle se raidit, comme pour affronter une nouvelle désagréable.

— Je suis venu vous demander votre main, annonça tout de go lord Sommerville quand ils se furent éloignés du convoi.

— Plaît-il ? balbutia Arianna, abasourdie par ces mots auxquels elle ne s'attendait en aucune façon. Mais, milord, vous… vous êtes déjà marié…

Un sourire amusé fleurit sur les lèvres du père de Gareth.

— En effet, milady. Et si vous croyez que j'ai dans l'idée de tromper lady Catherine, vous faites erreur. Ce n'est pas pour moi que je fais cette demande.

— Dieu merci, ne put s'empêcher de s'écrier la jeune femme.

— Je viens en ambassade pour mon fils, car, si vous n'êtes pas à son chevet ce soir, je crains qu'il ne se tue en essayant de vous rattraper.

— Que… ?

— Quand il a appris votre départ, il a comme… perdu le sens commun. Heureusement, Ruarke se trouvait dans les écuries quand Gareth y est entré pour prendre un cheval.

— Oh, Seigneur ! Comment va-t-il ?

— Gaby m'a affirmé qu'il ne s'était pas blessé davantage.

— Dieu soit loué. Je veux bien retourner à Wilton et rester auprès de lui jusqu'à ce qu'il soit entièrement rétabli, mais…

Les yeux errant sur les vertes collines qui s'étendaient à perte de vue, elle hésita un instant, puis :

— Je ne peux épouser Gareth, milord. La différence qui nous sépare…

— Morbleu ! tonna Geoffrey de sa voix de stentor. Nous, les Sommerville, nous sommes toujours mariés par amour. Nous nous moquons bien de ce que pensent les gens !

— Vraiment ? Mais j'ignore tout de ce qu'il faut savoir pour être une…

Le père de Gareth laissa échapper un long soupir.

— Voilà vingt ans, grommela-t-il, que je suis au service de mon roi, et que mes pairs me considèrent comme un orateur convaincant et un négociateur encore plus habile, et je ne parviens pas à convaincre une fille obstinée d'épouser mon fils aîné ? Je dois vieillir, par saint Georges ! D'autant que je sais qu'elle l'aime autant qu'il l'aime.

— Comment ? Je…

— Il suffit de voir la façon dont vous vous regardez. Vous n'êtes peut-être pas exactement issue du moule dans lequel on fait d'ordinaire les comtesses, mais les temps changent, même si mes semblables ont du mal à s'en apercevoir et surtout à l'accepter. Je suis sûr qu'avec vous à ses côtés, Gareth sera un comte aimé et respecté. Vous n'avez pas l'arrogance de certains d'entre nous, qui mènera sans doute un jour notre classe à la ruine.

— Je ne sais que dire, murmura la jeune femme, émue par ces paroles.

— Un simple oui serait bienvenu. Oh ! je sens la pluie qui approche. Il vaudrait mieux rentrer à Wilton avant d'être trempés jusqu'aux os…

— Vous… vous n'avez pas l'intention de déshériter Gareth ?

— Quand vous me connaîtrez mieux, ma chère enfant, vous comprendrez qu'il me serait moins pénible de me couper le bras droit que de perdre l'affection de l'un de mes fils pour quelque raison que ce soit.

— Arianna ? s'enquit doucement dame Cicily en ouvrant la porte de la chambre que la vieille dame partageait avec sa nièce depuis une semaine à Ransford. Ah ! te voilà, ma chère petite.

Par-dessus son épaule, elle sembla s'adresser à quelqu'un qui la suivait :

— Calmez-vous. Je l'ai trouvée.

— Comment va-t-elle ? demanda une voix grave.

— Gareth ! s'écria la jeune femme en se précipitant vers la porte, les yeux pleins d'étoiles.

— Je veux la voir…

— Sûrement pas, répliqua la grand-tante en fermant la porte au moment même où Arianna l'atteignait.

— Gareth ! cria celle-ci en collant sa joue au lourd panneau de chêne. Quand êtes-vous arrivé de Wilton ?

— Hier soir, répondit-il d'un ton contrit, mais ils ont refusé de me laisser vous voir, tout comme à présent.

— Elle se préparait quand vous êtes entré ici, répondit Cicily, inflexible. C'est votre faute, aussi : quelle idée de vouloir vous marier si précipitamment ?

Elle les tançait tous les deux, mais son regard était empreint d'une infinie tendresse.

— Votre blessure est-elle guérie ? s'inquiéta Arianna.

— Assez pour que je sois ici, repartit Gareth d'une voix si rauque que la jeune femme sentit des frissons la parcourir des pieds à la tête.

— Allons, il suffit, dit la vieille dame. Ari est déjà bien assez nerveuse comme cela. Allez-vous-en, milord. Vous la verrez à la porte de la chapelle, et pas avant.

Arianna s'appuya à la porte et écouta le bruit des pas de Gareth s'éloigner dans le couloir. Se pouvait-il que huit jours seulement aient passé depuis son retour à Wilton en compagnie de lord Geoffrey ? Sa vie semblait avoir changé davantage en ce court laps de temps que pendant ses dix-huit premières années.

— J'ai tant à apprendre…, murmura-t-elle, anxieuse à l'idée des responsabilités qui l'attendaient.

— Ne crains rien, ma chère petite. Je retrouve la détermination de ton père en toi, et c'est un atout incomparable, crois-moi. J'aimais beaucoup ta mère, mais elle n'avait pas son opiniâtreté. Prends les choses comme elles viennent et tout ira bien.

— Merci pour vos conseils, souffla Arianna en embrassant sa grand-tante. J'aimerais devenir aussi sage que vous, avec les années.

Lady Catherine entra sur ces entrefaites et, après avoir

salué gentiment sa future bru, affirma que, si celle-ci ne se rendait pas incontinent à la chapelle, elle ne répondait plus de rien.

— Mon fils aîné, pourtant si patient d'ordinaire, arpente les abords de l'église comme un lion en cage et menace de venir vous chercher lui-même si vous tardez encore. Je suis certaine que vous êtes exactement la femme qu'il lui faut, mais je ne comprends pas votre hâte de convoler.

— Cette semaine que nous venons de passer sans nous voir m'a paru interminable, répondit Arianna en rougissant. Je suis prête. Allons-y.

Elle s'agenouilla devant l'évêque de Londres sans quitter un instant des yeux l'homme qui allait devenir son mari et, comme dans un rêve, promit devant la foule rassemblée de devenir la meilleure des épouses et la plus diligente des châtelaines de tout le royaume d'Angleterre.

Quand ils s'embrassèrent, tout le château laissa éclater sa joie, et bientôt le flot compact des villageois les porta dans la cour, puis vers la grande salle où les attendait le banquet.

En pénétrant dans l'immense pièce, Arianna eut l'impression qu'elle rêvait : les murs autrefois couverts de suie et de poussière resplendissaient désormais sous leur couche de chaux et au lieu de l'odeur pénible de la moisissure et de la fumée flottait dans l'air un parfum de lavande et de sauge fraîchement coupées, mêlé à celui des roseaux tressés répandus sur le sol. Du plafond, les bannières semblaient pendre plus fièrement.

— Suis-je bien à Ransford ? s'étrangla-t-elle.

Gareth lui sourit.

— Oui, ma mie. C'est Gaby qu'il faut remercier.

— Ainsi elle a déjà accompli tout mon travail ? observa la jeune mariée, balançant entre la joie et la colère.

— Non, intervint l'intéressée. Seulement cette pièce et une chambre. Ce sera mon cadeau de noces.

Rassurée, Arianna sourit et embrassa affectueusement sa belle-sœur. Ce qu'elle venait de dire lui rappelait qu'en sortant de la chapelle, au milieu de la cohue, lady Catherine avait placé dans sa main une clé en lui criant par-dessus les exclamations de joie de la foule qu'il s'agissait là d'un présent dont elle et son époux espéraient qu'il lui ferait plaisir.

Elle imaginait un coffre plein d'atours dignes d'une lady, ou de bijoux, à moins qu'il ne contienne une tapisserie inachevée qu'il s'agirait de terminer… Elle verrait. Plus tard.

En attendant, le banquet allait commencer. Grizel, entourée de deux solides gaillards qui portaient un plateau sur lequel trônait la hure de sanglier traditionnelle, vint faire sa révérence devant les nouveaux mariés, ouvrant ainsi les festivités, puis regagna avec une confiance sidérante la place réservée pour elle par Philippe. Une telle transformation relevait du miracle.

Bientôt, Philippe serait fait chevalier et rejoindrait la garnison de Tyneham. En emmenant sa muette épouse.

— Vous ne mangez pas, observa Gareth, légèrement inquiet.

— Je n'ai pas très faim, répondit Arianna, la gorge nouée. Et puis… plus tôt nous aurons fini de dîner et plus tôt il sera temps de…

— De… quoi, ma mie ?

— Vous savez bien…

Gareth éclata de rire en la dévorant des yeux, sous le regard attendri de ses parents, de Ruarke et de Gabrielle.

— Tu vois, William, remarqua dame Cicily en se penchant vers son frère, je t'avais dit que ces deux-là étaient faits l'un pour l'autre.

Au milieu du banquet, lord Geoffrey se leva et, tenant sa coupe devant lui, exhorta les convives à faire silence un instant.

— Mes amis, dit-il à la cantonade, au nom de nous tous ici, je souhaite la bienvenue dans notre famille à lady Arianna, dont je suis sûr qu'elle fera un jour une comtesse admirable.

— Je ferai de mon mieux pour y parvenir, milord, répondit la jeune femme, les yeux humides.

La foule explosa en clameurs joyeuses.

— Longue vie à milord Gareth ! Longue vie à notre nouvelle maîtresse !

Le banquet reprit de plus belle avec l'arrivée des viandes et des tourtes, flanquées de tonnelets de vin et de bière.

Ce fut le moment que choisit Gareth pour glisser à l'oreille de sa bien-aimée :

— Voilà l'occasion de nous esquiver discrètement. Ruarke m'a promis de retenir la foule un moment...

Profitant de l'agitation qui régnait autour des tables, ils se glissèrent hors de la grande salle sans attirer l'attention ; mais il ne fallut pas longtemps pour que résonne la rumeur de ceux qui, réalisant qu'ils allaient être privés de la cérémonie du coucher, venaient de se lancer à leur poursuite.

Hors d'haleine, Gareth coinça la barre d'acier qui fermait la porte de la chambre seigneuriale. Avec sa connaissance du château, personne ne pouvait espérer le rattraper dans ce dédale.

— Damnation, il s'en est fallu de peu qu'ils nous rejoignent, exulta-t-il comme des coups et des cris résonnaient au-dehors.

— Laissez-nous entrer ! Ce n'est pas juste ! protestèrent quelques voix qu'on sentait excitées par le vin.

— Allez-vous-en, répondit Gareth sans animosité,

mais avec fermeté. Ceci n'est pas notre premier mariage, et je vous promets de ne pas répudier ma femme au lever du soleil.

Le tapage continua un moment, jusqu'à ce que Ruarke vienne y mettre un terme en renvoyant chacun au banquet.

Le silence revenu, Arianna exprima son inquiétude.

— Etes-vous certain d'être assez remis pour... ? Je veux dire que nous pourrions... simplement dormir...

— Après que j'ai cru vous avoir perdue définitivement ? s'exclama Gareth, en se rembrunissant comme chaque fois qu'il revoyait la scène atroce du donjon. Non, j'ai l'âme assez impatiente pour résister à tout.

— De simplement sentir vos bras autour de moi en sachant que nous sommes vraiment mariés, enfin, me suffirait.

Presque.

— Pas tout à fait, ma mie, objecta Gareth comme s'il lisait dans ses pensées. Mais laissons les choses se faire d'elles-mêmes, nous avons désormais la vie devant nous. Venez, je veux vous montrer quelque chose. Ma mère ne vous a-t-elle pas donné une clé ?

— Si, répondit la jeune femme en fouillant dans son gousset. Elle n'a pas voulu me dire ce qu'elle ouvrait.

— Ils m'ont laissé ce soin. Suivez-moi.

Après s'être assuré que la voie était libre, il la guida à l'étage supérieur, jusqu'à une porte nichée au bout d'un couloir.

— Ouvrez, dit-il. Voici votre présent.

Quand Arianna pesa sur le panneau de bois, l'odeur familière du métal vint frapper ses narines instantanément. Elle se pencha pour voir de quoi il retournait et découvrit le vieil établi de son grand-père installé au milieu de la pièce, les coffrets à outils et les caisses cadenassées contenant les lingots d'or et d'argent.

Ebahie, étourdie de bonheur, elle se tourna vers Gareth, les larmes aux yeux.

— Oh merci, merci ! Il va être si heureux de pouvoir continuer à travailler ici !

L'émotion fut la plus forte, et Arianna de Clerc, ou plutôt Sommerville — qui ne pleurait jamais —, éclata en sanglots, éperdue de joie et de reconnaissance.

— Oh Gareth, je vous aime ! Comment pourrais-je jamais vous remercier ?

— Je crois que ce sera bientôt fait, répondit-il en posant la main sur son ventre. Si c'est un garçon, nous l'appellerons Richard.

Découvrez ce mois-ci

UN SCANDALEUX HÉRITAGE, ***d'Ann Lethbridge - n°447***

Angleterre, 1816. Orpheline, Sylvia a échappé à une vie de misère grâce à la générosité de son tuteur qu'elle aimait tendrement. Après le décès de ce dernier, elle espère, grâce à l'héritage qu'il lui a laissé, prendre son destin en main. Aussi, lorsqu'elle apprend que le défunt l'a confiée à la charge de son neveu, Christopher Evernden, est-elle au comble du désespoir. Car aux yeux de celui-ci, elle n'est rien d'autre qu'une femme entretenue doublée d'une méprisable intrigante. Un mépris qui ne la toucherait guère, s'il n'y avait entre elle et son nouveau protecteur, une troublante attirance...

LA FIANCÉE DE L'IRLANDAIS, ***de Michelle Willingham - n°448***

Irlande, 1170. En dépit de son tempérament rebelle, Isabel de Godred a toujours obéi à son père, le despotique baron de Thornwyck. Pourtant, lorsqu'il lui ordonne d'épouser et d'assurer la descendance de Patrick McEgan, suzerain de Laochre, elle y consent l'angoisse au cœur. Saura-t-elle s'imposer dans une contrée inconnue, à la tête de sujets hostiles et aux côtés d'un homme qui ne l'aime pas ? Car même s'il a accepté de l'épouser, Patrick, elle le sait, considère moins leur mariage comme une alliance que comme un tribut à payer pour la paix de son peuple. Un sacrifice auquel il a dû se résoudre la mort dans l'âme et qu'il risque de lui faire payer cher...

LE SECRET DE LADY AMELIE, ***de Juliet Landon - n°449***

Angleterre, Régence. En s'isolant à Richmond, Lady Amelie Chester espère arrêter les rumeurs qui courent depuis le décès de son époux. Car ces médisances, quoique infondées, pourraient finir par mettre à jour un tout autre secret... Aussi préfère-t-elle se consacrer à ses œuvres de charité plutôt que fréquenter ses pairs. Mais son passé la rattrape bientôt sous les traits de Ruben Hurst, l'homme qui a tué son mari en duel. Pour fuir cet individu sans scrupules qui s'est juré de la séduire et dont la proximité menace sa réputation, Amelie n'a alors d'autre choix que d'épouser l'arrogant Nicholas Elyot, futur marquis de Sheen... Mais n'y a-t-il pas pire que le déshonneur ?

LA MAÎTRESSE DE TYNEHAM, ***de Suzanne Barclay - n°450***

Angleterre, 1358. Depuis qu'elle est orpheline, Arianna a grandi avec son grand-père, orfèvre. Mais lorsque ce dernier perd la vue, et du même coup ses revenus, elle est forcée d'épouser sir Neil Westower et devient la maîtresse de Tyneham. Hélas, son mari est tué le jour-même de leurs noces. Un nouveau coup du sort pour Arianna. En effet, selon l'usage, elle tombe désormais, elle et tous ses biens, aux mains du suzerain de son défunt époux, lord Sommerville. Et, contre toute attente, celui-ci décide de la remarier à son propre fils, Gareth ! Une union que tous considèrent comme une outrageuse mésalliance : comment une petite-fille d'artisan pourrait-elle devenir la femme d'un puissant seigneur ?

LA FILLE DU VIZIR, ***de Lynna Banning - n°451***

Espagne, 1167. De son enfance très libre passée dans un palais mauresque de Grenade, Leonor a conservé une passion pour le chant gitan et un goût immodéré de l'aventure. Aussi est-elle impatiente d'aller rendre visite à sa tante en Navarre. Mais son père, le vizir Hassam, lui impose une escorte : Reynaud, un ténébreux chevalier de l'Ordre des Templiers. Leonor, qui rêve secrètement du jour où elle pourra se donner corps et âme à un homme, est immédiatement conquise. Or, lié par son vœu de chasteté et obnubilé par sa mission, Reynaud ne semble pas enclin à lui céder…

LES SORTILÈGES DE VENISE, ***d'Amanda McCabe - n°452***

Venise, 1525. Qui ne connaît à Venise la luxueuse échoppe où l'exquise Julietta Bassano compose de merveilleux parfums ? Ce que tout le monde ignore en revanche, c'est que ce succès, cette liberté, ont été chers payés. Aujourd'hui, pourtant, Julietta est prête à y renoncer par amour pour Marc Antonio Velasquez, un séduisant et brillant officier espagnol avec qui elle s'abandonne sans retenue à une passion intense. Jusqu'au jour où sa vie bascule, car non seulement elle est accusée de sorcellerie et d'empoisonnement, mais c'est l'homme qu'elle aime qui est désigné pour exécuter la sentence de mort…

Best-Sellers n°382 • thriller

Collection macabre - Erica Spindler

A La Nouvelle-Orléans, la découverte d'un squelette de femme à la main coupée relance une affaire restée sans suite deux ans plus tôt : après avoir retrouvé plusieurs mains de femmes coupées, la police n'avait pas réussi à arrêter celui que la presse avait surnommé « le collectionneur». Chargée de l'enquête, l'inspecteur Patty O' Shay est sous le choc quand elle apprend que le badge de police de son mari, assassiné deux ans plus tôt, est retrouvé avec le squelette. Dès lors, elle n'a plus qu'une idée en tête : retrouver « le collectionneur ». Quel qu'en soit le prix…

Best-Sellers n°383 • roman

L'enfant du scandale - Barbara Delinsky

Hugh et Dana forment un couple harmonieux malgré leurs différences. Si Dana vient d'un milieu modeste et n'a jamais connu son père, Hugh, issu de la bourgeoisie bostonienne, a dû lutter pour faire accepter son épouse dans sa famille. Alors que l'arrivée d'un enfant semble apaiser les passions, c'est un véritable scandale que déclenche la naissance de la petite fille. Car, contre toute attente, le bébé a la peau sombre. Abasourdis, déchirés entre la joie et la soif de réponses, les jeunes parents décident d'explorer leurs racines, au risque de déterrer les secrets du passé…

Best-Sellers n°384 • suspense

Un danger dans la nuit - Lisa Jackson

Je sais ce que tu as fait, confesse tes péchés…

En écoutant ce message sur son répondeur, la psychologue Samantha Leeds plonge en plein cauchemar. Car l'appel lui rappelle le drame qui a marqué sa vie : le suicide d'Annie, une jeune auditrice perturbée qu'elle n'a pas pu sauver. Terrifiée, Samantha l'est d'autant plus que le harceleur est devenu un tueur qui viole et étrangle ses victimes en écoutant son émission. Tandis que les inspecteurs Bentz et Montoya pistent le meurtrier, Samantha se réfugie auprès de Ty Wheeler, son nouveau voisin, le seul homme auquel, croit-elle, elle peut encore faire confiance…

Best-Sellers n°385 • thriller

Tu tueras pour moi - Andrea Ellison

Dix jeunes femmes au teint d'albâtre et aux cheveux de jais, aux lèvres maquillées de rouge sang…Une série de crimes qu'à Nashville, personne n'a oubliés. Vingt ans plus tard, la ville est de nouveau plongée dans la peur tandis que quatre nouvelles victimes sont découvertes, tuées selon le même rituel. Mais pour les enquêteurs, pas de doute : ces crimes portent la signature sanglante du tueur. Pour Taylor Jackson, le lieutenant chargé de l'enquête, l'affaire prend une tournure personnelle : car un détail dans le profil de l'assassin a réveillé des souvenirs enfouis au plus profond d'elle-même…

Best-Sellers n°386 • thriller

La forêt de la peur - Michelle Gagnon

Dans les Appalaches, un terrifiant ossuaire est découvert. Pour l'agent Kelly Jones, du FBI, cette enquête tombe vraiment mal : elle espérait trouver dans les bras de Jake, ex flic reconverti dans la protection rapprochée, la force de surmonter le choc que lui a causé la mort tragique de son coéquipier. Mais d'autres corps sont retrouvés, portant la trace d'horribles sévices. Dès lors, Kelly ne peut s'empêcher de s'impliquer. Elle découvre qu'il n'y a pas un, mais deux tueurs. Deux assassins rivaux, lancés dans une atroce surenchère…

Best-Sellers n°387 • historique

La tentation de lady Blanche - Brenda Joyce

Londres et la Cornouailles, 1822

Sous des airs frivoles de riche héritière, Blanche Harrington cache une nature tourmentée, hantée par un drame de son enfance. Depuis, elle s'est juré de ne jamais se montrer vulnérable. Et de ne jamais accorder sa confiance à un homme. Mais sa rencontre fortuite avec sir Rex de Warenne, qu'elle surprend dans les bras d'une servante, va ébranler ses certitudes. A la fois choquée et fascinée par tant d'impudeur, Blanche ne peut s'empêcher de ressentir pour cet homme une attirance inavouable…

Best-Sellers n°388 • roman

Les amants de l'été - Susan Wiggs

Rosa Capoletti a de quoi être fière : orpheline de mère, elle s'est construite seule et fait carrière dans la restauration de luxe. Mais elle est toujours célibataire car elle ne peut oublier son premier amour : Alex Montgomery, le fils des riches voisins qui séjournaient chaque été sur la côte. Rosa n'a pas oublié leurs premiers baisers, et l'abandon, lâche et inexplicable, d'Alex, sorti de sa vie en entrant à l'université. Obsédée par ce douloureux souvenir, Rosa est pourtant décidée à rompre avec son passé. Mais voilà que, dix ans après son départ, Alex est de retour…

Best-Sellers n°389 • thriller

Le tueur d'anges - Erica Spindler

Il y a cinq ans, trois meurtres de petites filles ont semé la panique à Rockford, Illinois. Kitt Lundgren, chargée de l'enquête, a fait de la traque du tueur une obsession — mais elle a laissé le coupable lui échapper. Sa vie en a été marquée à jamais. Et voilà qu'après cinq ans de silence, le tueur d'anges recommence à frapper. Cette fois, Kitt est décidée à le retrouver, mais l'enquête est confiée à l'inspecteur Riggio, une jeune femme ambitieuse qui ne pardonne pas à Kitt ses erreurs du passé…

Best-Sellers n°390 • roman

Un été au Maryland - Nora Roberts

A Antietam, dans le Maryland, un été va bouleverser à jamais l'existence de plusieurs êtres meurtris par la vie. Cassie Connor se sent en effet revivre. Elle qui a subi des années durant les violences de son mari n'a-t-elle pas trouvé enfin le courage de porter plainte contre lui ? A présent que Joe est en prison, elle savoure sa liberté toute neuve. Et accepte d'être courtisée par Devin MacKade, l'un des célibataires les plus en vue de la région. Mais on ne se libère pas si facilement du passé…

Best-Sellers n°391 • roman

Le passé meurtri - Karen Young

Ecrivain reconnu, Elizabeth Walker s'efforce d'oublier les drames qui ont jalonné sa vie : la mort tragique de ses parents, la perte de ses deux petites sœurs, qu'elle n'a jamais revues depuis leur adoption, et son enfance à elle, ballottée au gré des familles d'accueil. Elle vit en solitaire jusqu'au jour où sa meilleure amie Gina se voit menacée de perdre la garde de sa fille. Cette fois, Elizabeth se battra. Pour Gina. Pour la petite Jesse, sa filleule adorée. Et pour se donner enfin une chance de prendre son destin en main.

Composé et édité par les
éditions Harlequin
Achevé d'imprimer en juillet 2009

CPI
Bussière

à Saint-Amand-Montrond (Cher)
Dépôt légal : août 2009
N° d'imprimeur : 90785 — N° d'éditeur : 14404

Imprimé en France